浅墨素笺内蒙古

十样锦

高雁萍 著

内蒙古人民出版社

图书在版编目(CIP)数据

十样锦 / 高雁萍著. -- 呼和浩特:内蒙古人民出版社,2024.6
(浅墨素笺内蒙古)
ISBN 978-7-204-17344-0

Ⅰ. ①十… Ⅱ. ①高… Ⅲ. ①散文集-中国-当代
Ⅳ. ①I267

中国版本图书馆 CIP 数据核字(2022)第 248245 号

浅墨素笺内蒙古
十样锦

作　　者　高雁萍
策　　划　张桂梅
责任编辑　高　彬
封面设计　琥珀视觉
出版发行　内蒙古人民出版社
地　　址　呼和浩特市新城区中山东路 8 号波士名人国际 B 座 5 楼
网　　址　http://www.impph.cn
印　　刷　内蒙古爱信达教育印务有限责任公司
开　　本　890mm×1240mm　1/32
印　　张　9.25
字　　数　200 千
版　　次　2024 年 6 月第 1 版
印　　次　2024 年 6 月第 1 次印刷
印　　数　1—2000 册
书　　号　ISBN 978-7-204-17344-0
定　　价　36.00 元

自　序

文学和其他任何事情一样，选择了就要坚持，坚持才有成功的可能。

1983 年高中毕业后，我和大多数同龄人一样，找份工作，正式步入社会。业余时间呢，继续为实现自己早已有之的文学梦而努力。

我一边大量阅读中外名著，一边自学高校文科教材，一边不断投稿。偶有见报，欣喜若狂。后来，为了让写作能力得到进一步提升，还动过上函授的念头，动过考电大中文专业的念头，动过去大学里旁听的念头。不过这些念头都因突然而至的下岗而灰飞烟灭。

世上无难事，只怕有心人。生活再不易，也要坚持理想，向阳而生。

2009 年，得知内蒙古大学文学研究班正在招生，人到中年的我毫不犹豫报名参加考试，并成功考取。三年苦读，我的思维更加开阔，创作也更得心应手。

文研班毕业后，我似乎总在行走。用脚步丈量，用眼睛观察，用大脑思考，用文字记录。长城，黄河，草原，湿地，沙漠，戈壁，登高山而望平川，泛书海而谒故城。所闻所见，所感所知，零零碎碎，码字成篇，加起来已有百余万字，但以书的形式呈现，还是第一次。

内蒙古很大，横跨我国东北、华北、西北，历史悠久，文化灿烂。其地貌景观丰富独特，乡风民俗异彩纷呈，古迹遗址遍布城乡，草原与农耕两种文化在这片土地上相交相融、共同发展，演绎着民族团结的美好篇章。

杜鹃花一开春天就到来的阿尔山，长城与黄河热烈相拥的老牛湾，神舟飞船降落的红格尔草原，额济纳的金色胡杨，巴丹吉林沙漠中的海市蜃楼，一梦五千年的哈民忙哈，形成于第四季冰川期的克什克腾石阵和青山岩臼群，曾经驼队绵延不绝的阴山白道，载歌载舞的巴斯克节，丰州故城万部华严经塔内的众多题记，奈曼旗孟家段湿地旅游区鲜美的“一锅出”，世界上现存唯一用蒙古文标注的石刻天文图，内涵丰富的古村、古镇、古戏台……

这些美好事物，都在本书中一一呈现。

十样锦，原指十种锦绣，也指杂取不同样式、不同颜色的各种物品搭配在一起，或一种色系丰富、质如锦缎的花。我取书名为《十样锦》，就是想让阅读者通过这本书里的每一篇，感受大美内蒙古的如花似锦。

是为序。

高雁萍

目　录

丰州故城与辽代白塔

五代十国时期，日渐强盛的契丹四面出击，开疆拓土，阴山山脉以南广大地区也被其占据。契丹建辽后，此地属辽西京道丰州管辖，始称“丰州滩”。其实就是过去的敕勒川、现在的土默川。

辽神册年间（916—922年），由于地理上的重要性，辽王朝在今白塔村西建军事重镇，称丰州城；因辽、金两朝都派天德军节度使在此镇守，所以，当时的丰州城又被称为“天德军”。

中国的历史太长，长到一座故城往往要为多个朝代所拥有。

丰州故城也不例外。从辽建城伊始的欣欣向荣，到金、元驼铃悠扬的繁华鼎盛，再到一切被元末明初的长风烈马带走，450多年过往遍地飘零，被一寸一寸的时间和泥土慢慢掩埋。今天凭吊于此，泥土之上，阡陌之间，除几段1000多年前的寂寞残墙和一座神妙壮观的白塔，所有对故城美好的想象最终都落到元世祖忽必烈重臣刘秉忠的文字间：“边山弥弥水西流，夹路离离禾黍稠。出塞入塞动千里，去年今年经两秋。晴空高显寺中塔，晓日半明城上楼。车马骈阗尘不断，吟鞭斜袅过丰州。”

时间到了16世纪初，有“中兴之主”之称的蒙古达延汗统一了漠南。明嘉靖年间，其孙阿拉坦汗率土默特部驻牧丰州滩。他用心经营和明朝之间的关系，大批接纳由汉地蜂拥而来、生活无着落的汉人，“开云田丰州万顷，连村数百”，使一度城毁人尽去、衰败且荒凉的丰州滩生机再现，农商并举，发展空前。而在众多的村庄里，有一个因靠近白塔而得名，世代繁衍生息，绵延至今天的白塔村。

为什么阿拉坦汗当年没有把具有八座楼和琉璃金银殿的归化城建在丰州故城上？也许，那正是佛祖的旨意和冥冥中的安排。庄重神圣的白塔，需要的不是人声鼎沸和车水马龙，而是滚滚红尘之外的宁静与淡泊。

其实，一度躲过战争的劫难，与时光默然相守达千年的辽白塔，还有一个镌刻在匾额上的名字，叫“万部华严经塔”。此塔位于当年丰州城西北隅的宣教寺内，是为存放“佛成道后在菩提场等处，藉普贤、文殊诸大菩萨显示佛陀的因行果德如杂华庄严，广大圆满、无尽无碍妙旨的要典”《大方广佛华严经》经卷而建。因为塔身涂有一层白垩土，在阳光的照耀下格外耀眼，所以俗称白塔。

由于现代修缮过程中始终没有找到建塔碑，所以学界很难断定白塔准确的建塔时间，但传说是辽圣宗耶律隆绪时期所建。而据辽代历史文献记载，佛教华严经于本朝流行最盛之时，是公元

1055年到公元1100年的道宗时期。耶律洪基本身就是一个虔诚的佛教徒，他统治的年代，在辽疆土之上广建佛寺、佛塔，如山西应县木塔、河北涿州云居寺塔、辽宁锦州广济寺塔等。据此保守推测，万部华严经塔的建造，最晚也晚不过这一时期。

暮秋时节，在景区内，顺着青砖铺就的坡道，参观者一步一步，缓缓地从今天走到4米以下、千年以前的辽代地面上。抬头仰望白塔，肃穆油然而生。

白塔为砖木结构的八角七层楼阁式建筑，因为自下而上每一层向内收缩的程度都很小，几乎通体垂直，所以整座塔看上去凝稳高大、气度非凡。在一、二层门窗两侧和转角处，皆有线条优美的砖雕像和中国文化中不可或缺的盘龙柱。工匠们精湛的技艺和优美的艺术表现手法，让这些历过千年风、沐过千年雨的佛、菩萨、天王、力士，虽然看上去有些残缺，但仍旧体态丰盈、神情自若、衣袂飘飘。

顺着今人搭建在白塔正北处的木制楼梯上去，弯腰进一层券门，逐级而上，在仿若大辽的时间和空间里摸索。凭借门窗和通风口透入的微光，静心凝神，观瞻回廊内侧塔心壁上曾经供奉佛像、存放经卷的龛室和金代修葺白塔的功德碑，以及塔壁上过往登塔人留下的题记。塔内一层现存金代石碑六块，上面的文字说明此塔在金代重修过。考古学家告诉我们，白塔内各个朝代的题记总计有400多条，除汉字外，还有契丹小字、畏吾儿字、女真文、西夏文、藏文、八思巴文、古叙利亚文等多种文字。可见当时丰州城的繁荣程度。

白塔内的题记五花八门，题记者来自四面八方，官吏僧侣，旅人游客，俗子凡夫，身份各不相同。有到此一游的，有路过记一笔的，有写下不幸遭遇的，也有抒发情感的。五层塔壁上的一条题记信息量非常大：“朱朝大明国嘉靖四十年六月初八日记留名姓山西太原府代州崞县儒学增光生员段清字希濂号中山时至嘉靖三十九年九月十五日大举达兵攻开堡塞将一家近枝大小人六十五口杀死抢去各散逃生止遗生一家大小五口俯念斯文存留性命路逢房叔二人妹夫一人并向恩人达耳汉处□告拿□在此亦同受难房叔段应朋段茂先妹夫石枚妻陈氏幼男甲午儿官名段守鲁长女双喜儿次女赛喜儿后至四十年闰五月二十七日有妹夫石枚带领幼男甲午儿投过南朝去了妻陈氏四月初一日病殁五月廿七日□段应朋□。”一个叫瑞伯的人在四层塔壁上抄录了北宋元绛的一首七言诗：“去年曾醉海棠丛，闻说新枝发旧红。昨夜梦回花下饮，不知身在玉堂中。”有一条内容相同的题记竟然依次出现在二层、三层和四层：“至正十一年六月初九日东胜州吴□□刘提领张国让张俊贤杨仲广到此记耳。”最有生活气息的题记出自丰州城内居民之手：“丰州在城东长街人贺谎懒是林家女婿是也。”

在塔内边走边看，手指不自觉地在石碑和砖壁上轻轻滑过，那些有生命的文字瞬间氤氲出经年已久的气息，让人不得不对其主人浮想联翩。他们来自大都、中都、京都、云内州、东胜州、太原府、冀宁路、净州路、般阳路、砂井府、中兴府、南京开封府、哈喇和林等地，有为公务往来的，有因生意到此的，有云游参学或途经登塔的。这也说明当时的丰州城与汉地和阴山以北各路府之间的联系极为广泛，在交通上起着枢纽的作用。

白塔内部，由一层上二层，是单路梯道，二层上三层至七层，是左右双向螺旋交替的双路梯道。环环绕绕，弯弯折折，明明暗暗，在历史与现实的切换中，一直上到第七层。从券门向外瞭望，不禁羡慕起古人来。那时候塔外有构栏，他们可以手捋长髯，在宣教寺悠扬的钟声里，凭栏近观丰州城纵横街市，远眺禾稼遍野、水亮山黛之美景，且听风吟铃响，那该是怎样的诗情画意？

在白塔顶层，也就是第七层的圆形穹室里，我无意间发现一个声音的奥秘。在穹室的正中，供桌对面拜垫两侧的砖都是 12 块。两个人脸对脸立于拜垫两侧，双脚分开站在中间的两块砖上，这个时候开口说话，彼此听到的声音好像都被麦克风放大了一般，很有质感，包括听自己的声音也是如此。而一旦离开这个区域，奇妙之音顿时消失。试想，如果把我们今天的说话声换成当年佛家的诵经声，那诵经声一定会经由白塔穹顶的门窗袅绕而出，泛泛于天地间。

多少年来，白塔与白塔村和谐相处，彼此守望，但惊喜也时有发生。1970 年 12 月，有城里大学生和白塔村的社员一起劳动，地点就在距离白塔约 500 米处的农田里。劳动中，他们无意间挖出两个黑釉大瓮，里面一共藏有 6 件瓷器。后经史学家考证，其中一个天青色釉的钧窑香炉为国家一级文物，现被内蒙古博物院收藏，并成为该院的镇院之宝。1983 年维修白塔时，还在塔内二层回廊积土中发现一张忽必烈时期的“中统元宝交钞”，面额为“壹拾文”。这是中国最早由官方正式印刷发行并流通于全国各地的统一货币，也是我国发现的迄今年代最为久远的纸币实物，具有相当高的文物价值。

时光荏苒，岁月流转。1000 多年后的今天，故城已去，驼铃不再悠扬，而白塔安在，梵音依旧清澈。

古城吟

丙申之春，随农发办到五路村下乡，远远望见白塔，决定工作结束后再访故城。

司机送我到白塔景区，问用不用来接，我说你忙你的，也就三几里地，走过去，腾家营村口有12路公交车，花一块钱就回市里了。

正当午，太阳像个倒扣的大火盆，又烤人，又晃眼，我只好把外衣脱下，顶在头上。

白塔远离市区，没有直达公交，周边也没有可以与之联动的旅游景点，再加缺少餐饮及其他配套服务，游人一直不是很多，更何况炎炎正午。但说心里话，撇开经济收入，我真不希望太多人只是走马观花，闹哄哄来，又闹哄哄去。我也相信，安于清静、自然的千年白塔，同样愿意像个留守者，居高临下，默默守护故城那些鲜为人知的陈年旧事，却不希望被无端搅扰，并被某些毫无素质可言的游客，在完全能感知疼痛的塔壁上，粗暴地刻下刺眼又刺心的“到此一游”。

和两个多月前来时一样，我仍选择先去景区外面的丰州城遗址走走。

顺着景区围墙往南，地里的玉米苗已经长到一拃高。我小心翼翼，生怕踩到庄稼，也怕惊扰到正在沉睡的土地和历史。

不知不觉，走到了故城东南坊。

考古发现，当年的丰州城东西宽约 1100 米，南北长约 1200 米，东、南、西三面城墙的正中都设有城门，并且都筑有瓮城。城内有十字大街，自然而然把城区分为四个区域，即东北坊、东南坊、西南坊、西北坊，就像现在呼市市区的新城区、赛罕区、玉泉区、回民区。

曾经的丰州城内，官署、商铺、酒肆、作坊、民居、寺庙分散在沿街及各个坊区，城内终日人欢马叫、车来车往，吆喝声、打铁声、驼铃声此起彼伏，使得这座从辽至元、明不断发展的中等边城一派欣欣向荣。丰州城西北坊有宣教寺，寺内有佛塔，就是今天依然高高矗立的辽白塔。

元代时，商业繁荣的丰州城已是中原地区通往漠北的交通枢纽，当年长春真人丘处机去中亚觐见成吉思汗后东返汉地，也是经过了丰州城。元世祖忽必烈迁上都至大都后，通往岭北行省的驿路主要有三条，其中的两条经过丰州城：一条是经丰州又白道、武川而至哈喇和林的木怜道，一条是经丰州、东胜州，溯黄河、沿鄂尔多斯南缘沙漠至今天的张掖，由此再行 7 站抵达阿拉善盟额济纳旗亦集乃路，又行 8 站至哈喇和林的纳怜道。这条纳怜道是专门为传递军情急令而设立的特殊驿路，只有带金银字牌和负责通报军情机密的重要使臣才可以通过。《清圣祖实录》记载，康熙帝1697年率军出巡塞外时曾驻跸白塔，并于次日自白塔前往归化城。

站在一处立有“丰州故城”标识牌的夯土残墙上四处瞭望，除禾苗与树，一些散落于田间地头的古瓷碎片在正午阳光的照耀下反射出一种历久弥新的柔美光泽。那是黑白相间的磁州窑，是元代的钧窑、龙泉窑，是唐、宋、元的绞胎瓷，还有战国、两汉时期的灰陶片。一些敦厚的大瓮口沿残片和琉璃瓦残片也散落其间。

历史就是历史，既然曾经存在，便总会于消失的时候或多或少留下些东西，好给后人一个交代。每每面对古城遗址里的碎砖断瓦和陶、瓷残片，我总喜欢推测遥远的丰州城时代，白塔周围没有庄稼地，只有一间挨一间土木结构的民居；清晨的炊烟是一天的开始，傍晚油灯渐次熄灭，丰州城一片漆黑，进入梦乡。

无法想象那个时代的饮食如何，却羡慕人们日常里使用着八大名窑的盘碗杯盏。那些口沿敦厚的大瓮一定摆在商铺里盛油盛酒，或摆在民居内盛水盛粮。篱笆小院内，衣袂飘飘的女子绾起发髻纺麻织布，穿长衫的男人劳作回来或饭后，坐在石碾盘上和小儿戏逗。鸡在刨食，牛在反刍，骆驼驮着波斯商人的货物从门前经过，出丰州城悠悠然而去，踏上通往漠北或西域的草原丝绸之路。

安静的正午，我沿着依稀可见的古城墙慢走，试图在故城里寻得几百年前战争留下的一些蛛丝马迹。天空有飞机掠过，不远处的铁轨上有火车驶过，高远而慵懒的声声“布谷”，在历史与现实间余音袅绕，缕缕不绝。我忽然毫无理由地想：曾经繁华鼎盛的丰州城难道真是毁于战争？我宁愿相信是遭遇了一场残局不可收拾的大洪水，即便房倒屋塌，城池变废墟，总有一些人会逃出劫难，到其他地方安顿下来继续生活。虽然再也听不到亲切的钟声，听不到白塔上清脆悠扬的风铃声，但活着，是最大的幸福。

我的突发奇想不是没有道理。据说白塔内一处明代题记中，就称当时已遭废弃的丰州城一带为丰州滩，而滩，是指河、海、湖边水深时淹没、水少时露出的地方，或流水过后泥沙淤积而成的平地。丰州城位于呼和浩特东郊大青山南麓的大黑河流域，每年山洪暴发时，水流恣意汪洋，且没有固定流路，就像当初任性的黄河水，不断制造灾害。也许，正是当年某一场突然而至的大洪水瞬间冲毁城池，同时淹没了白塔的塔基，否则，即便建塔时采取了塔基浅埋的做法，也不至于有4米之深。还有就是，听说种地的老乡们曾在丰州城遗址内捡到过古钱币、铜棋子、瓦当、瓷器，挖出过完整的大瓮，考古发掘也发现了精美的陶、瓷，但并没有见到冷兵器时代的刀、枪、剑、戟，那么，丰州城毁于战争的说法，是不是就有些牵强呢？当然，这只是我个人的凭空假想，并无任何历史依据。

从古城遗址出来，我越过铁路，和白塔村正在种绿豆的老乡攀谈起来。比我年长几岁的老乡说他小时候，每天一放学就和小伙伴们相跟着去白塔跟前玩儿。那会儿白塔没人管，可以随便攀爬上去，胆子大的还敢到外面的平台上往远处瞭。离白塔不远的地方，当年还有一个木结构的、类似于瞭望塔一样的亭子，那是他们的第二活动场所，可惜后来不见了，木头估计都被附近村民拆回家再利用了。

下午4点多，我又越过铁路回到公路上，朝腾家营方向步行。走到通往白塔村的岔路口，见路边大树下有位老者在乘凉，便过去搭话。没想到老者正是当年在白塔附近挖出瓮藏国宝级钧窑香炉的见证者之一。他说那天和往常一样出工，大伙儿扛着铁锹去白塔附近平整土地。没干几下，一个人的铁锹连续发出当啷当啷的金属碰撞声，无疑铲到了硬东西。扒拉开土，众人围上去一看，是个类似倒扣的锅一样的大铁盖子；再挖，盖子下面出现了大瓮；紧接着，在旁边又挖到一个同样的大瓮。因为埋藏得日久年深，大瓮上那铁盖子已经锈蚀得几乎和瓮沿长在一起，最后不得不弄烂才揭起来。一看里头藏的是宝贝，他们地也不平了，赶紧派人回村套马车。队干部连夜给市里相关部门打电话，第二天一早，两个大瓮就被拉走了。

这两个大瓮中，一共装有6件精美瓷器，其中一件刻有铭文的钧窑香炉被鉴定为国宝级文物。我不止一次在内蒙古博物院，隔着厚厚的玻璃观赏那只已是镇院之宝的“小宋自造”钧窑香炉，也多次登临白塔最高层，凭窗眺望现在已变成庄稼地的丰州城，却无论如何也想象不出，从前的此地及周边会是何等南来北往、车马喧阗。

白塔，抬头是千年，低头，亦是千年。

回城的公交车上，我不由得默默吟咏起元人魏初对丰州城一带无限风光的赞美：“五更骑马望明星，细草坡坨迤逦行。一片长川天不尽，荞花如雪近丰城。”

一座青城和四个女人

说起呼和浩特，就绕不开四个女人：王昭君，满都海，三娘子，慈禧。

先让时间回到历史上的公元前 33 年春。大势已去的匈奴单于呼韩邪第三次主动入中原朝汉，并要求和亲。真是瞌睡遇上了枕头，早已不想再打仗的汉元帝刘奭一听，爽爽快快就答应了，并把宫女王嫱赐给他。这便有了昭君出塞的史实。

与之前众多别中原、赴边塞的和亲女子不同，王昭君此去，除用心传播中原文化，还积极参政议政。她劝说呼韩邪单于要偃息战火，要发展经济，要对未来有所规划。但很遗憾，已是垂垂暮年的老单于和年轻貌美的王昭君一起只生活了不到三年便撒手而去。彼时，王昭君也曾向汉廷上书求归，但考虑到边疆来之不易的安宁，汉成帝不光不许归，还要她既去之则安之，“从胡俗”。王昭君只好按照当地“收继婚制”习俗，嫁给呼韩邪单于的长子复株累单于。在原有的安定基础上，复株累单于时代，随着边疆公平贸易的开放，汉匈关系得到进一步改善，而这一系列改变和王昭君参政议政、出谋划策关系重大。

想当年，王昭君出塞，万里迢迢远赴匈奴和亲，就是为了实现汉匈之间的和睦相处，但她的主要功绩更在于汉匈双方战火的长期熄灭，在于民族团结的增进，在于对和平所产生的深远影响，以及今天依然存在的现实意义。

因为王昭君，因为昭君墓，呼和浩特有了一年一度的昭君文化节，并已成为这座塞外古城一张重要的对外名片。现在，中外游客来到呼和浩特，一定要去城南的昭君博物院拜谒这位2000多年前的和平使者。

与呼和浩特有关的第二个女人，是蒙古族历史上功不可没的满都海。汉史对这个了不起的女人鲜有记载，蒙古文史册中却是不惜笔墨。

生于明正统十三年（1448年）的满都海，也被称为“满都海彻辰夫人”。她从小跟在父亲绰罗拜帖木儿身边，亲身经历了蒙古各部落间为争夺汗位而发生的此起彼伏的争战，睿智过人，同时也练就了一身好胆量、好武功。作为成吉思汗黄金家族的儿媳妇，在满都鲁汗离世后，毅然挑起统一蒙古的大任。

因为她管理有方，草原上出现了久违的安稳局面。为了蒙古草原的统一，寡居的满都海拒绝了成吉思汗二弟哈撒尔后裔乌讷博罗特王的求婚，一心一意辅佐年幼的巴图蒙克小王子，并做出一个惊人的决定：为了黄金家族圣火永不熄灭，她以曾叔祖母的身份，嫁给比她小26岁的成吉思汗第15世孙巴图蒙克，也就是年仅 7 岁的达延汗。

光阴似箭，岁月如梭。在满都海的栽培和辅佐下，达延汗 16 岁开始亲政，最终统一了四分五裂的漠南蒙古，受到后世蒙古人敬仰，被称为“中兴之主”。

今天的呼和浩特满都海公园就是为纪念这位蒙古族女政治家而命名的。园内西南隅被绿树和鲜花掩映的满都海彻辰夫人雕像，高大优雅，端庄秀美，昂首远视，仰望之，崇敬之情油然而生。

时间到了 1508 年，成吉思汗第 17 世孙阿拉坦诞生。

阿拉坦 15 岁开始骑马打仗，屡建战功。后来，他带领蒙古部落中最强大的部落之一——土默特部驻牧于大青山南麓，从那时起，今呼和浩特一带被称为“土默川”。1567 年，已经 59 岁的阿拉坦汗娶卫拉特蒙古辉特部 18 岁女子钟金哈屯为妻。这是他的第三位夫人，也是与呼和浩特有关的第三个女人，史称“三娘子”。

之所以说钟金哈屯与呼和浩特有关，是因为她和阿拉坦汗一起，在天苍苍野茫茫的土默川上，于 1572 年，“召集举世无双的巧工名匠，模仿已失去的大都，在哈剌兀那山（今大青山）阳、哈屯河（今扎达盖河）之滨，始建有八座楼和琉璃金银殿的雄壮美丽的库库和屯”。这座城历时 4 年，于 1575 年落成。

库库和屯是蒙古语，汉意为“青色的城”，后称为呼和浩特。

不光建城、在城里长期居住，钟金哈屯还协助阿拉坦汗与明廷建立起互市通贡关系，并运用她的聪明才智，一次又一次化解了“箭已上弓弦”的紧张局势，使蒙汉百姓远离厮杀，得以休养生息、安居乐业。

历史上的呼和浩特只指归化城（旧城），与后来清朝在城东北2.5公里处所建用于安插驻防军的绥远城（新城）没有任何关系。今天的呼和浩特，不光新旧两城早已融合发展，而且随着人口的增多，城市外延不断扩大，一些新的标志性建筑正彰显着呼和浩特更辉煌的形象。

和王昭君一样，阿拉坦汗去世后，为了维护塞外草原来之不易的安宁和与明朝的关系，年轻、睿智的三娘子按照“收继婚制”习俗，先后嫁给阿拉坦汗的儿子和孙子。直到现在，一些熟悉呼和浩特历史的人们依然把呼和浩特称为三娘子城。

第四个和呼和浩特有关的女人，是大名鼎鼎的慈禧太后。虽然慈禧太后的出生地至今扑朔迷离，但有传说认为她出生在呼和浩特新城的落凤街，也有说她出生在旧城的姥姥家。虽然这两种传说都是没有任何历史依据的，但慈禧入宫前曾随任山西归绥道道台的父亲惠征来呼和浩特并在此生活一事，是没有疑问的。

当年的道台衙门在呼和浩特市旧城西河沿，即今天呼和浩特市第一中学的位置。那时候，道台衙门里有被称作怿园的小花园，园内有六角凉亭，据说是慈禧看书游玩的好去处。内蒙古自治区著名诗人、剧作家贾勋先生回忆说，1952年他考入归绥中学（今呼和浩特市第一中学）时，校门过亭处的汉白玉石碑上就刻有“怿园”二字。显然，这和文字记载相吻合。

几年前，我在参观位于新城鼓楼立交桥旁的将军衙署时意外发现，展室里竟然展着慈禧太后曾经穿过的衣服。睹物思人，功过且不评论，单单能让历史记一笔，在这世上能常常让人想起，也实在不简单。慈禧尚且如此，其他三位女中豪杰更是赋予了呼和浩特别样的精神财富和文化气质。

遥想昭君当年

小时候，我成天去新城南门外城壕沿儿的姥姥家。有天傍晚坐在河边乘凉，姥姥看着内蒙古医院的红墙，用手指指西南方向说：“绥远城城墙没拆的时候，早起上城墙往那儿一瞭，昭君坟就像两个扣在一起的碗，青岚雾罩的。”姥姥说没说过昭君坟中午和下午的变化，我已没有记忆。多年后，在我接触到的一些资料中确实有相关的记载，说昭君墓“晨如峰，午如钟，酉如枞”，此为昭君墓美景一日三变之说。可我觉着还是我姥姥的比喻更形象直观，尤其“青岚雾罩”这四个字，不知胜过多少形容词。也只有姥姥的描述，才最贴近青城八景的“青冢拥黛”。

20 世纪 70 年代，我在呼和浩特市郊区桥靠村小学念书，后来我妈也去村小学当了民办老师。有一年暑假，学校雇了个大轿车，把老师和家属都拉上，带着吃的喝的，去城南郊外大黑河畔的昭君墓游玩了一整天。那时的昭君墓，我们习惯上叫昭君坟。记忆中，因为长期没有进行大规模修葺，彼时的昭君墓很有些老照片的味道，十分耐琢磨。

走进不大的墓园，迎面立着一块石碑，碑上刻有董必武先生1963年题写的七绝《谒昭君墓》：“昭君自有千秋在，胡汉和亲识见高。词客各摅胸臆懑，舞文弄墨总徒劳。”当时我学识浅薄，根本悟不出碑文的深刻含义，也就是说，董必武先生给予王昭君的高度评价和赞扬，我是后来随着年龄的增长才慢慢读懂的。很多文人骚客凭想象把昭君出塞后的生活写得又寒又怨，可邓拓先生却从历史的角度高屋建瓴地做出诗意评价：“初入汉宫待命，便报单于纳聘。不负女儿身，远和亲。塞外月圆花好，千里绿洲芳草，巾帼有英才，怨何来。”事实也是如此。想当年，王昭君不负众望，肩负着朝廷的使命出塞和亲，匈汉边境就此安宁。

穿过石碑后面的六角凉亭，顺着环绕墓身的小路拾级而上，在33米高的墓顶，宽敞的平台中央又有一个红柱青瓦的六角攒尖凉亭。站在亭子里放眼四望，北面是巍峨苍劲的大青山，南面是麦禾茂盛的土默川，东西则是粮田沃土、老树成行，一派葱茏景象，宽广如昭君的情怀与胸襟。

2013年秋天我再次拜谒昭君墓，墓顶凉亭中已立起新石碑，一面是衣袂飘飘的昭君王嫱全身像，一面是“大德”二字。

多少年来，研究者大都认为土默川的多处昭君坟极有可能是一座座衣冠冢。而呼和浩特的青冢，早在金元时期，墓前就设有用于祭祀的享堂；到了清康熙年间，朝廷官员张鹏翮与钱良铎还在昭君墓南面看到成堆的琉璃瓦碎片以及石虎、石马、石狮子各一个，一座竖有蒙古文幡旗的石头小房子。在青冢的顶部还有一个用土垒起的小方亭，内藏佛像、绸布和豆麦五谷。这也就是说，如果阿尔泰山古代遗址中巨大冰块里神情依然楚楚的“冰美人”不是王昭君，而当年王昭君去世后又确实是葬在阴山以南黄河以北，那么，内蒙古昭君博物院内的墓冢就极有可能是众多衣冠冢之内的一个例外。

2010 年 4 月末，从神东煤矿去恩格贝途经达拉特，汽车经过那个叫昭君坟的村子时，我心里忽然涌起一种别样的感觉。在内蒙古广大地区，为什么人人都希望这位从巴山楚水间走来的香溪女子埋葬在他们所生活的地方？显然，大家都喜欢她、爱戴她，因为她是和平美好的象征。

其实，胡汉和亲最早始于高祖。

公元前 200 年的冬天，匈奴南犯，交战中，汉高祖刚愎自用，不听谋士娄敬匈奴诈败且用老弱残兵瘦马相迷惑的推测，导致白登山被围七天。幸好军中猛将陈平出了个好点子，用金银厚礼去贿赂匈奴阏氏，才得以逃命，回到长安。可是，强悍的匈奴依然时时侵扰，令高祖忧心忡忡，寝食不安。一日，他愁眉不展地问娄敬该怎么办，娄敬说和亲吧，以柔克刚。彼此成了亲戚，就不用再争来打去了。之后，娄敬受命去和冒顿谈判，冒顿一口答应。于是，汉高祖把一个宫女所生的女儿远嫁给冒顿，冒顿很喜欢，立为阏氏。此后，又有很多宗室女儿远嫁给一些匈奴头领。

和亲虽使汉匈关系逐渐缓和下来，但中原农耕文化与草原游牧文化依然存在冲突。到汉武帝时期，虽然汉朝日益强大，但和亲依旧，而狐鹿姑单于还嘴硬说“南有大汉，北有强胡”。可毕竟被汉朝穷追猛杀多年，再加上兄弟之间的窝里斗，“强胡”终于江河日下，直至土崩瓦解。

公元前33年春，呼韩邪单于第三次入塞，主动向汉朝示好，要求和亲。汉元帝刘奭随即把宫女王嫱赐给他，从而有了昭君出塞的史实。

肩负着朝廷的使命，在隆重的婚礼大典后，王昭君带着丰厚的嫁妆，离别汉都长安，出潼关，过黄河，踏上“马后桃花马前雪”的漫漫出塞路。途中，她肯定有对故乡和亲人的思念，这是人之常情，无须评述。

与众多和亲女子不同，渐渐习惯了塞外生活的“宁胡阏氏”，没有安于个人享受，而是热衷于把中原文化在广袤的胡地广泛传播，为后来大一统的中华文明之水乳交融做出了难能可贵的贡献。

对于历史来说，王昭君的功绩更在于她的参政议政。她不仅劝说老单于要偃息战火，发展经济，而且还帮着他对未来匈奴的发展做出愿景规划：明法度，行善政，举贤授能，以汉室之优补匈奴之劣。这样，直至王莽篡位，汉匈边塞鸟语花香、烽烟不再，“鸣镝无声五十年”。

1893年3月14日早上，在归化城进行考察的俄国蒙古学学者阿·马·波兹德涅耶夫雇了一辆马车，朝南出城，去往文献中记载的昭君坟。按古时说法，葬不堆土而植树者为墓，有封土堆的为坟，后来统称为坟墓。出城才走了五六分钟，高大的昭君坟便进入波兹德涅耶夫的视线。到达昭君坟，200 来年前张鹏翮看到的土房、瓦瓮、石虎、石狮已荡然无存，他只见到三块立于道光时期的汉文石碑。

1935 年 4 月，著名边疆学学者黄奋生去百灵庙采访蒙正会大会时，曾在归化城独吊昭君墓，那时墓前的石碑已增至八块。黄奋生有感而发，赋诗两首，其一："蛾眉功业胜雄兵，一曲琵琶息战争。白草荒凉青冢在，泪血犹照西阳红。"其二："生来国色独超群，咫尺天颜壅见闻。不是和戎出塞去，千秋谁复知昭君。"

从古到今，关于昭君之墓，民间也有很多传说，比如王昭君会在呼和浩特市南郊夜半显灵扶危济贫，会给不孕不育的妇女暗送珠胎，等等。1984 年我爷爷生重病，村里的老年人过来说，应该去趟昭君坟祈拜祈拜。说来奇怪，因无法进食身体早已极度虚弱的爷爷，在我和妹妹一前一后的相扶相伴下，不知哪来的力气，竟然一步一步上到正常人上来都累得气喘吁吁的墓顶。

日月穿梭了无数个朝代，对于今天的人们来说，王昭君究竟埋葬在哪里已不重要，重要的是我们该怎样去发扬和传承她的精神。和平，友爱，团结，这是世界的根本。

流年似水，从公元前 33 年一路走到今天，如果只是写在纸上，历史可一掀而过；如果是写在一个民族的记忆之上，那么，"干戈化玉帛，天赐玉娇娘。世人叹青冢，一女定边疆"。不管从哪个角度来看，王昭君在各地均能引起强烈反响和重视，这足以说明，虽然时间早已过去 2000 多年，但昭君的人格魅力和精神魅力依然经久不衰，是“绝塞埋香骨，千秋不朽名”的绵绵诗意。

从坝口子村到坝底村

我想从坝口子村顺着河槽一直走到坝底村，再像当年的商旅驼队那样，由此爬上蜈蚣坝，翻越大青山，过马家店、排楼馆、什尔登、水泉儿、福如东……或北或西，一路栉风沐雨、带露披霜，最终到达遥远的目的地。

有资料显示，早于村庄300多年历史的更早更早时候，为扼控作为大青山南北交通要道的古白道，汉代，在山南的白道谷口，即今天的坝口子村南，建起一座叫白道城的军事城堡；北魏时期，不仅扩建沿用此城，为了防范北方游牧民族南下，还在山北白道口外由西向东设置了六个军镇，即沃野、怀朔、武川、抚冥、柔玄、怀荒，史称北魏六镇，用以保卫都城平城（今山西大同）的安全，同时让魏帝得以在白道岭上的行宫内避暑游猎、指点江山。

不难想象，既然是军事城堡，便有驻军、随军家属以及与日常生活配套的酒馆、商铺、作坊、市场、留人店等。从古到今，虽然朝代不断更替，同一个地方却是旧城废、新城起，你走他来。作为通往漠北和西域之驼道起点，有些商旅会选择先在此地打尖儿住店，第二天翻越蜈蚣坝继续前行。有长年累月往来于白道的晋商发现这里是个好地方，便开始买房置产，把这儿当成老家山西与漠北、西域之间的长期居所。随着人口不断增多，一个以山西人为主的村子便形成了。

有300多年历史的坝口子村，村民祖籍以山西居多。在村口古树旁、戏台前，一位老者告诉我说，他家祖上来到坝口子，世世代代已在这里生活了200多年。问老先生现在山西那边可否还有相互走动的亲戚，老先生非常遗憾地说：家谱没了，“云”也没了，亲戚就攀不起来了……

我一直认为，300多年前的山西人是看对了大青山南麓白道口上的地肥水美和有城可依。年老的坝口子人告诉我，完全不是那么回事，有商业头脑和商业眼光的晋商真正看对的是古城里的一条路——他们要靠路吃饭。这条路不是呼武公路，而是位于古戏台西侧不远处的那条直南直北的路。它是坝口子村的主街，我称其为当街。没修呼武公路前，当街就是通往后山的必经之路。

何为靠路吃路？老人说，当年绥远城也好，归化城也罢，就那么大个地方，人多了，吃饭贵，住店难，骆驼也没地方待。那些从大青山后头来的人，黑夜就吃住在坝口子，第二天天亮进城，办完事赶天黑又回到坝口子，歇息好天明再赶路。脑筋活泛的坝口子人就傍着这条商路，沿街开起油坊、酒坊、磨坊、馆子、旅店、车马大店等，靠做买卖挣钱过日子。坝口子村地少，而且没好地，光种庄稼根本不行，只能靠路吃路。

从老人们口中得知，早年这条当街路要比现在宽得多，向南直通归化城牛桥，向北顺河槽经榆树子、沙湾子、红土窑、焦赞坟，就到了山跟前儿的坝底村。由坝底村顺山坡逶迤而上，弯弯绕绕，最终可到达海拔 1660 余米之高的蜈蚣坝，也就是史书里的白道岭。他们还说，过去这当街上驼队商旅往来不绝，是阴山南麓的一处繁华地。每天一到半后晌，这条路上就红火起来了，步行的、赶车的，担担子的、吆毛驴的，推独轮车的、拉骆驼的，来来往往全是人；站在当街往两头瞭，南头北头都瞭不见尽头。那些人不是准备去归化城粜粮、置办货物，就是要翻过大青山到山后的武川、达茂、四子王等地去置换东西或做工挣钱。骆驼队是走草地做大买卖，去蒙古乌兰巴托的驼队和去新疆的驼队也是从这条路下河槽，顺着古白道往山那头走。

他们回忆，当街最热闹的时候是土默川瓜果飘香的唱戏之际，也就是当年的庙会期。这路上除了来往住店吃饭的，还多了些马拉轿车，里头坐着城里的大老板和有钱人，一为看戏，二为出城来逛达逛达、凑凑热闹。还有四里八乡赶来看戏的、做小买卖的、变戏法的，这路上挤得满满儿的，哪儿都是人。听一个“挤”字，完全可以想象出当街那时候的红火热闹。过去，很多外路人一来坝口子就不想走了，认为坝口子好，只要人不懒，拔把草也能卖钱，绝对饿不死人。

和我聊天的老先生还告诉我，繁华热闹的坝口子当街毁于 1949 年 6 月的一场大洪水。

那水实在太大太吓人，就像从天上往下倒了。河槽根本不管用，水直接就冲上了当街，一口气从北“刮”到南，路两边儿的民房和店铺都让“刮”跑了，人也“刮”走不少。水退后再看，当街已变成了河槽，两边被“刮”了个要甚没甚，特别瘆人。大水过后很长一段时间，村里人天不黑就关门闭户，不敢出去了。

那后来呢？

后来就接二连三在龙王庙敲锣打鼓，震动震动，制造点儿喜气，慢慢儿地，人们也就不怕了。

洪水过后，民间艺人依此创作出一个二人台小戏《水刮坝口子》，再现了当时的惨景：“……哎呀，坝口子是保不住了，水刮河神庙。水刮‘来和子店’，刮得实在可怜，居家三口人，小两口不见面。水刮‘北永胜’，哎咳哎咳哟，刮得实苦情，刮了个住娘家的闺女，捎带了个小外甥。水刮‘南永胜’，刮得实苦情，刮了个南磨房，米面顺水行。乡公所都刮完，丢下个好老汉，大水往南行……”

谁能想到，十年后的1959年，又一场罕见的山洪由北至南，势如破竹，京包铁路被冲断，牛桥被“刮”得无影无踪。

如今，顺着两边都是人家的当街一直往南走，在一个向东去的巷子口，有一户有些年代的高门大院，不知是不是幸免于当年那场洪水而留存至今。要真是的话，可想而知，在从前的坝口子村，此等大院定是一个挨一个，人们的生活该有多富裕。

继续前行，经过那残存的190米白道城东城墙，一直走到当街的最南端，会发现当年去往归化城的路已经被植物侵占，不能通行了。

1933 年 11 月 10 日，受雇于国民政府铁道部，斯文·赫定率领绥新公路查勘队从归化城出发，一路向北，经过西龙王庙、什拉门更、北水泉、厂汉板等村庄，走到坝口子村附近时，一辆汽车陷到了路上的大坑里。利用队员们往出弄车的时间，斯文·赫定访问了坝口子村。他不仅是著名的地理学家、地图测绘家、探险家、画家，也是一个以文笔优美、叙述生动准确而著称的作家，他竟然把坝口子记录为“八寇子”，这是多么标准的呼和浩特方言的发音。

2020 年 8 月 26 日，我循着犹似在耳的驼马蹄音和各种已被时间磨平的车辙，像斯文·赫定那样，走在当街旁有涓涓细流的干河槽里，第一目的地，是距此有 8 公里的坝底村。遥想当年，平坦宽阔的河槽里，南来北往的商队络绎不绝，行旅之人一定会因山水美妙而忘记车马劳顿。

住在村北头河槽边上的一位年近 70 的老人告诉我，他搬来此地十年有余，不管下多大的雨，从没见河槽里发过水。河槽里小路蜿蜒，植物茂密，我边走边仔细观察，确实没有发现洪水冲刷过的痕迹，反倒幽静如一处绝密的游玩之地。

汽车走走停停。有岔路，有土埂，有小水沟，我生怕汽车出状况耽误前行。

河槽始终与呼武公路相随相伴。左边高台地上偶有村庄出现，地里种着玉米、倭瓜等农作物，但不闻鸡犬之声，想找个人打听一下有关驼道的事，也始终不得。

时宽时窄、时弯时直的河槽一路向前，汽车走走停停，我不时下去步行一段，还要拍照。最终，像我担心的那样，在冒险跨过一个极有可能把汽车架空的土石梁子后，我发现近在咫尺的一条东西向深沟彻底断了汽车的前行路。我不死心，想徒步继续往已经不远的红土窑村走，但老刘说沟里就我一个人，不安全。只好坐车向右拐，过干河槽，爬上呼武公路，经莫尼山非遗小镇，从红土窑大桥下面穿过，上了一条西去的小柏油路。此时依次有三个选择：右拐进入已经改作影视城的坝底村，左转奔红土窑村，直行去往传说中葬有抗辽名将焦占的焦占坟村。

我们选择先进影视城。一直往里走，走到坝底村老村的最北头，也就是山根儿下。那里还住着一户人家，房子不大，但很有年代感。门前小菜园里种有玉米大葱西红柿，院内晾衣绳上搭着几件还在滴水的衣裳，院外大树阴凉里停有一辆白色私家车。

听见狗叫，一个男人推门出来。寒暄过后，问询知不知道过去的驼队从哪里上山。大概在他的年少时代驼队已消失，他说并无什么印象。又问现在可有人从他家旁边这条路上山，答曰山上树多，草也高，不好走，没见有人上山。我到房后看了看，草茂树高，确实看不出哪里有路，也就想象不出 1935 年 4 月去百灵庙参加蒙政会大会的著名边疆学学者黄奋生一行，是不是在此处下车后徒步爬上蜈蚣坝的。

从这里出来，我们直接去焦占坟村，而后去红土窑村。

通过走访得知，现在的红土窑村比以前规模大，因为近些年附近的小山村都已迁移合并到此，现在村子东面的房舍就是盖在旧时的河槽上。左右两片房子中间的一条南北路，正是过去的古驼道，道边的辘轳井至今还在。顺着这条道一直走到村子最南端，大盛魁曾在此设过休歇站。每每有从蒙古或新疆回来的驼队，都要在休歇站歇息整修一个晚上，领房子的把账目物品归拢好，第二天精精神神带队回到归化城给柜上交账。可惜几经变迁，现在已经看不到任何地上建筑了。

生于 1952 年的王世杰先生说，小时候他还不到念书年龄，有时早上四五点钟就听见南头河槽里传来阵阵驼铃声，便赶紧爬起来吃口饭，跑到河槽边去看骆驼队。骆驼一峰跟着一峰，十来八峰连成串，由一名驼夫拉着。每个驼队中都有好几条大黑狗。赶上过大驼队，能从早起一直走到中午。我问他知不知道蜈蚣坝上有个北魏时期皇帝祭天的地方，他说知道，一个大圆台子，外面还有一圈儿高台子。传说那是康熙皇帝打了胜仗回来，千军万马做饭的炉灶，村里人叫锅炉炉灶；在此吃饱饭下山进到归化城，士兵们渴了，康熙皇帝的战马一蹄子刨出清凌凌的玉泉水。我惊叹于他们的想象力，简直太丰富了。

王大方先生曾在他的《巍峨阴山白道岭》中描述：蜈蚣坝南坡下为坝底村，从这个村子上坝经过白道，再北行三公里即到达山岭最高处。这里有汉代的长城东西穿过，还有脑包两座，东西对峙。峡谷之间有路可通，其势十分险要。翻过白道，从此路向西行一公里，在白道岭北坡下山后，全为峡谷深涧，与南流的乌素图河相汇，再北行沿河而上，即与向北方的道路相通。

我虽断断续续没少走，但从坝底村爬上蜈蚣坝这一段，目前仍停留在计划中，希望能尽早完成。

清水河·明长城

最早知道清水河县，是因为那里出产的海红果和用海红果做成的果丹皮，后来又因为那里的小香米与野山茶。真正到了清水河，喜欢上的竟然是作为内蒙古和山西天然分界线的明长城。于是，我从地理角度出发有了进一步了解：清水河县位于内蒙古自治区中部、呼和浩特市最南端，地处内蒙古高原和黄土高原交界地带，整个地形由山、川、沟相间构成，其四邻为山西省的平鲁、偏关，内蒙古的准格尔旗、和林格尔县、托克托县。清水河县因境内有清水河流过而得名，其历史悠久，早在6000多年前的新石器时代就有人类活动。

长城是中国也是世界上修建时间最长、工程量最大的一项古代军事防御工程，自西周时期开始，延续不断修筑了2000多年，总计长度达5万多公里。由于年代久远，早期各个朝代的长城大多数都已坍塌损毁、残缺不全，如今保存比较完整的是明代在原有基础上继续修筑的长城，我们今天所指的万里长城就是明长城，所说的长度也是明长城的长度。

明长城又叫边墙、墙堑、夹道，是明王朝为了防御北方游牧民族南下扰掠而修筑的军事防御工程。这个浩大的工程，既是古代边地之瞭望防守前沿，又是出征部队强有力的后勤保障线；既是农耕与游牧的分界线，也是各民族彼此往来的秩序线。在清水河境内，绵延起伏的明长城连同与之如影随形、密集分布的无数烟墩（烽火台），都是世界文化遗产——中国万里长城的重要组成部分。据考，明长城东起鸭绿江畔的辽宁省虎山，西到祁连山东麓的甘肃省嘉峪关，全长达 8851. 8 公里。在内蒙古境内，明长城的总长度是 712. 603 公里，其中清水河独占 150 公里不说，这一段还是目前保存最好、最有历史文化价值、最具旅游开发价值的一段。

因为历史原因，清水河境内共有三道明长城遗址，分别被称为大边长城、二边长城（外长城）和三边长城（内长城），总体来看，墙体、马面、敌楼、烟墩、营堡等应有尽有。这些长城被分为 102 段。小元峁段位于海拔 1800 米高的柏杨岭上，是目前所见保存最好、形态最原始、气势也较恢宏的一段。与长城如影随形的烽火台据说要早于长城，但自长城出现后，烽火台便与长城紧密结合，成为长城防御体系中一个重要的组成部分。长城沿线，烽火台有的建在长城外侧，有的建在长城内侧，也有许多为了更好地传递信息而建在高山之巅。

就像吃过酸饭喝过山茶后的回味，在清水河明长城沿线的很多地方，历史行至于此，总会为后人留下一些值得记忆或怀念的东西，比如立在北堡乡口子上村村口的康熙四公主德政碑。不管有没有史书记载，凭吊于此，总能让人想起当年担负着政治使命，从皇都远嫁漠北喀尔喀蒙古后暂住于此的恪靖公主。她“恭俭柔顺，不待皇家之骄，娴于礼教”的作风，她对百姓的体恤和宽厚，让世代清水河人牢记心头，一条以公主花园命名的花园巷一直沿用至今。据民间传说，当年公主之所以在此停驻，是因为尽管康熙皇帝已三次亲征噶尔丹，但漠北的硝烟仍未散尽，归化城恰恰又是战争的前沿，出于安全考虑，只能让公主暂住在离山西八旗驻防地最近的清水河。最新的研究结果却是四公主根本没有来过清水河，她与敦多布多尔济成婚后一直住在京城，其间去过一趟漠北喀尔喀蒙古地方，后于康熙四十四年（1705 年）年底入住归化城建造的公主府，直到雍正十三年（1725 年）在公主府去世。

在德政碑对面南丫角山北麓的缓坡上，有一个始建于明代崇祯年间，募捐重修于清光绪十三年（1887 年）的古戏台——清泉寺戏台。老乡们说，每年的农历五月十三，这里都有热热闹闹的庙会举办，并且从明代兴起到现在，包括闹土匪的时候和“文革”时期，从没间断过。从 2003 年开始，庙会紧跟时代，逐步发展为“长城民俗文化节”，并以此为媒介，向外界传递着清水河特有的历史文化和风土人情信息。

明长城从辽宁虎山一路走来，在北京怀柔慕田峪长城西边的火药山上一分为二后，一路向西北，一路向西南，以外长城和内长城的形式各自出发，征途漫漫，在完成了对京师的双重保障任务后，又紧急靠拢，最终在清水河县口子上村的高山上重新聚首，合二为一，继续向嘉峪关逶迤而去。明长城这种一变二、二合一的现象，在历代长城史上独一无二，也是明长城在清水河境内的最大看点。

站在清泉寺戏台旁边的空地上眺望对面，北丫角山上一个修复不久的敌楼和它附近的几个烟墩让人浮想联翩。在战火频仍的年代，敌楼上凝神远望的将士在风霜雨雪中，会怎样去排遣离家的寂寞和孤独；那白天放烟成“烽”，夜晚举火成“燧”的烟墩，传递起边寨的军事风云，又是何等的急迫和壮观。如今生活在长城脚下的人们，或许其中还有当年筑城御敌的将士之后。

从口子上村东去不远的老牛坡村，那里有成立于1937年10月的呼和浩特地区最早的农村党支部遗址，现已被确定为市级爱国主义教育基地。虽然只是几孔看似普通的窑洞，但在抗日战争和解放战争时期，无论是发展党员、向前线输送战士，还是传递情报、布置后方工作，都是在那里完成的。我们前去参观时，天空正下着小雨，这让人对那段历史更加肃然起敬。

现在，经过多年退耕还林还草，早先干旱缺水的清水河大地正在一天天变湿变绿，那满沟满梁的苍翠和古老的明长城确实值得一看。

火车开到额济纳

一直想去额济纳旗看胡杨和黑水城遗址，苦于路途遥远，始终难以成行。这次，有火车直接开到额济纳，文新学员组织我们在金秋 10 月去大漠采风，简直欣喜若狂。

2011 年 10 月 8 日，晚上 9 点 22 分，4661 次列车正点驶离呼和浩特。

夜里经停包头时，上来几个人。他们提着大包小包，到加二车厢来碰运气，想找腾出的铺位。我们是去往额济纳旗的大型采风团，整节车厢几乎都是自己人，根本没有中途下车的。窗外夜色流动，他们坐在透进微光的窗前，边歇息，边等待列车员的消息。看来是不认识。一个问："去哪?"一个说："额济纳。"又问："去干什么?"答："看胡杨。"一个很不屑的声音说："不就是点儿烂树叶子，有啥好看的。"

明白了。其实看与不看，理由都很充足，因为"活着"和"生活"本来就是两码事儿。后来，他们相继补到卧铺，车厢里重又恢复到充满噪音的"安静"中。我却睡不着，瞪眼看着中铺铺板闹失眠。对面中铺的蒙古族作家阿·布音敖其尔睡得很香，在有高有低有长有短的呼噜声中，自顾自说着梦乡里的话。我侧起耳朵听，是叽里咕噜的蒙古语，一个字也听不懂。火车依然哐当哐当向前跑，所有的声音都跟着火车向前跑。

我这人毛病多，一向挪了地方就睡不着觉，更何况是从家里安稳舒适的床上一下子挪到铁簸箕一样的火车下铺。为预防夜里被过道上偶尔经过的人吓一跳，更是为了我随身携带的“财产”的安全，我选择枕着书包头冲车窗睡。这可好，就像把脑袋直接枕到了高高低低的铁轨上，那你追我赶的哐当声搞得我精神和神经都极不安宁。

睡不着。睡不着。就是睡不着。闭起眼睛数数吧。先数了100只羊。又数了100匹马。又数了100峰骆驼。数啥都不顶事，越数心越亮。那就盘点盘点我头底下的“财产”：一个手机，两个照相机，钱包里的身份证、银行卡、医疗卡、交易卡、会员卡、购物卡、读者证、借阅证、大大小小的票子，还有存着文稿的U盘，家里家外的全套钥匙……反正，一黑夜是又迷糊又清醒。

头晕脑涨，挨到天亮。起来洗漱过，打杯开水把铁观音泡上，开始吃自带的香肠和焙子。这是我喜欢的早点，如果把香肠换成羊杂碎去和焙子搭配，就成了呼市人口中与烧卖“并驾齐驱”的硬早点。

火车继续往前走，车窗外看到的除了沙子还是沙子，干巴巴，看得我嗓子要冒烟，只好不停地喝水。哐当哐当，哐当哐当，车厢里除了这，就是我们一伙人嘻嘻哈哈不着四六的瞎扯。

不知道又走了多少里路，忽然，大白天的，火车一头钻进让人有些莫名其妙的黑暗中，且久久不能穿越出去。好奇地问我周围的人，他们都和我一样，说不出个所以然。这个疑问，直到我从额济纳回来，才在网上找着答案。原来，制造黑暗的东西叫“明洞”，就是地面隧道。它的位置在额济纳旗旗政府所在地达来呼布镇以东的戈壁上，也就是额济纳绿洲的东部，全长 8080 米，为中国铁路明洞之最，是为了防止建在巴丹吉林沙漠上的铁路被流动沙丘掩埋而专门设计建造的。这是典型的人定胜天。

就像当年一首非常流行的歌里所唱的那样，走走走走走啊走，终于，窗外景色有了变化。车厢里跟着就热闹起来了，大家都站在窗前往外看。是些什么呢？是些点缀在沙丘上的骆驼刺、梭梭、红柳，或者沙蒿。这些东西虽然看上去灰头土脸、少有生气，但骨子里却透着一股笑傲江湖的顽劲儿，似乎在对看它们的人说：别少见多怪。我们可是不怕风沙不怕酷暑，更不怕老天不下雨的沙生植物，是千里戈壁万里沙的福祉。

眼前又出现一峰骆驼。那是一峰孤独的双峰驼，像一尊雕塑，静卧在离铁路不远的树丛里。我虽然看不到它的眼睛，但忽然觉得心里紧了一下，想：骆驼之所以选择卧在有火车经过的地方，一定是为了提醒来来往往的人们，随着生态环境的急剧恶化，作为国家级 78 种畜禽品种资源保护名录中之一种，“驼乡”阿拉善的双峰驼拥有量正在逐年递减，而且已经濒临灭绝。如果再不加以政策性和技术性的保护，这一物种的消失势必就在不远的将来。

随着铁路两旁植物越来越密集，有人忽然高兴地大声说：快看快看，有胡杨了。果然，远远的灌木丛中有了一棵胡杨或几棵胡杨，也有连成一小片的胡杨。我们之所以断定那就是胡杨树，完全因为那不可一世的鲜亮之黄。这个时候，真是梦里寻他千百度，蓦然抬头，我们此行的目的地应该就在不远处了。

中午 12 点 30 分，火车到达额济纳。

10 月的额济纳大地秋高气爽，清风猎猎。下了火车，在换乘事先联系好的旅游大巴去往旗政府所在地达来呼布镇的路上，我用大脑快速把额济纳的前世今生梳理了一遍。

额济纳地处中国西北边陲，从久远的年代开始，日月斗转，沧海桑田，经历过乌孙游牧、大月氏统领、匈奴战马纵横、汉唐重镇把持、成吉思汗“北逾阴山，西及流沙”灭西夏、元世祖忽必烈设亦集乃路总管府，直到明朝因攻打黑水城而筑起大沙坝使弱水改道。时间到了公元 1698 年，也就是清康熙三十七年，长期游牧于伏尔加河流域的土尔扈特部派出以阿拉布珠尔为首的 500 精兵进藏礼佛。五年后的 1703 年，在他们起程返回伏尔加河流域途中，受到准噶尔部阻挠。早有东归心愿的他们随即掉头内附清廷。1704 年，朝廷封阿拉布珠尔为固山贝子，并赐牧于嘉峪关外党河、色尔腾湖、阿尔金山以东一带。雍正九年，也就是公元 1731 年，又经请求，获准定牧于额济纳河中下游一带。由此，这一队人马成了土尔扈特部回归的先驱，草肥水美的额济纳河流域也因此再度燃起人间烟火。

之后，从民国初年的宁夏兼辖，到1935年被日寇侵扰，再到1949年后由甘肃省酒泉分区代管，然后又经宁夏直辖、张掖代管，划归内蒙古巴彦淖尔盟，复归甘肃省酒泉，直到1979年，额济纳最终归属内蒙古自治区。古往今来，额济纳千回百转的峥嵘岁月中，究竟收藏和演绎了多少莫测与神秘、战争与和平、喜悦与悲伤、富庶与贫瘠、奋斗与希望、坚韧与坚强，那一层层面纱之下，又是多少令人思绪飞扬的探索和发现。

在现实版的额济纳，除了远道而来追寻和瞻仰古丝绸之路上众多的历史与文化遗迹，大多数旅游者来此只一个目的，很简单，就是为了看胡杨的黄。胡杨是沙生植物，属于杨柳科、落叶乔木，在地球上有着6500万年左右的繁衍生息史。它和银杏树一样，是植物界的老祖宗，有“植物活化石”之称。

胡杨的美不同于其他树种，除了树形高大飘逸，为适应沙漠环境，减少体内水分蒸腾，它会自我调节，尽量缩小树叶的面积，比如幼树和离地面最近的叶子细得像柳叶一样，而树龄大或靠上的叶子就长成杨树叶的形状或枫树叶的形状，也有圆的、尖的、椭圆的，像手掌一样的叶子也有。有人做过统计，根据树叶边缘“牙”的多少细分，同一棵树上最多能有40来种叶型。这是事实，我在四道桥数过，抓在手里的同一个枝条上就有柳叶、三牙叶、五牙叶、七牙叶、全缘叶等，多得根本数不过来。更为重要的一点是，胡杨为荒漠地区所特有，全世界90%以上的胡杨生长在中国西北地区，以新疆塔里木河流域为最多，内蒙古的额济纳次之。胡杨的生命力极强，它耐寒、耐旱、耐盐碱、抗风沙，对于稳定荒漠河流地带的生态平衡、防风固沙、调节绿洲气候，都具有十分重要的作用。胡杨被赞美为“沙漠的脊梁”，独撑起一片蓝天。

俗话说靠山吃山、靠水吃水，既然上天把胡杨赐予额济纳，那额济纳就只有靠树吃树了。近年来，随着旅游业的兴起，额济纳也利用得天独厚的自然资源，搞起一年一度的胡杨节。

每当10月来临，由绿转黄的胡杨林，仿佛只需一黑夜，就用铺天盖地的黄把头道桥至八道桥的公路及两侧装饰得金黄耀眼、美轮美奂。如此的黄与美，让来到这里的人们，尤其是南方人，禁不住发出一迭声的赞叹。除一道桥至八道桥的集中呈现，在辽阔的额济纳，哪里有水，哪里就有胡杨，或者一排，或者一片，或者一棵，无论多少，各有各的好看。

物竞天择，适者生存。在极度缺水的时候，胡杨为了生存，会努力把根扎到地下10米深处去“喝水”，那可是将近四层楼高的距离。这种面对艰难却选择艰难的性格，就是胡杨的性格，也是额济纳人与生俱来的性格。据介绍，美丽的胡杨树除金秋10月供游人观赏的价值外，也有经济价值存在。胡杨浑身都是宝，尤其叶子，营养极丰富，是喂牲畜的优良饲料，有“空中草场”之称。听说在达来呼布镇，有些家里养着几只羊的居民，总会在某一场秋风过后来到胡杨林里，把那黄灿灿的落叶装回家去当饲料，省钱不说，喂过胡杨叶的羊肉质鲜美，还没有膻味。另外，胡杨还会自我排毒。由于水质的原因，在生长过程中，胡杨体内会积聚很多盐碱，等到一定时候，胡杨的树干上就会出现一块一块黄色结晶体，那就是人们常说的“胡杨泪”。这个东西很有用，据说可以治病，可以发面，可以做肥皂，还可以给皮子脱脂，给罗布麻脱胶。就连那死后倒下千年而不朽的胡杨枯干，也会被极具审美眼光的人们拿去稍加雕琢，变成一件件惟妙惟肖的艺术品。

传说很久很久以前，在发源于祁连山的额济纳河水的滋养下，额济纳绿洲上的胡杨林随着河水的延伸而到处延伸。它们高大茂密、蔽日遮天，一片连着一片，羊和骆驼想钻进去吃草吃树叶都很费劲。后来，随着地球演变和上游自然生态的恶化以及近代大力发展灌溉农业，使本该供给额济纳河的水量逐步减少；再加上为了生存所进行的垦牧和砍伐，胡杨林萎缩的速度越来越快，额济纳的生态系统因此而变得越来越弱不禁风，王维笔下“大漠孤烟直，长河落日圆”的美景终成绝版。我住河之尾，君住河之头，彼此如何才能恰到好处地共饮一河之水而谋求共同发展？这是一道考验人心的问答题。

10 多年前，随着生态的恶化，很长一段时间里，哪怕是远在台湾，只要说起沙尘暴，人们的第一反应就是阿拉善、额济纳。曾经沧海的额济纳，有太多的胡杨因为缺水而踏上死亡之路。与黑城遗址相距不远的怪树林，就是胡杨用风干了不知多少年的躯干所组成的令人震撼的死亡风景。黄昏，在每一个取景框中，它们褪尽树皮，皮开肉绽，横躺竖卧，无声胜有声……此情此景，如果能够对那些热衷于开发各种不能开发的自然资源的现代人起到警醒或警示的作用，它们也不枉死一回。要知道，善待自然就是善待自己，更是善待我们的子子孙孙。

额济纳最年长的一棵胡杨王，生长在苏泊淖尔南岸的亚布图嘎查。有资料显示，这棵树的年龄早已超过 800 岁，高 27 米，五六个成年人拉起手来才能合抱，因而被尊为神树。我们去参观的时候，正是太阳当顶。站在十几米之外凝神仰望，除了天生的伟岸气度，神树那种被人类所赋予的神性美和佛性美，那种早已超出植物所应有的挺拔和器宇轩昂，叫人不由得心生敬畏。面对神树，我在心里虔诚地祈愿，愿额济纳大地上的所有生灵都能在神树的护佑下，越来越兴旺发达，越来越繁荣昌盛。

如果说胡杨给人的美仅仅是一种自然的、质朴的、心旷神怡的，那么，遍布额济纳沙海戈壁间的那些古河道、古佛塔、古烽燧、古驿站、古城遗址，那些曾经被岁月掩埋过的陶罐、汉简、唐卡、佛像、擦擦，那些至今仍躺在外国博物馆里的西夏艺术品，那座被命名为“东风”的航天城，那处实现了中华飞天梦想的问天阁……额济纳对人的诱惑简直太多太多了。

东风航天城是我国创建最早、规模最大的卫星发射中心，也是我国目前唯一的载人航天发射场。从 1970 年 4 月 24 日中国第一颗人造地球卫星从这里升起，到 2011 年 11 月 1 日神舟八号飞船顺利发射升空，东风航天城为我国航天事业立下了汗马功劳。我们去参观时，航天城刚刚成功发射了天宫一号，正在为发射神舟八号做准备。站在高可入云的天蓝色发射塔前，一种民族自豪感油然而生，不由得想起火箭的前世今生。

世界上最早的火箭是由中国人发明的，而现代火箭又是从古代火箭发展而来。早的不说，唐宋的雏形期也略过不说，到了明代，有个叫万虎（也称作万户）的军中木匠，为了实现飞天梦，让同伴将一把椅子固定在一个木头架子上，又在木架子四周绑了47只“飞龙”火箭。准备妥当后，万虎一手拿着一只预计上天后可以助他飞行的大风筝，坐了上去。但很不幸，点火后，最终的结果是“箭”毁人亡。为了纪念世界上第一个利用火箭飞行的人，在将近500年后的1970年，月球背面的一座环形山便以万户命名。在华盛顿美国国家航空航天博物馆里的飞行器陈列大厅中，有一块标牌非常醒目，上面写的是：人类最早的飞行器是中国的风筝和火箭。如果说当年的万虎为后来的航天事业打开了一扇想象的大门，那么，20世纪50年代末额济纳人的受命迁徙则是一次伟大的壮举。

在乘大巴车前往东风航天城的路上，陪同我们的额济纳旗旅游局局长纳森巴图介绍说，1958年，为了给国防让路，额济纳牧民舍小家、为大家，赶着牛羊骆驼，依依不舍地离开草肥水美的家园，踏上艰苦而漫长的搬迁路。为此，曾任国防科委主任的聂荣臻元帅在接见航天基地领导时曾不无感激地说过：额济纳人民为国防建设做出的牺牲太大了，有机会，我们一定要回报他们。

从东风航天城出来，因为下午要接着游览黑城遗址，我们就近在距东风镇不到40公里的新西庙“牧家乐”吃午饭。

我妈常说饭给饥人吃，这话一点不假。也不知是饿得厉害，还是额济纳羊肉真的好吃，反正三个桌子上的土豆白萝卜炖羊肉，连汤带水，被我们风卷残云般吃了个要啥没啥。事后回想，那是我有生以来吃得最多、最快、最香、最狼吞虎咽也最不顾形象的一顿饭，因为吃得矜持就啥也抢不上了。

吃完饭出来，本打算上西头棉花地里去看看，因为我虽然穿了40多年棉布衣服，可始终不知道棉花长在地里是啥样子，但最终还是禁不住石头的诱惑，跑到庙堂背后大滩上溜达，想找到个宝贝。真是运气好跑不了，当我搜寻的目光落在脚边一块石头片上，眼睛里顿时光芒四射。我弯腰把石头片抓到手里，翻来覆去端详，就端详出一个意思，那是一股三星堆所特有的青铜味道。位于四川省成都平原上的三星堆遗址是西南地区古蜀国青铜文化的代表，我捡到的那块石头与那里出土的金面罩人头像的侧面非常神似。那块石头呈片状，青黄黑三色相间，质地坚硬，棱角分明，由天然线条所勾勒出的形象，虽低眉垂眼，却气度不凡。

与胡杨林的勃勃生机截然相反，夕阳西下时的黑城遗址，远远望过去，那种孤独、苍凉和死寂给人一种很难说清楚的感觉。作为古丝绸之路上现存最完整、规模最宏大的一座古城遗址，经过繁华过后将近700年的沉睡，黑城终于在20世纪初期被俄国探险家科兹洛夫的铁锹惊醒。随后，斯坦因来扫荡过，华尔纳来盗掘过，黑城最终遍体鳞伤、满目疮痍。

黑城是一处历史文化宝库。近百年来，这里出土了大量珍贵文物，西夏文书、蒙古文文书、彩泥佛像、道教绘画、佛经法器、盐引、婚书、户籍、服饰、瓷器等，应有尽有。俄罗斯圣彼得堡是世界上收藏黑城出土文物最多的地方，冬宫里藏有一幅精美绝伦的雕版画《四美图》，上面的美女是汉代的王昭君、赵飞燕、班姬和晋代的绿珠。

黑城有东西二门，游客走西门，有瓮城，城里到处是翻墙而进的沙子。我本想踩着堆积如山的黄沙爬上南城墙走走看看，在高处眺望一下城外的世界，结果刚上到一个小沙坡，就被工作人员用小喇叭喊停了；而且还不让长期停留在一个地方，不让捡地上的东西，人们只要稍微有点低头弯腰的意思，马上就有人让赶紧走。

时间太紧，我没敢往东门那里走，只简单看了看木栈道两边的碎瓷片瓦、石碾石磨和断壁残垣，便随着人流从北城墙上那个传说中黑将军突围时挖出的大洞去到城外。没看到胡杨，也没看到红柳，眼前是沙海一片。

古城西北角的黄沙比城里高得多。墙下有很多佛塔，每个上面都有盗洞，像号哭的大嘴。我从那大嘴看向里面，空空如也。拍了几张照片，眼瞅着太阳一阵儿比一阵儿低，黑城的夜晚就要到来了。

离佛塔不远的沙地上，有一对年轻人正在拍婚纱照。他们一定是想让古城见证爱情。

快到景区入口时回望黑城，黑城就像一部残缺的、亟待修复的史书，而城里城外的黄沙下面究竟还埋藏着多少秘密，又是历史留给我们的一道待解难题。

众所周知，在辽阔干旱的大西北，没有水就没有植物，没有植物就没有绿洲，没有绿洲就没有人类文明。在额济纳，为了生存和发展，人们必须尊重自然、敬畏自然。听当地人讲，额济纳本地司机开车，只要远远望见路上有绿色植物，哪怕再小，也要小心翼翼绕着走，绝对舍不得去碾压，因为他们深知家乡生态环境的脆弱，他们更知道爱绿色，就等于爱自然、爱生命、爱家乡。

其实，除遍布全旗的已干或未干的众多淖尔，从额济纳地图上那些水气十足的名字，我们就可以看出历史上的额济纳是一个草深树茂的水乡泽国。额济纳是黑水之意，旗府所在地达来呼布意思是像大海一样的深渊，居延是天海，策克是河湾，而弱水下游本身就岔河纵横，“棒打黄羊瓢舀鱼，野鸡落在家院里”是额济纳曾经的写照。但今天，额济纳之水已令人十分担忧。就拿现在重又碧波荡漾的苏泊淖尔来说，如果不是额济纳人的据理力争和政府的高度重视，我们今天看到的一定还是它十多年前干得不见一滴水的样子。

在苏泊淖尔芦苇岸边立着一溜小牌子，上面的字连起来，就是“小小居延海，连着中南海”。显而易见，被现代人怀着历史和文化情结称为东居延海的苏泊淖尔，不仅属于额济纳，更属于全中国。如今，在各部门协调下，十几年不间断的黑河生态调水工程让额济纳绿洲的生态得到进一步恢复和改善。

那天，在居延海等待日出的时候，我和写诗的丁鼎沿着布满水鸟蹼印的水岸一直往东走，走着走着，两只受惊的白鹤忽然从我脚边飞起，我也同样受到它们的惊吓，但那惊吓完全可以理解为惊喜。

继续向东走，过了“居延海湿地”的牌子，走到前面被水挡住去路，就看见一片我从来没有见过的芦苇和水鸟的天堂。那时候，东方的水里正泛起一线浅浅的红晕，我仿佛只是眨了一下眼睛，太阳就像正在水底发芽一般顶破水面，先露出一个边，又一点一点钻出来、升起来，被晨风推皱的一波一涌的水浪声托着，慢慢地，缓缓地，贴着水面，成了小半个圆，长成大半个圆，然后更大、更大，大成一轮挣脱水面的红太阳。

10 月 12 号是自由活动的日子。经过商议，我们一行六人决定来一次低碳徒步游。选定的路线是从土尔扈特大酒店出来，顺着通往策克口岸的公路一直向北走，直到走上戈壁滩。

这条路不甚宽，对面行驶的车辆都得小心避让。我们这一趟主要为看红柳，就是长在公路两旁的茂盛的红柳林。除了红柳，路边还有沙枣树、胡杨树和大坨大坨的芨芨草。而我的最终目的是想走出红柳林，找一处戈壁滩去捡石头。在额济纳的戈壁和沙漠地区，除了胡杨，红柳是又一种常见灌木。它的根系比胡杨还要发达，抗旱能力也比胡杨强，很多胡杨无法生存的地方，红柳都能长得安然无恙。这个红柳，简直就是干旱和荒漠地带的大救星。

我们带着足够的水和食品一路向北，边走边拍照，有时还拽住路边果实累累的沙枣树枝打上几把，揣到兜里当零食。

走着走着，忽然变天了。平地起风，刮得人透心凉。王老师提在手里的食品袋呼啦啦响个不停，头发也被吹得立了起来。我们找到一处背风地，把背在包里的衣服全部套上身，口罩戴上，帽子戴上，纱巾围上，继续朝北走。

风越来越大了。最多走出去十来里地，清冷的风变成了沙尘暴，风沙打得人根本无法睁开眼，有时都看不到也听不到身边有车经过。为安全起见，我们心有不甘地决定打道回府，不过在线路上做了调整，即放弃原路返回，选择钻过铁丝网，从林场里往回走。没想到这一调整，又调整出个惊天喜悦。原来林场里有很大一片蜜瓜地，地里有很多羊，我们决定和羊一起吃瓜。虽然是收获后不要的瓜底子，但肉厚瓤少，吃起来又脆又甜。就着沙尘暴吃了一气后，我和叶鸣还抱了两颗，准备在回程的火车上吃。

按计划，我们要乘坐 13 日中午 2 点 30 分的火车离开达来呼布镇，一上午的时间不能白白浪费，我们正好去镇子里转转，顺便买点土特产。

达来呼布镇简单而小巧，如果时间允许，仅凭两条腿，很快就能把全镇逛个遍。但保险起见，上新市场那边买石头和苁蓉时，我们还是选择了打车。这地方出租车很有意思，没有起步价，也不打表，只要不出镇子，走多远都是 3 块钱；如果要到镇子以外的旅游点，就得和司机另商量。如去八道桥那边的巴丹吉林沙漠，路程长短不说，中间司机除了要等好长时间外，半道上时不时还得靠边停下来，满足游客拍照的需求，如此全方位服务，四个人包来回才要120块钱。当然，前面说的3块钱是按人头算，而不是按趟。比方车里已经拉了两个人，走着走着，见路上有人招手，司机就会停下来再拉一个，又挣3块。

我们打车也闹了笑话。先是郝大姐一人出去，回来就说这地方打车真便宜，前后打了4次，总共才花12块，合算得不得了。我们三个从酒店出来，走到蒙医院门口拦下车，怕司机欺生宰一刀，就自作聪明先发话，问他去新市场要多少钱，司机说给10块吧。我心里就犯嘀咕，想：幸亏事先知道了，要不还真得挨宰。于是开口质问司机：不是3块钱吗？昨天我们已经坐过好几回了。估计是这样的事情遇到得太多，司机没说什么，只是不出声地笑，笑过，让我们先上车。车一启动，我们三个就忙乎开了，都抢着要付这3块钱。争了半天，坐在副驾驶位置上的刘老师一锤定音，说别争了，我来。

虽然路上没几辆车，司机却开得很慢，这大概也是小镇的一种生活常态。车朝前走了没多久就拐向右面，又走了一气，似乎还没有到地方的意思。看着刘老师捏在手里的3块钱，我忽然觉得有点不对劲，心里忐忑3块钱是不是有点儿少，就偷偷拽拽刘老师的胳膊，让她问问司机，该不会是三三九块吧？被我一问，刘老师也觉得师傅让我们先上车，本来就是伏笔。可司机师傅毫不计较，依然笑容满面，边开车边继续和我们聊些家长里短。我心想：这事要是让某地某些司机碰上，即使拉上乘客，也会没鼻子没脸地呛乘客一顿，让乘客半天喘不过气来。

额济纳民风很淳朴，一切都是自自然然、不紧不慢。街上的行人不紧不慢，店铺里的生意不紧不慢，饭馆里上菜不紧不慢，你急着问路，人家的回答也是不紧不慢。我在街角一家规模挺大的超市买蜜瓜条，想要农场里人工晾晒的那种，老板说有，但还没分装，之后就不理我了。我说我自己装点儿行不，他还是不紧不慢，用嘴指挥我去后面货物堆里拽出个大塑料袋子。

在额济纳，所有生意人都这样，卖苁蓉的，卖石头的，卖水果瓜子的，从不上前招揽，也不上赶着推销，似乎你买不买都无所谓。

回酒店时，出租车司机是个中年妇女。车很快停到酒店门口，我们陆续下车，师傅头歪在方向盘上，边冲我们笑边说：欢迎你们再来额济纳做客啊！那口吻，好像我们都是她家远道而来的亲戚。

海市蜃楼

2020年10月8日，早上起来，各自收拾行李、睡袋，整理好主人家的床铺。我把众人踩进每个房间的沙子都扫在簸箕里，出门倒回院外的沙地上。小伙子们忙着检查设备并装车。

用水得上房舍西边的机井去打，可主人住在后院的旧房里，我们自己不会操作；再说那井水温度实在太低，昨天一来就领教过。我也不讲究了，右手握杯，把昨天晚上喝剩的茶底子倒在左手手心里，迅速在脸上抹了两下，就算洗脸了。刷牙水用的是暖壶底子，因为水少，都没敢挤牙膏。

我们是在嘎拉僧亲戚家借宿。昨天晚上两个年轻人热情接待我们不说，还安排我们住在他们刚刚装修好的新房里，今天又早早起来把水烧好。早点是车上带着的月饼、泡面和主人端上的果条、手把肉。吃好喝好，把水壶都灌满，8点10分，告别年轻的蒙古族夫妇，我们离开额济纳旗格日勒图嘎查者丽苏海牧点，顺着曲折难行的小路返回距离此地5公里的驼道站点阿达格敖如勒根，继续沿着绥新驼道中路南线西行。按计划，拍摄完沿途的几个站点，日落前我们必须赶到黑城。

习惯走沙漠也熟悉地形的嘎拉僧驾着头车带路，我们紧随其后。错落起伏的沙丘间，小道隐秘逼仄、似路非路，车轮不时被两旁的梭梭树枝剐蹭出吱吱的响声。我生怕一不小心被剐爆胎，那可就耽误事儿了。

茂盛的梭梭树旁生有苁蓉，牧民挖了可以卖钱贴补家用。虽然外人未经许可不能到别人家草场里去挖苁蓉，但家家不是1万就是8000多亩的草场范围太大，根本监管不过来，所以盗挖年年有，这让牧民很是无奈。昨天结束拍摄后，我和李靖、李文清在吉呼楞家养骆驼的那片草场里挖了三窝子锁阳。李鹏说新鲜锁阳熬茶非常好，我们便带在车上，打算晚上到达来呼布镇后熬一壶尝尝。

穿越巴丹吉林沙漠时，在一个小拐弯处，自重5吨的“猛禽”在毫无防备中陷入沙海。车拉不动，人推不动，又垫上防沙板，总算折腾出来。再看人，个个眼里、嘴里、耳朵里、鞋里、身上，全都是沙子；一摇头，头发里甩出的也是沙子。可没走多远，我坐的“猛禽”再次“趴窝”。老嘎的头车也不省心，翻沙梁时判断失误，冲高后一头杵下去，把前保险杠撞了个稀巴烂。关键他自己毫无觉察，我们第二辆车紧随其后也没注意，走在后面的第三辆车经过时看着眼熟，用对讲机喊话，老嘎停车一看，保险杠果然不见了。我一下联想到当年范长江从额济纳去定远营时从驼背上摔下去的危险，也想到了西北科考团一次又一次从沙里、冰里、水里、坑里往出挖汽车、撵骆驼的情景。

行车途中，我们拜访了偶遇的拐子湖牧民王全。他说从他家这个冬营盘所在地到黑城只有 30 公里左右，到达来呼布镇是 80 公里。他们现在在夏牧场，骑摩托回来是准备搭建母驼生子时要用到的网子。离开王全家去苏海呼都格，走到叫碱湖的地方，我们三辆汽车 9 个人忽然被奇遇的海市蜃楼给惊到了。

海市蜃楼也叫蜃景，是一种因光的折射和全反射而形成的自然现象，是地球上物体反射的光经过大气折射而形成的虚像，是某一地的真实存在因光学作用挪移到异地的现象。只是这体现方式过于独特，既没有确定的时间，更没有确定的地址，能否看到它，靠的是“运气”。

我都忘了怎么下的车。第一次见到真实的海市蜃楼，我们两只眼睛好像都不够用了。除了来的方向，我们所处的左、右和前方，甚至目力不及的更远更远处，全都是。出现在沙漠里的海市蜃楼属于“下现蜃景”。景是平地而起，不算高，不像海边的“上现蜃景”那样悬在空中，但范围很广，十分壮阔，倒影重重，令人迷醉。举目遥望，环而视之，那景似山、似丘、似石、似林、似亭、似阁，又好像什么都不是，就那么缥缥缈缈、影影绰绰，仿若浮于仙境般的湖水里、雾气中。

碱湖地势平坦，小路边有些沙土丘。为了看得更清更远，我和韩阳扛着摄像机爬上一个高大的沙土丘，却发现和下面没有什么区别。我又赶紧跑下来，掏出手机，对着比桂林山水还壮观秀美，感觉就要有七仙女出现的海市蜃楼又是拍照片，又是录视频，生怕这可遇不可求的人间仙境转瞬逝去。

在古老的丝绸之路上，曾经有多少疲惫的旅人因找不到水而绝望，又有多少人因为水波荡漾的海市蜃楼重又燃起希望。

我国古代视蜃景为仙境，认为蜃乃蛟龙之属，能吐气而成楼台城郭，又说海市是海上神仙住的地方，所以秦始皇、汉武帝都曾前往蓬莱寻访仙境。汉武帝更厉害，因瞭望蓬莱仙山而不得，竟下令筑城曰“蓬莱”，以捍卫他天子的尊严。

因为是一种虚像，无论我们的设备多先进，技术多高超，镜头里总是虚幻又缥缈，毫无实景那种清晰和踏实。而当我们驱车试图驶入海市蜃楼，那迷人的景致很快便神奇地消失了。

草原上的人们

己亥之夏，草原最美的季节，我们从呼和浩特出发，基本上沿着科尔沁500公里旅游风景大道走了一趟。

科尔沁500公里旅游风景大道以304国道为主轴，南起科尔沁左翼后旗，北达霍林郭勒市，一路走来，草原，森林，沙漠，湖泊，湿地，山峰，沟谷，河流，牧群，人家，赏自然美景，访历史遗存，看城市景观，吃草原美食，最大的感受是我们的祖国成立70年来，草原发生了翻天覆地的变化。

今年雨水好，草原上的牲畜膘情都不错，一群群牛、马、羊在草海中游来游去，像流动的风景。如今的草原已步入牧业新时代，牧人已跃下马背，开始骑着摩托车或开着小汽车放牧，有的还用上了无人机。虽然冬夏季还需转场，但只是在划定给自己家的草场内走动，别人家的牧场有铁丝网隔着，谁家也不能越界。

旅游业的发展让很多牧民都受了益。他们可以在自己的蒙古包里接待游客，出售自己做的奶食品。有的牧民脑子活泛，通过给远道而来的摄影爱好者们充当“鸟导”“湖导”，赚取不菲的佣金。

不管社会怎样变革，草原上的人们始终沿袭着祖祖辈辈传承下来的游牧习俗和生活方式。在锡林郭勒盟的牧户朋友家，我们到来之前，女主人已经熬好奶茶，煮好手把肉，准备好自己炸的果条、自己做的奶豆腐、自己熬的奶皮子、自己腌制的咸菜，还有一大锅用手把肉汤煮制的大米稠粥。

小胡家的房子盖在自己的草场内，钢筋水泥建成，宽敞又明亮，里面的设施和摆设与城里别无二致。唯一的不同就是没有左邻右舍，也没有厕所，要想方便，从后门出去随便找个地方就可以了。这是他家的冬营盘，早年居住的蒙古包还在，虽然已经没啥用处，却一直舍不得拆，因为那里有过去困难时期的记忆，也有生活慢慢变好的记忆。

在阿巴嘎旗洪格尔郭勒镇巴彦布日都嘎查航拍河边的羊群和牛群时，一匹马忽然向我们飞奔而来。在拍摄过程中常发生因无人机降低高度而引起畜群骚动的情况，所以我的第一反应是牧人不高兴了，找我们算账来了。

话音未落，一个小伙子翻身下马：你们骑马吗？

原来是来揽生意的。

他的汉语不太流利，但我们基本能听懂。通过简短的聊天，我们知道他在呼和浩特的内蒙古农业大学上学，假期回来没事干，骑着马出来溜达，看见人就招揽点生意，每天也能挣个百八十块。小伙子从小在马背上长大，参加过很多次赛马活动，骑马的姿势特别优美，马的配合也相得益彰。那一人一马风驰电掣的样子，加上远山近水，密云低垂，绝对的原生态，简直把人看呆了。

我们不仅骑了他的马，还决定去他家吃午饭。他高兴地打电话通知不远处的家人，让给我们准备午饭。这个家是他们的夏营盘，就在不远处的河对岸。河水极浅，他骑马在前边带路，我们的汽车轻轻松松就过去了。他家有两顶宽大的蒙古包，其中一个包里有烧牛粪的灶火，也有煤气灶和电饭锅，是会客、做饭、吃饭的地方，也是他父母的起居室。旁边一个是他和哥哥住，里面有音响，我们就在这个包里吃饭、休息。为了避免牲畜骚扰，两顶蒙古包用围栏围着，牛羊就在围栏外，或自由行走，或卧着反刍，一些自制的奶豆腐在围栏里特制的纱罩内享受阳光和带着草香的清风。一只小羊羔跟在女主人屁股后头咩咩叫个不停，还不时用小脑袋去顶她的腿。原来这是一只闹病的小羊羔，主人舍不得让它跟着羊群出去，现在小家伙饿了，嚷嚷着要喝奶瓶里的奶粉。

正坐在蒙古包里喝奶茶，我们忽然听到有节奏的汽车喇叭声，弯腰出去看，原来是流动售货车来了。车上货物非常全，蔬菜、水果、糕点、饼干、饮料、调味料、日用品等，应有尽有。卖货的父子是四子王旗人，就吃住在车里。问他们多长时间来一趟，他们说这一大片草原上各个点儿转下来，如果天气不捣乱，差不多一个礼拜能转一圈。我们想买香瓜，但只剩了货底子，最后买了点李子，价格与呼和浩特不相上下。

现在的牧民冬天都住在定居点，夏天视草情决定在哪里扎夏营盘。夏营盘的位置每年都是不固定的。我问那骑马的小伙儿春节过后开学时从定居点出发，暑假回来会不会找不到家，他说假期回来都是家里人开车去车站接，那么大的草场，自己肯定没办法找到。

在通辽市奈曼旗固日班花苏木，我们还碰到一件新鲜事儿。在这个蒙古族将近占90%人口的苏木，从前按传统习俗，每个人从满月开始，12岁圆锁，49岁、61岁、69岁、73岁、80岁、85岁过寿，结婚生子，盖房上梁，孩子考上大学，这些都得随份子以示祝贺，收入少的人家简直苦不堪言。现在，新一届领导班子大刀阔斧，移风易俗，几年工夫下来，这种陋习已一去不复返。

对蒙古族来说，历史悠久的那达慕大会古老而又神圣。那达慕是蒙古民族在长期的游牧生活中创造和流传下来的具有独特民族色彩的竞技项目和游艺、体育活动。这个夏天，在这趟草原行接近尾声时，我们邂逅了一场盛况空前的千马那达慕。

阿巴嘎旗伊和高勒苏木伊和乌苏嘎查牧民阿拉腾巴根，一个人，1000匹马，一场那达慕，如果用四个字来概括，便是“盛况空前”。

这是草原上的节日。牧民们穿上鲜艳的蒙古袍，戴上精美的首饰，扶老携幼，邀朋唤友，有的天不亮就出发，喜气洋洋从四面八方蜂拥而至。来的都是客，主人阿拉腾巴根备下宴席，人们随便走进哪个蒙古包、哪个大帐篷，都有奶茶喝，都有手把肉吃。

早在2006年，那达慕就被列入第一批国家级非物质文化遗产名录，它的重要性可想而知。因为下午就要返回呼和浩特，参加完开幕式，我们没吃午饭就离开了会场。期待下一次草原行，依然能与一场那达慕相遇。

杜鹃花海阿尔山

每年5月中下旬到6月初，如果你走进被四大草原环抱的边陲城市阿尔山，就等于走进了杜鹃花的海洋。

位于内蒙古自治区东部兴安盟境内的阿尔山市，横跨大兴安岭西南山麓，北与蒙古国接壤，辖区总面积7408平方公里，绿色植被率高达95%，是我国北部边疆一座旅游城市，是内蒙古东部区旅游精华所在地。

早春5月，阿尔山晴空丽日，流水潺潺。度过漫长冬天的树木，此时已迫不及待地吐出新叶，并慢慢由黄绿变为翠绿。牧草在荒芜中闪耀着清新的色泽，吸引着牛、马、羊的眼神和味觉。花情萌动之时，那漫山遍野的杜鹃最先被季节摇醒。

杜鹃花是阿尔山的报春花，只要它开了，阿尔山的春天就来了。

5月的阿尔山，冰雪还未完全消融，杜鹃花已开始了一年一度的追梦之旅。远观叠彩飞霞，近看花枝招展，浅粉，淡粉，红粉，紫粉，美艳的娇容真是让人一见倾心。春天的阿尔山，杜鹃花无处不在，路旁，湖边，山上，崖下，沟底，林间，就连已沉睡亿万年之久的玄武岩上，也开出一丛丛一片片深深浅浅的兴安杜鹃。

阿尔山国家森林公园的主要景区白狼峰，地处大兴安岭南麓岭脊，海拔1506米，属高寒山地。这里山高、沟深、林密、花繁，物种丰富，地貌独特，峰顶近2平方公里的冰川遗迹，是整个景区的天然观景台。站在峰顶俯瞰，群山连绵不绝，绿色蜿蜒腾跃，盛开的杜鹃花如团团紫雾缭绕其间。

白狼峰的杜鹃花接崇山之灵气，承天露而绽放，美艳动人的花朵堆锦集绣，在高高的大兴安岭上绚烂成绸缎一样的波浪，长长的花蕊在风中起舞，淡淡的花香在风中飘散。夕阳无限好，杜鹃别样红，阿尔山的春天美得与众不同。

春天的鹿鸣湖与仙鹤湖也是杜鹃花展现姿容的舞台，如果恰巧与一场飞雪相遇，那便是阿尔山送给游客的最好的见面礼。

阿尔山市五岔沟林业局好森沟林场内的好森沟国家森林公园，东西大约24公里，南北大约22.5公里，总面积大约38000公顷。整个公园内动植物资源极为丰富，沙与砾岩经严重分化和差别侵蚀形成奇特的地貌景观，如麒麟峰、猎人峰、天河峡、仙人洞、雨塔石等。这里四季风光各不相同，向左移步换景，向右别有洞天，是一处可寻古、猎奇、探险、赏花的森林旅游胜地。

在原始森林密布的好森沟景区内畅游，奇草异木随处可见，险崖怪石无处不在，清潭溪瀑四处流淌，再加天公作美的一场春雪，举目惟余莽莽、银装素裹，放眼杜鹃绽放、妩媚妖娆。在这与季节约定好的红粉花期，在这与文化息息相关的“杜鹃节”，阿尔山摆下花的盛宴，吸引四面八方的游客纷至沓来，寻访春天的圣境。摄影师们也来了，他们要通过镜头，让更多不能前来的人们在家就能欣赏到杜鹃花盛开时好森沟的美景。

兴安杜鹃是杜鹃花科、杜鹃花属半常绿灌木，多生于山地落叶松林、桦木林或林缘地，高可达2米，分枝多，是杜鹃家族中比较耐寒的种类。每年5—6月先开花，后出叶，是一种令人赏心悦目的观赏植物，当地人亲切地称其为达子香。

杜鹃花喜欢凉爽、湿润的气候，不耐酷热干燥，更不耐曝晒，花语“永远属于你”。杜鹃花是中国十大名花之一，素有“木本花卉之王”的美誉，同时还有“花中西施”的美名。

也许是怕错过春天、错过美，好森沟内的杜鹃花在纷纷扬扬的大雪中依然激情绽放。山上一团，沟里一簇，林间一片，时而稀疏，时而稠密，每一朵花都被融化的雪水濯洗得更加美艳动人，每一朵花都深藏着日月的精华与山川的灵气。

杜鹃花到底有多美，唐代著名诗人白居易有诗云：“闲折二枝持在手，细看不似人间有。花中此物似西施，芙蓉芍药皆嫫母。”

阿尔山堪称林茂、草丰、石绝、池奇、泉神、湖秀、水碧、雪美、花艳，是拥有阳光、空气、绿色等诸多健康元素的生态旅游基地，其旅游资源组合度世界罕见：现有一个5A级旅游景区、一个世界地质公园、两个国家森林公园、三个国家湿地保护区和一个国家重点风景名胜区，是非常理想的避暑、休闲、度假、休养之地。

5 月的阿尔山虽然杜鹃已盛开，但上一季秋草还未彻底褪去冬装，树木才有了脆嫩的新绿，如玉的坚冰消融出涓涓细流，蒙蒙雾气书写着诗情画意，而流水，正把残余的冬天带向远方。

我与阿尔山火车站合影留念，我收下饭店老板送上的一大块卜留克。说不定在哪个 5 月，阿尔山的杜鹃花还会向我发出邀请。

人间仙境大青沟

内蒙古自治区东部的科尔沁草原又称科尔沁沙地，地处西拉木伦河西岸和老哈河之间的三角地带，西与锡林郭勒草原相接，北与呼伦贝尔草原相邻，曾经是成吉思汗二弟哈撒尔管辖的游牧区之一。

总面积约 4.23 万平方公里的科尔沁草原东西绵延、铺展，304 国道像一条丝线贯穿其间，将沿途的两处国家级自然保护区、27 处自然风光、13 处历史文化景点、17 处民俗风情景区、8 处城市景观、13 处农家休闲乐园等总计 80 处景点景区串联在一起，形成独具北疆特色和休闲体验价值的 500 公里最美草原旅游风景大道。地处通辽市科尔沁左翼后旗境内的大青沟国家级自然保护区，不仅是这条风景大道上的一颗璀璨明珠，更是天下旅人公认的人间仙境和游乐天堂。

很久很久以前，上天慷慨赐予燥热干旱、茫茫无际的科尔沁沙地一处沟长谷深、草茂树高、泉水四溢的清凉之地。传说在 1698 年，康熙皇帝平定噶尔丹后，回祖母孝庄文皇后的出生地科尔沁部巡幸省亲并到此围猎，惊叹于这里不是江南又胜似江南的美景，命名此地为大青沟。

大青沟国家级自然保护区内的保护对象是以水曲柳、黄菠萝等珍稀阔叶林树种为主的科尔沁沙地野生残遗森林生态系统。大青沟内保存着珍贵的阔叶树种混交林，沟上为沙丘草原和疏林地，与周围浩瀚无垠的沙坨景观形成极为鲜明的对照。

大青沟国家级自然保护区是科尔沁沙地中仅存的一块原始森林植物群落，包括大果榆植物群落、蒙古栎植物群落和水曲柳植物群落。这三大群落依次分布在大青沟的沟上、沟坡和沟底，对研究我国北方古地理、古植被、古气候以及科尔沁沙地森林演变规律，具有不可替代的作用。

关于大青沟的成因，多年来众说纷纭。在本属典型大陆性季风气候的科尔沁地区和干旱少雨、土质疏松的北方沙漠地带，何以出现这样规模宏大的沟壑？沟内又何以天然生长着如此众多的“非本地”树种？究竟是先有沟后有树，还是先有树后有沟？这些难解之谜，尽管曾有众多专家学者前来做过实地考察和论证，但目前仍无定论。

为解开这些谜团，林业工程师潘树文先生经过对整个大青沟地区的长期考察和潜心研究，于 2001 年 7 月发表《大青沟的成因及植物区系地理成分的来源探讨》一文，以翔实的论据和严谨的推理论证阐述了先有树后有沟，而沟是因地震造成地壳断裂所形成的观点。也有人认为，在沙漠里出现如此大沟，是水在起作用，地下暗河是始作俑者。经年累月，当暗河把沙漠底部逐渐掏空形成空洞，本就土质疏松的沙漠缺少支撑后坍塌，进而造成地裂，下凹成沟。大青沟至今不息的无数涌泉似乎也契合了这种设想和推论。

被誉为“沙漠绿色大峡谷”的大青沟国家级自然保护区内分布着两条沟谷，即大青沟和小青沟。两沟由北向南一路逶迤，最终相交成“Y”字形，合二为一后继续向南，延伸进入辽宁省境内。大青沟长26.3公里，平均谷深80米，最宽处可达300米。沟内原始森林密布，万千泉眼长流，春来百花争艳，夏至浓荫遮天，秋到霜染层林，冬季雪野雾凇美不胜收。

大青沟之美，主要在于其地貌的奇特和自然界生物的多样性。自然保护区内，内蒙古高原、燕山山脉和长白山脉三个区系的植物群落汇集于此，沟上沟下，树木参天挺拔，野草葱茏丰茂，现已查明并有了身份证的植物多达106科、359属、711种，其中木本植物122种，草本植物589种。已发现狍子、貂、獾、狼、狐狸等野生哺乳类动物30余种，鸟类有画眉、灰鹤、大山雀、啄木鸟等90多种。大青沟蝶类资源也很丰富，共有8科68种，冰清绢蝶为濒危品种，已被列为国家二级保护动物。

导游说大青沟有三怪：乌鸦不飞，青蛙不叫，羊山登鸟筑两样巢。据说这些怪现象源于沟内某些植物所散发出的特殊气味。我在大青沟只待了两天，没机会去考证，但我愿意相信这是真的，感觉很有趣。

古树参天的大青沟内，主要地质遗迹有大青沟、小青湖、三岔口、莲花湖景观、泉水景观、沙地景观，其中的原始森林景区、三岔口漂流景区和小青湖景区为三大主景区。在原始森林景区广场上，一座冲胡勒瞭望塔巍然而立。此塔有两个功能，一是用于防火瞭望，二是可满足游客 360 度鸟瞰大青沟自然保护区全貌。我们乘电梯登上高高的瞭望塔凭窗而望，莽莽苍苍的大青沟和周边沙地一览无余，纯绿色的大青沟之美简直是举世之奇。

骄阳似火的盛夏，我们顺着台阶和木栈道一步步深入大青沟底原始森林。参天的古树下，野花朵朵，百草葱茏，万千泉眼涌甘露，涓涓细流汇成湍湍溪流，溪流又被草木染绿，带着清凉蜿蜒而去，真是“林涛万顷接天碧，幽谷百丈入地青”。

夏日的大青沟底凉爽怡人，仿佛大自然给这里安装了天然空调和空气净化器。漫步于此，耳畔鸟鸣阵阵、布谷声声，眼前清风徐徐、水波粼粼，明明身处北地，却是一派幽静闲适的南国风情。

被原始森林环抱的小青湖更有一种精致之美。湖中波光潋滟，岸边芦苇生风，20 多种稀有淡水鱼畅游其中。无论坐船领略湖光山色，还是垂竿静待美味上钩，小青湖总会让人在离开后有所想念。

位于大青沟国家级自然保护区最南端大、小青沟汇合处的三岔口，是一个自然景观和漂流娱乐相结合的风景区。漂流是一项勇敢者的运动。人们乘着皮筏顺流而去，或与同行者嬉戏，或与相遇的陌生漂友打水仗，水深最多一米的水道迂回婉转却有惊无险。这也是大青沟漂流项目异常火爆的一个重要原因。

大青沟的夜晚由篝火点亮。远古时期，人们不仅学会了钻木取火，还发现火可以烤熟食物，可以驱吓野兽，于是便对火产生了最初的崇敬之情。后来，每当人们外出打猎满载而归，总要在傍晚用火烤制食物的过程中，手拉手围着火堆跳舞狂欢，尽情表达各自的喜悦。这种欢庆的形式延续到今天，就形成了广受青睐的篝火晚会。大青沟的篝火晚会充满喜庆，悠扬的马头琴曲，美妙的呼麦，欢快的顶碗舞、安代舞，你方唱罢我登场，大青沟的夜晚因热情洋溢而欢乐沸腾。

四时风景各不同的大青沟旅游景区是全国首批“中小学生环境教育社会实践基地”“国家服务业标准化试点单位”“自治区级地质公园”，也是中小学生的研学目的地。大青沟最迷人的时候是每年的5—10 月，远近游人纷至沓来，欢声笑语遍布绿浪翻滚的沟上沟下。

哈民忙哈：一梦五千年

在通辽市科尔沁左翼中旗西部舍伯吐镇东南约 15 公里处、西辽河与新开河之间，有一个名叫哈民艾勒嘎查的蒙古村落，人们习惯上称其为哈民村。

哈民村很小，全村只有 100 多户人家，名不见经传，地图上也难觅其踪影。但在 2010 年乍暖还寒的初春时节，当吃草的羊在村边沙坡地上用蹄子刨出一些陶片，当羊倌儿在有陶片的地方挖出一只完整的陶罐，哈民村出“宝”的消息瞬间像插上翅膀，很快就传到了自治区首府呼和浩特。

内蒙古文物考古研究所副所长吉平马上向内蒙古文物考古研究所提出请求，要对古遗址实施抢救性发掘。经国家文物局批准，2010 年 5 月，吉平带领内蒙古文物考古研究所部分专家进驻遗址现场，与科尔沁左翼中旗文物管理所共同开始了第一次抢救性发掘。经现场踏查勘测，探明该遗址核心区总面积约 17 万平方米。因遗址地处哈民村，被命名为“哈民遗址”，也称“哈民忙哈遗址”。

2010 年 5 月至 2014 年 9 月，经过考古人员长达五年风餐露宿的辛苦工作，共发掘遗址探明区域的二十分之一，也就是8200平方米，清理出房址81座、灰坑61座、墓葬14座、环壕2条，出土石器、玉器、陶器、骨器、蚌器等文物2500余件，出土碳化的黍、粟、大籽蒿、大麻等植物种子80多万粒。依据出土实物，经与相似的史前遗址做比对，结合碳十四测年结果，确定该遗址距今已有5500—5000年的历史，大体上与红山文化晚期相同，却又不是红山文化的延续，是一种有别于红山文化的新的考古学文化——哈民文化。

哈民遗址的价值，被专家学者们概括为“中华三大史前奇观和一大改变”。

第一大奇观，是中国自有考古学以来，首次在北纬43度以北地区发现规模如此之大的史前聚落遗址，其“保存程度之完好、出土文物之丰富、遗迹现象之震撼”，在世界史前考古中都极为罕见。

第二大奇观，是遗址内发现了十几座保存较为完整的房屋木质构架遗迹。这些历史遗存在世界范围内的史前聚落遗址中属首次发现，为了解和研究新石器时代半地穴式房屋的构筑框架及当时的定居生活提供了第一手资料。

第三大奇观，是很多房址内发现了大量凌乱堆弃的古人类遗骸，特别是编码为40号的房址中，仅18平方米内就有97具人骨遗骸。这些遗骸发黑、发红，比对遗址内正常墓穴中的白色遗骨，学者们推断为非正常死亡。因为自然灾害、瘟疫，或者部落间的争斗？原生态的封存与再现，令人触目惊心的场景和待解之谜，同样堪称中国史前之最。

哈民遗址的发掘，不仅发现了一种有别于红山文化的新的考古文化——哈民文化，还为今后相关联地区新石器文化源流的探索、文化体系的构建以及区域间考古学文化关系的研究，提供了新视角和新方向。哈民遗址的发现不仅使科尔沁地域历史实证比原来的结论提前了1000多年，同时也改变了史前科尔沁地区一向被视为边塞蛮荒之地的认识，充分证明科尔沁地区是中华古文明的发源地之一，即南有仰韶，中有龙山，北有哈民。哈民遗址就是科尔沁文化与文明的根之所在。

根据气象资料和考古发现推断，5000多年前的科尔沁地区生长着大片原始森林和丰美草甸，间有湖沼，土质疏松，易于耕种，动物出没，易于狩猎。优良的自然环境为哈民人的生产生活乃至定居提供了各种可能。

为加强对哈民遗址的保护、展示、研究和利用，科尔沁左翼中旗建设的集遗址保护、文物展示、考古体验、文化旅游、生态保护“五位一体”的内蒙古哈民考古遗址公园，现已成为学术研究、文物展示、科普教育和对外交流与宣传的重要平台和基地，是人们了解中国东北地区史前文明的重要窗口和文化旅游的重要载体。

走进哈民考古遗址公园，一座主题雕塑“生命之门”兀立眼前。雕塑以哈民遗址中具有代表性的房梁为元素，五组房梁相互交叠，寓意哈民遗址5000多年的历史，同时也体现出五行元素，并用五行理论来说明世界万物的形成及相互关系。

在哈民遗址保护展示馆，观赏定格在5000多年前的先人和他们的居所，遥想当年那刀耕火种、狩猎采集的生活场景。在哈民遗址博物馆，于目光流转间，和展柜里那些埋藏已久的陶罐、玉器、骨器、石器默默交流，想象那些碳化的种子正破土而出、茁壮生长，想象那只体态圆润丰满、造型古朴生动的黑色小陶猪是儿童的玩具，还是别有他用？也许，这些被黄沙掩埋了5000多年的祖先遗物，就是为了今天能与我们相见。完整的，破碎的，残缺的，任何一件，都蕴含着光芒闪烁的远古信息。

从房屋遗迹不难看出，5000多年前的哈民聚落已经有了建筑规划意识。他们的房址基础排列整齐，统一呈东北—西南走向，门道均朝向东南，房屋面积多在10—40平方米之间。哈民人的房屋为半地穴式，平面呈“凸”字形，灶坑位于居室中部偏南，内有灰烬和兽骨渣。穴居和半穴居是史前人类生活的最大特征之一，而这种房屋的优点是冬暖夏凉。聚落周围的两条环壕，无疑能起到防御外敌与野兽的作用。

哈民遗址所出土的碳化粟、黍种子和由石斧、石锛、石刀、磨棒、石磨盘等组成的生产生活用具，充分说明哈民时期的农业已经比较发达，哈民人已经能够吃上用小米和黄米煮制的粥饭。大麻种子及陶纺轮的发现，证明哈民人已经掌握了用大麻纤维纺织麻布、拧制麻绳的原始手工制作方法。大量出土的麻点纹陶器就是最好的佐证。遗址发掘过程中，还出土了数量众多的骨角蚌类制品，如骨锥、角锥、蚌刀、蚌匙、蚌链、骨匕、骨针、骨簪、骨鱼钩、骨号角等，由此可以推断，哈民人的生活已经非常丰富多彩。

哈民遗址出土的几百件陶罐、陶壶、陶钵、陶盆、三足器、斜口器等，大多数成组出现，纹饰以麻点纹居多，陶质以砂质陶为主，表面多为黄褐色或红褐色，内壁呈黑灰色，且有打磨痕迹。哈民遗址的陶器大多出土于聚落遗址内的居住面上，年代与红山文化出土的陶器相近，但“麻点纹”又有别于红山文化的“之字纹”。

长达五年的考古发掘中，哈民遗址共出土玉器约 80 件。这些玉器大都出现在人骨集中的房址居住面之内，与相邻的红山文化玉器大多出自墓葬形成巨大的反差。另一个特别之处就是这些玉器多集中于少数几座面积较大的房址内，如 45 号房址、46 号房址和 47 号房址等。

玉在中国是美石的同义语。古人视玉为宝，崇玉，祭玉，并赋予其神秘色彩，生活中装饰、祭祀、丧葬都与玉息息相关，一个人拥有玉的多少，便是其地位和权力的象征。哈民遗址玉器出土情况也似乎说明当时的哈民人已经有了身份、地位乃至贫富之间的差别。

然而，究竟是怎样的天灾人祸，让哈民人的生活在 5000 多年前的某一天戛然而止，又在 5000 多年后的那个春天被人轻轻撩开神秘的面纱？很多未解之谜，有待我们继续去发现。

敕勒川·哈素海

20世纪80年代，局里租了辆大巴车，组织所属单位职工出去游山玩水。山，是大青山，水，是哈素海。那会儿的哈素海只有大游船一条，不像现在建设得这么好。

土默特左旗境内的敕勒川草原文化旅游区（哈素海）很大，总面积达100多平方公里，整个区域内，山脉、草原、湿地、湖泊、温泉，啥都不缺。这是一处特色景观体验区，也是以哈素海国家湿地公园为核心、以水文化为主题的观光休闲度假区，主要包括圣主广场、塔拉艾木格（蒙古草原部落）、天鹅堡温泉、嬉水乐园、哈素海码头、环湖公路等景点。这里山水秀美，视野开阔，景色宜人，是休闲养生、旅游度假的最佳选择。

大青山之阳，哈素海之畔，最宏伟的建筑是敕勒川草原文化旅游区内的圣主广场。

远远望去，紫铜穹顶之下的宝座上是成吉思汗的塑像，周围还有威武的组合雕塑。遥想当年金戈铁马的年代，成吉思汗弓箭在身、长矛在握，率部纵横千万里，统一了蒙古各部。有统计数字显示，成吉思汗一生亲率蒙古骑兵征战60多次，除十三翼之战因部众不善防守而主动撤退外，其他无一失败。

紧邻圣主广场的呼和敖包由一个主敖包和12个小敖包组成，因此也称作十三敖包。近年来，中国社会科学院草原文化研究所在全国范围内共评出70座知名蒙古族敖包，呼和敖包是其中之一。

敖包是蒙古族祖先流传下来的，祖祖辈辈相传，一直传承到今天。过去，为辨别方向，出行的人们往往会在草原、沙漠、高山或崎岖之地，把石头或木头堆起来做标记，所以，敖包的本意就是“堆子”。敖包起初也是道路和分界的标志，后来逐步演变成祭山神、路神和祈祷丰收、祈盼家人幸福平安的所在。草原上的牧民外出远行，每逢途经有敖包的地方时，不仅要下马参拜，还要往敖包上添几块石头或几捧土，以求吉祥平安。

敕勒川草原上的塔拉艾木格酒店由很多各具特色的蒙古包组成，是一处典型的游牧风情园。草原上的游牧民族与牲畜为伴，以皮毛为衣，以乳肉为食，与自然和谐相处，逐草而走，临水而居。他们在放牧牛马骆驼羊的同时也形成了一种文化，这就是独具魅力的游牧文化。

便于拆装和拉运的蒙古包是游牧民族的一大创举。蒙古包的大小主要根据主人的经济状况和地位而定。蒙古包顶有天窗，包门开向东南，既可避开北方的强冷空气，也沿袭着以日出方向为吉祥的古老传统。夏天，我去草原上的蒙古包做客，吃血肠肉肠手把肉，喝泡了炒米奶皮奶豆腐的奶茶。门外的草地上，牛三五成堆地卧在那里，有滋有味地反刍，羊在稍远些的草地上吃草，拴马桩上是两匹健壮的蒙古马。这个画面，后来时常出现在我的梦里。

在草原上，车、马、帐是游牧文化的标志，也是牧人生存智慧的表现。牧场在游牧生活中占有极为重要的地位，不仅是驯养牲畜的资源宝库，也是牧民的生态空间和文化空间。

“敕勒川，阴山下。天似穹庐，笼盖四野。天苍苍，野茫茫，风吹草低见牛羊。”北朝民歌里的敕勒川，今天依然美好，依然能抚慰人心。

有“塞外西湖”之称的哈素海，是黄河由西向东流经土默特左旗时留下的一个牛轭湖，湖里盛产草鱼、鲢鱼、鲤鱼、鲫鱼等鱼类及河虾蟹。游人至此，不仅可以坐游船、乘快艇领略湖光山色，还能品尝到最鲜美的鱼。

哈素海水面宽阔，波光粼粼，芦苇荡漾似座座小岛扑朔迷离，环湖翠柳风光旖旎赛江南景致。栈道画舫，水榭亭台，荷莲有约，碧水常在，船儿悠悠，清风徐来，浪花朵朵，激情飞溅，迷人的哈素海，愿将湖水酿美酒，款待四方客与宾。

畅游完哈素海，离船上岸，移步到天鹅堡温泉。这个温泉很现代，分养生功能区和儿童戏水区，大人孩子各玩各的。里面还有草药泡池、游泳跳水、死海漂浮等娱乐项目。据说这里的泉水源于地下 3368 米，出水口的水温高达 52 摄氏度。玩累了，吃好了，进来美美地泡上一会儿，或者做个草药水疗，真是一举两得。

格根塔拉草原

四子王旗格根塔拉草原距离呼和浩特约130公里，是文化和旅游部确定的16条旅游专线之一。格根塔拉也是通往口岸城市二连浩特的必经之地。

格根塔拉是蒙古语，意为“辽阔明亮的草原”。

独具草原风情的格根塔拉旅游区平坦开阔，自古就是风吹草低见牛羊的天然牧场。每年盛夏和初秋，尤其暑假期间，草原迎来最美的季节，中外游客也从四面八方蜂拥而来，或骑着马儿在草海里享受清凉，或听着悠扬的马头琴声在蒙古包里品尝烤羊排、手把肉，那种自在惬意，只有来到草原才能有所体验。

格根塔拉草原旅游区的景区出征门、大型观礼台、千人宴会厅、战车蒙古包、金顶大帐群落各有特点。除数量众多的传统蒙古包外，为满足现代生活需求，还修建有卫生条件更好、功能更齐全的豪华蒙古包群。

对于喜欢了解游牧文化和蒙古族风俗习惯的游客而言，格根塔拉草原旅游区可谓最佳选择。这里不仅有民俗用品展示、民族服饰和民族乐器展示、马文化和相关产品展示，还有蒙古族日常生活中待人接物的礼仪演示。

蒙古族服饰极为丰富多彩，而且各个部落又不尽相同，主要包括首饰、袍子、腰带、靴子四个部分。首饰大致可分为头饰、项饰、胸饰、腰饰、手饰五大类，其中头饰最为绚丽华美，也最具地区符号特征。

蒙古族日食三餐，每餐都离不开奶和肉。在辽阔的格根塔拉草原，古老与现代相交汇，文化与旅游相融合，生态与历史相辉映，一碗滚烫的奶茶，一块醇香的手把肉，一声“赛音白努”，是草原最温暖的爱和最真挚的情。

每年 7、8 月间，一年一度的内蒙古自治区旅游那达慕大会都会在离呼和浩特最近的草原旅游景区格根塔拉如期举行。

“那达慕”是蒙古语，意为“娱乐、游戏”。那达慕大会是蒙古族历史悠久的传统节日，是人们为了庆祝丰收而举行的文体娱乐大会，在蒙古族人民的生活中至今都占有十分重要的地位。

1225 年，用畏兀儿蒙古文铭刻在石崖上的《成吉思汗石文》记载了一次盛大的“那达慕”大会。那达慕是蒙古民族在长期的游牧生活中创造和流传下来的，具有独特民族色彩的竞技项目和游艺、体育活动。元朝时，那达慕已经在蒙古草原上广泛开展起来。元朝统治者规定，蒙古族男子必须具备摔跤、骑马、射箭这三项基本技能，延续到今天，就是那达慕上固定的比赛项目——男儿三艺。

2006年，内蒙古自治区锡林郭勒盟蒙古族传统节日“那达慕”经国务院批准，被列入第一批国家级非物质文化遗产名录。格根塔拉草原一年一度的旅游那达慕大会如今已发展成为自治区旅游节庆的龙头品牌。在保留传统的基础上，格根塔拉草原旅游那达慕还不断增加民俗表演、乌兰牧骑演出等新内容，便于中外游客更多更好地了解蒙古族文化和牧区现代生活。

成长于马背之上的蒙古族以拥有一匹善于奔跑的快马为自豪，而是否善于驯马、赛马、射箭、摔跤，则是评判一个优秀男儿的基本标准。男儿三艺中，最能体现力量和技巧的蒙古式摔跤是蒙古族特别喜爱的一项体育活动。

蒙古式摔跤，蒙古语称为“搏克”，既是一项体育运动，也是一种娱乐活动。搏克不同于中国式摔跤，也有别于日本相扑，对手间有踢、绊、缠、歪、推、拉等30余种近300个技术动作。看多了就会发现，搏克手们主要是瞅准机会，利用各种脚绊，借助对方的力量打败对方，从而获得胜利。这真是一种充满智慧的较量，难怪那些常胜将军总是一副骄傲无比的样子。2006年，蒙古族搏克也列入第一批国家级非物质文化遗产名录。

搏克比赛不分等级，采取淘汰的方式决出冠军、亚军和第三名，分别授予荣誉称号和奖品。这项运动如今已登上全国比赛场。

盛夏，在格根塔拉大草原上沐浴清风，与蓝天白云为伴，与牧歌美酒缠绵，面对诗和远方，可以精骛八极，可以心游万仞，如果能邂逅一场盛况空前的那达慕，更是不虚此行。

大美神泉

发源于青藏高原巴颜喀拉山脉的黄河之水滔滔滚滚一路向东，相继流经青海、四川、甘肃、宁夏、内蒙古、陕西、山西、河南、山东，最后流入渤海，融入黄海、东海，归入太平洋。

位于黄河上、中游分界处北岸土默川平原上的托克托县，地处呼、包二市及准格尔煤田“金三角”开发区之腹地，黄河流经县境 37.5 公里，在郝家窑村与隔河相望的库布齐沙漠珠联璧合，由终年汩汩而出的神泉之水一笔点睛，形成一半是浩瀚沙漠、一半是江南风韵的神泉生态旅游景区。

20 世纪 60 年代发现的托克托县境内黄河北岸黄土台地上的海生不浪文化遗址证明，早在遥远的新石器时代，我们的祖先就已在此刀耕火种、繁衍生息。到春秋战国时期，戎狄、林胡等古代民族在这里游牧，过着逐水草而居的生活。公元前 307 年，勇于改革的赵武灵王推行“胡服骑射”，改中原地区传统车战、步战为北方游牧民族的骑战，大大提高了战斗力；然后一鼓作气，北破林胡、楼烦，在大青山上筑起长城，在今天的托克托县古城村置云中郡，城池历朝历代断断续续沿用了900余年。宋代文学家苏轼于密州知州任上所作《江城子·密州出猎》“持节云中，何日遣冯唐?”中的“云中”，指的正是今天的托克托县及相邻的山西省部分地区。

依托丰厚的历史文化和丰富的自然资源，今天的托克托县不仅制定出较为完善的全域旅游发展总体规划，公路、铁路和航空相结合的立体交通网络也已形成。神泉生态旅游景区距呼和浩特市区65公里，游客至此，春可品开河鲤鱼，秋可摘农家葡萄，特别之处在于整个景区被滔滔黄河一分为二，游人往来两岸，不仅可以体验高空跨河索道和飞索的惊险、刺激，从空中领略沿黄湿地的壮美，也可休闲自在地乘坐渡船，悠悠荡荡中遥望黄河远上白云间，观览水天一色好风景。景区以黄河为中轴线，西岸是雄浑粗犷、茫茫无边的库布齐沙漠，东岸为叠山理水、置亭设桥的古典园林，一半燥热，一半清凉，真可谓冰火两重天。

在苍茫辽阔的库布齐沙漠里乘坐越野车冲浪，在色彩单调又丰富的沙海中驾驶卡丁车兜风，坐上滑沙板从高高的沙坡顶一冲而下，或惊心动魄，或险象环生，年轻人的勇气和毅力在体验中得到体现。置身库布齐，一定要骑上骆驼，遥想古诗词里的边关风月、大漠孤烟，伴随着空灵悠远的声声驼铃，感受沙漠之舟在沙海中荡漾的悠然之美。

当沙漠观光小火车缓缓启动驶离站台，时间变得越来越慢，慢到恍若隔世，慢到时空转换，仿佛回归800年前风起云涌的大草原。在托县神泉生态旅游景区西岸准格尔旗沙海深处，以茫茫大漠与高高隆起的沙山为舞台和背景，大型历史马术实景剧《永远的成吉思汗》拉开帷幕。一匹匹勇猛彪悍的战马，一个个威武神勇的勇士，他们拉弓射箭，跃马驰骋，用精湛的马背技艺再现了成吉思汗天真质朴的童年时代和与扎木合结为安达的历史场景。岁月蹉跎，刀光剑影，十三翼之战后，具有雄才大略的铁木真终成霸业，成吉思汗从此名扬天下。

沙漠里的大漠宝藏馆内，一桌由阿拉善戈壁奇石组合而成的“瑶池御宴”足以乱真，各种惟妙惟肖的象形石更是让人惊叹不已。那死而不朽的千年胡杨，用沉默向今天的人们述说着额济纳曾经的沧海桑田和后来的海枯石烂。

黄河东岸为古典园林区。以风光旖旎的翡翠湖为中心，建有茶楼、跑马场、听涛阁、印月池、荷花池、垂钓池、观鱼岛、珍禽养殖观赏园、民俗展馆等。来自南美洲的温顺羊驼，浑身是宝的梅花鹿，小巧玲珑、天资聪颖的矮马，原产于美国和墨西哥的火鸡，灵活淘气的小松鼠，喜欢白天睡觉、夜里出行的小浣熊，个大腿长、一步能跨 8 米之远的鸵鸟，雍容华贵的孔雀，水陆两栖、皮毛珍贵的海狸鼠，给游人增添了无穷乐趣。

景区的核心是海眼神泉。泉水来自地层深处，源源不断，终年不息，且“旱不减少，涝不多增”，被誉为天下第一神泉。

神泉究竟神在哪里？园内《神泉碑记》云：“洪荒年代，河口先民。土地芜杂，捕鱼为生。郝氏一男，母子为命。老母年迈，体弱失明。家境贫寒，憨厚孝顺。昼服夜侍，不离不分……龙王爱女，深感其诚。两心倾慕，喜结婚姻……期年生子，乐享天伦……父王知悉，龙颜怒恸……虾兵蟹将，簇拥纷纭。生离死别，龙女不忍。父子声竭，泪下泉涌。妻子归海，神泉显灵。琼浆长流，龙女化身。老母饮之，病消眼明……”

由河口古镇时原貌迁建而来的庆隆店商号，为景区注入了历史和文化因子。

庆隆店始建于清嘉庆年间，在商贾云集的河口古镇远近闻名，清代东阁大学士刘统勋奉乾隆皇帝之命到河口镇调查和处理当时震惊朝野的私开乌拉山大案时，就住在庆隆店内。

神泉生态旅游景区地跨托克托县和准格尔旗，沙漠、黄河、园林构成“一区三景”，农耕文化、草原文化、黄河文化在此相交相融又各放异彩，引进的吉尼斯纪录项目环球飞车更是让人叹为观止。

在神泉景区，每一粒沙子都有故事，每一朵浪花都有历史，每一滴泉水都是希望的寄托。

响沙湾

河套平原黄河几字弯里的黄河南岸与鄂尔多斯高原脊线北部之间，在中国排第七位的库布齐沙漠如巨龙一样蜿蜒绵长、横卧于此。如果从空中俯瞰，浩瀚无垠的金黄色起伏、耀眼，不仅唯美而富有诗意，更具高低、强弱、快慢、长短流畅衔接、无痕转换的韵律之美。

库布齐沙漠的最东端，滔滔黄河弯如弓背，茫茫沙漠好似弓弦，连绵起伏的沙丘便是弦上跳动的音符。这里的沙子会唱歌，这里被称作响沙湾。

响沙湾，蒙古语为“布热芒哈”，翻译成汉语，就是“带喇叭的沙丘”。对大多数人而言，沙漠既熟悉又陌生，既向往又畏惧，而响沙湾的沙子会唱歌，无疑是对好奇者的最大吸引和诱惑。

在地球上，任何一种自然环境的存在似乎都有理由。草原是牧畜的天堂，森林是木材的来源地，平原是天下粮仓，江河湖海是鱼米之乡，而沙漠既然不能完全造福于人类，那就用自身独特的美和独特的气质来博取人们的喜爱，成为人们远离城市喧嚣、回归自然和放松心情的优先选择。这也是一种奉献。

响沙湾美好的一天从日出开始。以黄色为底色的沙漠日出与众不同。当繁星隐去，浅灰色的天幕上慢慢泛起淡淡的红晕，沉睡的沙丘渐渐苏醒，那波浪起伏的丽影与柔和优美的线条无限延伸，很快就被轻纱一样的玫瑰红笼罩出诗情画意，继而，一轮红日升起，整个响沙湾都披上了金红色的霞光。

这里是黄沙的世界。站在高处放眼四顾，满目错落有致、明暗相间、高低有别的沙丘，那风吹过后留下的痕迹，如粼粼波光跃动在刀刃般锋利的黄色曲线上，这就让原本死寂的沙漠有了律动的美感。

响沙湾集观光与休闲度假为一体，浩瀚的沙海中按区域划分，建有莲沙度假岛、福沙度假岛、悦沙休闲岛、仙沙休闲岛、一粒沙度假村及响沙湾港。我们首先参观了莲沙度假岛。这个岛上的莲花酒店，从空中俯瞰整体建筑，恰似一朵盛开的白莲，无论外观还是内部，都给人心旷神怡之感。酒店的独特之处在于建造过程中拒绝使用砖、瓦、沙、石、水泥、钢筋，全部采用绿色、节能、环保的建筑材料，既低碳时尚，又新潮浪漫，很适合现代人的生活品位和审美追求。一脚踏入酒店，紧跟在身后的滚滚热浪瞬间被阻在门外。酒吧，餐厅，咖啡厅，泳池，演艺广场，精品店，萌娃俱乐部，如果不是陈设中随处可见的沙漠元素，游人很可能误以为自己正身处都市里的星级酒店。

福沙度假岛是蒙古包的世界，在此可以悠闲自在地感受游牧民族的快乐。

悦沙休闲岛和仙沙休闲岛有很多体验项目。令人惊魂不定的沙漠探险车，考验体力和耐力的轨道自行车，风驰电掣的沙地摩托车，有飞跃感的高空滑索，像坦克一样左冲右突的越野车，尽情享受慢时光的小火车，能穿越时空回到童年的秋千，都令人感叹不已。如果感兴趣，还可以在沙雕区亲手试试沙雕、沙画，展示一下自己的艺术才华。

炎炎夏日，响沙湾那水天一色的户外泳池总能给人以清凉舒爽之感，即便不游泳，只要躺在遮阳棚下舒适的软床上，也会顿觉清风徐来、暑热全消。

不到长城非好汉，到了响沙湾不骑骆驼，也会留下不小的遗憾。骆驼有“沙漠之舟”的美称，如果不去亲身体验，根本无法真正理解这个“舟”字的内涵。骆驼高大温顺又威风凛凛，温暖宽厚的驼背和善良平和的眼神能给人以极大的安全感。当人们坐在高高的驼背上，身体随着骆驼那稳健扎实的脚步很有节奏地左右摇摆、前后仰伏，分明就是小船荡漾在水面上。一个“舟”字，恰如其分。

在响沙湾，看不尽黄浪翻涌，望不断沙海茫茫，新时代的驼夫每人拉一链子骆驼，每峰骆驼上都有一位闲适的骑乘者。那可是去往西域的驼队？那可是瀚海蜃景里的美女？那可是楼兰古城里刚刚出嫁的新娘？

景区内的各种表演也是令人应接不暇，大型歌舞表演《鄂尔多斯婚礼》最为精彩。

鄂尔多斯婚礼源于久远之前，形成于成吉思汗时代，是内蒙古鄂尔多斯市传统民俗，也是国家级非物质文化遗产项目。鄂尔多斯婚礼凝聚了蒙古民族礼仪风俗之精华，集鄂尔多斯地区蒙古族传统的崇尚文化、祭祀文化、宫廷文化、饮食文化、服饰文化、礼仪习俗、民族歌舞之大成，以幸福、吉祥、喜庆、热烈的情绪贯穿始终，表达了人们追求幸福生活的美好愿望，具有丰富而深刻的文化内涵。

你是风儿我是沙，缠缠绵绵到天涯。

大漠孤烟直，长河落日圆。

当一轮红日渐渐西沉，错落起伏、纵横有致的沙丘轮廓变得越来越清晰，平滑流畅的沙脊线让沙漠变得更为静谧苍茫。光与影分割出纯粹的金黄和黛赭，气与韵诠释出天地间至臻大美。此时，我正坐在滑沙板上从 100 多米高、坡度 45 度的沙坡上滑下，所有的沙子仿佛都在为我欢呼歌唱。

夜幕降临，红火热闹的篝火晚会和沙海观星、看月，同样不容错过。

改革开放 40 年，人民生活越来越好。当单纯的观光转为度假休闲，响沙湾独特的沙漠风光和丰富多样的娱乐项目都是人们选择这里的理由。

孝庄园

内蒙古通辽市孝庄园文化旅游区，是近年来通辽市依托孝庄文皇后和嘎达梅林等历史名人和科尔沁蒙古族历史而兴建的。

孝庄园文化旅游区简称孝庄园，建在通辽市科尔沁左翼中旗花吐古拉镇境内原达尔罕亲王府旧址上，距通辽市区仅 48 公里，是一个集旅游观光、历史人文、民族团结和爱国主义教育、生态建设和保护于一体的大型历史人文景区，总体规划有孝庄故居·达尔罕亲王府、嘎达梅林纪念馆、白龙湖、科尔沁与后金盟誓碑、科尔沁蒙古风情园等十余处景点。景区核心是孝庄故居·达尔罕亲王府，里边有孝庄文皇后博物馆、嘎达梅林纪念馆、达尔罕亲王府历史展馆、科尔沁蒙古马文化博物馆、科尔沁民俗博物馆、元人秋猎馆等。

达尔罕亲王府始建于明万历年间，迄今已有 400 多年历史。初为蒙古科尔沁部首领、孝庄文皇后之父宰桑府邸，顺治年间，因宰桑的儿子满珠习礼晋封札萨克和硕达尔罕亲王而升级为王府，此后一直到清朝末年，共世袭罔替 12 代，有多位清皇室公主、格格下嫁到府内。王府从清朝末年开始逐渐衰败，直到彻底损毁。2008 年，为了让科尔沁蒙古族历史文化得以传承，王府原址复建工程正式启动并完成施工。重建后的达尔罕亲王府整体建筑严格遵循旧有规制，府门前的照壁、石狮子，考究的翘檐、门廊、脊兽、阶石，静谧的小花园，高大的“福”字碑，气势恢宏的银安殿，苍劲挺拔的百年古榆，青砖灰瓦，画栋雕梁，处处显示出这座王府曾经的重要地位和高规格。

王府分中、西、东三路，由 90 余座清代古建筑组成。中路由府门、仪门、印务处、银安殿、寝殿（孝庄故居）、垂花门、后罩楼等七进院落组成，西路由札萨克衙门、内务府、王爷演武场、马厩等组成，东路由梅林卫队、驿馆、花园、公主府、书院书塾、仓廪等组成。复建后的王府是清代中期至今 200 多年来最大的复古工程，也是中国目前现存规模最大的亲王府邸。

地处内蒙古东部、大兴安岭南坡的科尔沁草原，历史上是成吉思汗之弟哈撒尔的领地，也是蒙古族地域文化科尔沁文化的发祥地。明万历四十一年（1613 年），蒙古科尔沁部贝勒宰桑之次女呱呱坠地，父母为她取名布木布泰，意为“天降贵人”。布木布泰天资聪颖，禀赋优良，在王府故居生活到 13 岁，便离开家乡，由哥哥吴克善护送到盛京，嫁给时年 34 岁的后金大汗皇太极。一别，就是一生。

崇德元年（1636 年），皇太极在盛京（今沈阳）称帝，建国号大清。崇德八年（1643 年），皇太极猝死于清军入关前夕，年仅

6 岁的皇九子福临继位，年号顺治。顺治元年（1644 年）九月，清廷自盛京迁都北京，中国进入历史上最后一个封建王朝，顺治成为清朝入关后的第一位皇帝。1661 年，年仅 24 岁的顺治帝英年早逝，遗诏传位于 8 岁的皇三子玄烨，即康熙帝。

温良贤淑的孝庄文皇后，一生“躬奉三朝，两扶幼主”，不仅维持了清皇室的团结，培养了顺治、康熙两位历史明君，也为清初的政治稳定和后来的“康乾盛世”做出了不可磨灭的贡献。孝庄文皇后是中国历史上有名的贤后，也是清初杰出的蒙古族女政治家。

史料记载，康熙帝一生三巡科尔沁，并写下著名的《至廓尔沁部落与诸蒙古宴》。乾隆皇帝曾两次驻跸达尔罕亲王府，还在府内举办了隆重的 33 岁生日庆典。嘎达梅林曾担任王府最后一任军务梅林。往事如烟，今天的达尔罕亲王府蕴含着极为丰厚的历史文化信息。王府内，孝庄文皇后的身影无处不在，身着朝服的她沉稳而不失威严，青铜铸就的她笃定而充满睿智，手捻佛珠的她贤达又慈祥，她年幼时的身影也在幽静的王府花园内若隐若现。

康熙二十六年（1687 年），75 岁高龄的孝庄文皇后因病离世。临终前，她嘱咐康熙帝：太宗山陵奉安已久，不可为我轻动，况且我心中也舍不得你们父子，就将我在你父亲的孝陵附近择地安葬。美丽富饶的科尔沁成了她永远无法回归的故乡。

克什克腾石阵

地球自诞生起，气候便一直处在变化之中。地质年代中，地球的气候是温暖和寒冷交替出现。在数十万年以上的极长周期气候中，有大冰川气候周期和冰川时代气候周期。距今200万年前的新生代第四纪大冰川期是地质史上距今最近的一次大冰川期。克什克腾石阵就是在第四纪冰川期，因岩浆活动和冰盖冰川卸载的刨蚀、掘蚀，以及冰川融化时形成的水流冲蚀的作用，由两组近于垂直的节理和一组近于水平的节理切割而成的地质奇观。因其成因与冰川运动密切相关，属于第四纪冰川遗迹，所以也被称为“冰川石林”。

克什克腾石阵景区位于赤峰市克什克腾旗东北部、距离大兴安岭最高峰黄岗峰约40公里的北大山上，是大兴安岭余脉向西部草原过渡地带。景区南北长5.5公里，东西宽3公里，分布面积约15平方公里，平均海拔1700米左右，是目前世界上独有的一种花岗岩地貌景观，被称为世界地质奇观。

花岗岩地貌是指在花岗岩石体基础上，因受各种外动力作用所形成的形态特殊的地貌类型。花岗岩地貌的发育深受岩性因素影响，如果岩体坚硬致密且抗蚀力强，那么在独特的地质、气候、水文条件和时光的缓慢剥蚀中，就会形成陡峭险峻的山地，反之则形成浑圆的山体和低矮的丘陵。在所有花岗岩地貌中，能形成花岗岩石林地貌的情况非常罕见，克什克腾石阵纯属特例。

克什克腾石阵原名“阿斯哈图石林”，是克什克腾世界地质公园九个园区中最具代表性的一个园区。“阿斯哈图”是蒙古语，意为“险峻的岩石”。石阵主要有石林、石柱、石棚、石墙、石壁、石榻、石缝、石洞、石胡同、险石等形态，层层叠加的“千层饼”外形是其最为显著的特点，呈明显水平节理的横向纹是与云南石林竖向纹的最大区别。

放眼高高的北大山，真乃峰峰相错、景色有别。克什克腾石阵犹如飞来之物，在山脊上平地而起、分散布局，远望鳞次栉比，近观形态各异，或成组成片，或兀立独处，每一组、每一块都饶有个性。更为独特的是，这些石头各自占山为王，有卓尔不群，却无孤芳自赏。

克什克腾石阵景区由草原石阵、草原天柱、草原鲲鹏、草原石城和草原石堡五个核心景区组成，其中一景区是石阵中最大的一个区，将石林的自然、灵动、神奇、秀美集于一处，是整个景区的代表性区域，内有月亮城堡、鱼尾塔、将军床、平衡石、七仙女等。独擎一宇、傲视群山的拴马桩和“刘关张三结义”是二景区的代表。三景区主要看点是一劈两开的试剑石和长达 29 米的

“鲲鹏落草原”。我坐在“鲲鹏”前的草地上与其合影，竟然渺小到差点找不到自己。

“将军床上走一走，健康幸福到永久。将军床上卧一卧，升官发财准没错。”“摸摸鲲鹏背，万事都具备；摸摸鲲鹏胃，千杯不会醉。”

克什克腾石阵的石头没有生命，但有灵魂、有思想、有品质、有内涵，能赋予人类美好的愿望和想象。

石阵地处高山草甸草原与原始白桦林交汇地带，自然风光壮丽秀美，人文内涵丰富独特。星移斗转，四季轮回，岁月更迭，这些早已被人类赋予神奇想象的石头，春有无边的草海相衬；夏有蜂飞蝶舞和万千花朵相伴；到了秋天，无论远观还是近看，目之所及，五彩缤纷，层林尽染；漫天飞雪的冬季，群山静谧，草木凋零，獐鹿出没，这些苔痕斑驳、沧桑如风干的千层饼一样的石头，仿佛一本本神秘的天书，详细记录着地球的演变过程，被日月星辰在这个清冷的季节静静地翻阅出万马奔腾的声响。

克什克腾石阵的石头神形各异、少有雷同。在光影世界中，散落在北大山上的任何一块石头，角度不同，光线照射方向不同，就会产生完全不一样的视觉效果，让人不禁感叹亿万年来大自然的鬼斧神工。

魅力宝古图

在奈曼旗政府所在地大沁他拉镇东北 45 公里处，老哈河与西辽河南岸科尔沁沙地之腹地，有一处沙漠叫宝古图，其东西长 35 公里，南北宽 30 公里，总面积 1000 多平方公里，最高海拔 400 米。宝古图沙质纯净，沙山绵延，跌宕起伏，有中国东部最美沙漠之称。

在大力发展全域旅游的今天，宝古图沙漠区在保护的前提下，已开发建设成为供游人休闲度假、沙漠体验，展现民族风情，弘扬历史文化的精品旅游景区，内设特色自驾车露营地、稻草人迷宫、彩旗长廊、越野家园、赛马场、乞颜鹰、沙雕骆驼、金沙桥、蒙古包群等。民以食为天，这里同样少不了餐饮区。

雄浑辽阔的宝古图沙漠是奈曼旅游的核心所在，也是我国东北地区最大的沙漠主题景区。每年 5 月到 10 月间，这里都会举办各式各样的品牌活动。宝古图也是沙漠那达慕的发祥地，在此举办的中国·奈曼国际越野群英会，堪称中国东部最盛大的沙漠越野赛事。

宝古图和内蒙古西部城市包头一样，都是有鹿的地方。这个名字告诉我们，虽然此地现在植物稀少、黄沙漫漫，但曾经也是风吹草低、动物成群的好牧场。

翻看历史也确实如此。早在公元10世纪，契丹将战争中俘虏来的汉人和被迫迁来的渤海人约数十万众安置在西拉木伦河与老哈河流域进行屯垦前，如今的宝古图沙漠所属的科尔沁沙地还是水草丰美、獐狍野鹿遍地的科尔沁大草原。当年的科尔沁大草原不仅是北方游牧民族的活动场所，也是东北部鲜卑和契丹民族相继南迁途中的落脚点、歇息地。因过度开发加上其他不可抗因素，当这里成为成吉思汗二弟哈撒尔的领地时，人们看到的情形已是“屋边向外何所有？唯见白沙垒垒堆山丘”了。

由于成吉思汗黄金家族源自蒙古乞颜部，所以，宝古图沙漠旅游区的景观大门便是一只造型威严、体态矫健、目光犀利、傲视苍穹的乞颜鹰。

鹰是空中霸主、鸟中霸王，是中华民族文化心理和精神内涵的寓意象征，也是蒙古族的图腾。传说蒙古族对鹰的尊崇与两件事情有关，一是成吉思汗的十世祖孛端察儿被家人抛弃后，他养的一只猎鹰始终陪伴着他，并捕来足够的猎物让他维持生存。当孛端察儿的后代逐渐繁衍兴旺，便视鹰为他们的保护神；二是传说成吉思汗在称汗之前的某一天打猎归来，其安答札木合在途中暗自挖下陷阱意欲谋害，是成吉思汗的猎鹰发现一只小鼠钻进陷阱才化险为夷。

宝古图沙漠旅游区是距离北京最近的沙漠。独具魅力的自然景观，深厚的历史文化底蕴，众多的赛事、活动和体验项目，像磁铁一样，吸引四面八方的人们纷至沓来，感受大漠风情和探险、比赛的刺激。在无人机的视野中，沙漠自驾车露营地内有设施齐备的集装箱营区、莲花帐篷、各种房车以及特色蒙古包。不难想象，如果在沙海里扎帐篷露营，那又是一种别样的体验。

太阳就要落山了，我和娜姐顺着外跨楼梯登上游客中心二楼向远处瞭望，感觉不尽兴，又让小郝用无人机飞了一趟。宝古图沙漠内部沙垄蜿蜒起伏，沙山绵延不绝，地形地貌看似平铺直叙，实则奇而又险，绝对是旅游爱好者、摄影爱好者、沙漠越野爱好者、徒步穿越探险者的乐园与天堂。

我们选择了集装箱酒店。因为是旅游淡季，住宿的人不是很多，餐饮品不如我们车上带着的吃喝丰富，于是决定来个自助野餐。我们在院子里支起桌凳，挂起充电灯，烧水泡茶，每人一份自热米饭，还有榨菜、香肠、蛋糕、江米条。唯一没有料到的就是蚊子多，于是吃喝好赶紧收拾，各自回屋。集装箱酒店不仅能洗热水澡，里面还配有可冷藏食物的小冰箱，空间也不算逼仄，舒适又方便。因为远离城市，夜里特别安静，一挪地方就失眠的我竟然倒头睡到大天亮。

吃过早餐，我们开车进入核心区域，滑沙的游客已排起长队。

沙漠里最惊险也最刺激的项目是坐着越野车去沙海里一气狂奔。我胆子小，又想坐，又怕危险，纠结了很长时间，最后一咬牙上了车，并按规定系好安全带。和我在电视里见过的一样，沙漠越野车绝对不走寻常路，始终上蹿下跳，简直就是坐过山车的感觉。遇上高坡，司机一脚油门冲上刀尖一样的沙顶，一个果断的俯冲又冲回低洼处，继而又侧旋着飞上更高的沙垄之巅。此起彼伏的左冲右突、上翻下跃、辗转腾挪，坐在车里的我就像一个被绑住的不倒翁，只能随着汽车秒切的角度，在惊呼乱喊中被“甩”来“甩”去，感觉心都要从嗓子眼儿里甩出来了。

当汽车一声轰响再次飞上如壁而立的沙山之巅，其坡度之陡，我瞬间觉得司机要表演个后空翻。惊魂未定之时，汽车却定海神针般斜楞着牢牢定在陡立的沙坡侧面。我们要下车拍摄，这下车的过程又把我吓个半死。我坐在左侧，车的重心在我这边，窗外是根本不敢看的深渊，我们得从翘起的右面下车。我当时的感觉是，一旦外侧的人都下去，我们这边一偏沉，汽车骨碌碌就会滚到沟底了。我甚至觉得，只要下去的人稍不注意让车门回来，啪一下就能把汽车拍得跟头连天地掉下去。所以我急得大声喊叫，让他们轻拿东西慢下车，千万千万不能让车门拍回来。正如陪同我们的景区工作人员所说，车手的技艺绝对高超，也绝对值得信赖，最后我也安全出车了，但还是被吓出一身冷汗。

在宝古图这个天然滑沙场，坐着滑板从坡度适宜的沙山顶上自然下滑，随着惯性的加大，滑行速度会越来越快，只觉两耳生风、秀发飞扬，可以瞬间完成勇气和胆量的双重挑战。我曾担心时间长了，坡上的沙子会随着滑板都滑到沟底，实际上是不管你带下去多少沙子，一夜风两夜风刮过，无数的沙粒逆风而上，沙坡很快就恢复原状了。

作为标配，性情温顺的骆驼同样是宝古图沙漠不可或缺的风景。早在 5000 多年前，生活在沙漠边缘地区的人们就已开始驯养骆驼，以供驮运和骑乘。高大健壮的骆驼不仅忍饥耐渴，而且具有在干旱恶劣环境中生存的能力和在沙漠里负重长途跋涉的本领，所以被誉为“沙漠之舟”。今天的人们骑在驼背上，完全是为了完成一次亲近动物和亲近自然的心灵之旅。

宝古图沙漠里也有水，名曰金沙湖，湖上架有金沙桥。一湖碧水，芦苇生于其内，白云倒映其中，化解着沙漠里的单调和燥热。无数形象生动、造型逼真的稻草人点缀在湖边沙地上，将大漠风情和人文之美巧妙地结合在一起，营造出一种充满童趣与田园情趣的独特风景。

天近黄昏，宝古图沙漠的落日之美与日出之美异曲同工，令摄影爱好者兴奋不已。宁静的夜晚，举头观星或望月，低头思古或怀今，脑海里是波浪起伏的茫茫沙海。宝古图的魅力源于自然，也源于历史和文明。

青山之巅

2019 年 7 月 11 日早上 7 点 15 分，喝过道北羊杂碎，我们从呼和浩特出发，前往此行的第一站——克什克腾世界地质公园青山园区。一路阴雨，不见太阳，路过正镶白旗明安图镇时，我想进去看看在呼和浩特五塔寺留下珍贵石刻蒙古文天文图的蒙古族科学家明安图的出生地，但因为时间关系，留下遗憾。

虽然通往园区的路上已见怪石林立、峰峦四起，但青山的真面目必须乘坐高山索道上山并深入大山深处才能一览无余。青山索道斜长 1228 米，高差 338 米，是目前内蒙古境内最长的高山客运索道。因为设备太多，坐缆车无法携带，我们只能从万合永镇关东车村进去，在村里临街小饭馆吃一口迟到的午饭，然后直接开车上山，其中一段陡峭路吓得我大气不敢出一口。

青山园区地处内蒙古高原、大兴安岭山脉、燕山山脉三大地貌结合部。园内由花岗岩构成的山体岩石经第四纪冰川运动，形成我们今天所看到的千姿百态的地质奇观。青山园区距克什克腾旗政府所在地经棚镇 33 公里，素以石神、峰秀、岩臼奇、草甸美而著称，其岩臼和峰林两大地质奇观是整个克什克腾世界地质公园的重要组成部分。

山里没有信号，我们从山下开始联系景区相关人员，电话却始终打不通，只好先开上去再说。上去一看，办公区房门紧锁无一人，我们决定趁天亮先去拍摄点素材。天快黑回来，值班的电工师傅说领导安排他接待我们，晚饭是他刚从手机上现学的姜丝炒肉，还有馒头和西红柿炒鸡蛋。

山上没有酒店，我们凑合着住在办公区。这是一个坐北朝南的大棚子，里边靠西隔出三个房间，南边一个里外屋，中间是职工食堂，北面一小间是库房，我就住在库房里的单人床上。小宿怕呼噜声扰人，直接把床支在大棚里，和景区的观光车做伴去了。因为海拔高，晚上又潮又冷，睡觉时我把行李箱中能穿的衣服都穿上，仍然被冻得直流清鼻涕。瞪眼熬到 4 点多天亮，赶紧跑出去晒太阳。青山一日，东边的朝霞，西边的晚霞，明明暗暗的光线，让峰林更有层次感和灵动感。

山下游客乘索道上山到达我们住的这个地方后，或坐观光车游览，或徒步前行。一路走来，突兀的怪石，壁立的群峰，如茵的花草，叠翠的山峦，目光所及，无不叹为观止。

青山石神，神在自然之力的鬼斧神工。景区最具代表性的 24 座象形石散布于青山嵯峨的群峰之间，个个形神皆备、栩栩如生：给人向上之力的“负重骆驼”，寓意团结和睦的“狮子背猿”，憨态可掬的“双熊兄弟”，童话世界里的“米老鼠唐老鸭”，谆谆善诱的“慈母教子”，举案齐眉的“老夫老妻”，守护青山也守护世界的“和平鸽”，趴在石头上酣睡的“小狗”，跃出水面观天的“海豚”，举头望月的“金蟾”，高鼻梁大嘴巴一头卷发的“波斯商人”……

当坚硬的石头被人类赋予生命和情感，所有想象都变得生动而鲜活。

在青山园区，无数还未被命名的石头更容易让人浮想联翩。每一块石头都有自己的个性，每一座山峰都有自己的思想。它们或大气磅礴，铺展成“如画江山”，或另辟蹊径，一派“别有洞天”。只要你开动脑筋，似乎每块石头都有故事可讲。我从山上往下看，忽然心里一动，那不就是一尊神情自若的西域美女侧脸雕像吗？还有一溜山尖儿，像极了古建筑上蹲着的那些小兽。

青山园区最高峰是海拔 1574 米的鹰嘴崖。沿着木栈道攀爬而上，极目远眺，波光潋滟的西拉木伦河，阡陌间又有村庄和林带，真乃如诗如画。此情此景我是通过无人机看到的，因为要想上到鹰嘴岩必须通过一座建在两座山梁间的桥，我和小郝都恐高，爬了一半就知难而退了。这是我此行的最大遗憾。

西拉木伦河古称潢水，发源于赤峰市克什克腾旗大红山北麓的白槽沟，是西辽河的北源，蒙古语意为“黄色的河”。历史上的西拉木伦河曾多次易名，但丰沛的河水始终养育着生活在河流两岸的各族人民，所以被亲切地称为“祖母河”。西拉木伦河，也就是席慕蓉笔下《父亲的草原母亲的河》中那条浩荡的大河。

青山园区以罕见的第四季冰川遗迹岩臼群闻名于世。园区内共有南、北两个岩臼群，数量以南岩臼群居多。南岩臼群与鹰嘴崖相隔一公里。方圆 1000 平方米的山顶上，聚集着上千个形状如臼如缸、如盆如勺、如杯如桶的大大小小的岩臼。岩臼基本是口小肚大，底部平坦，周边看不到进水口，低处却有出水口。岩臼大小不均，深浅不等，最大的岩臼王长约 10 米，宽 5 米，深 3 米，臼内长有白桦树和灌丛，像天然盆景一样镶嵌在山上。这些大大小小的岩臼，被当地人形象地称为“九缸十八锅”。

青山岩臼群是目前我国乃至世界上规模最大、类型最多、保存最好的岩臼群，其成因说法不一，至今仍是“世界之谜”。多数专家认为岩臼是第四纪冰川时期冰川作用的产物，即冰成说，所以岩臼一度被称为冰臼。有争议的地方在于以往发现的岩臼大多分布在冰谷和冰床等低洼处，而青山岩臼则分布在山脊和山顶部的花岗岩上。如果冰成说成立，就不可避免地涉及地质学界已争论了 80 多年的中国东部有无第四纪冰川存在的重大问题，从而涉及中国古环境、古气候、古地貌、古人类、古生物等诸多问题的研究。另一种说法是风蚀说。这种观点认为，距今 18000—10000 年之前，青山地区存在着风力极强的“赤峰风道”，所以岩臼是风蚀的产物。还有一种值得思考的说法是花岗岩岩体晶洞先决条件说。而持综合成因说的研究者认为，易风化的花岗岩在水、冻融、风蚀三种作用的共同参与下，经过漫长的地质年代，最终形成我们今天所看到的大大小小的携带着远古信息的岩臼。虽然说法不一，但每一种都具有极高的科研价值和旅游吸引力。

总面积30多平方公里的青山园区，既有山势巍峨、群峰突起、怪石林立的阳刚之美，又有花开百种、草生千样、树木摇曳生风的阴柔之美，而大大小小的岩臼更是上天赐予青山的承露盘。

青山园区有一种叫卷柏的特殊植物，虽然生在石缝间，却极富魅力和神韵。

卷柏为多年生草本，其根能自行与土壤分离，随风移动，失水而枯，遇水而荣，因生命力极强，被称为九死还魂草，是《中华本草》中之一味。卷柏坚韧而顽强，用苍老包裹着青翠，样子如蜂巢般井然有序，形态更是精致而唯美。

美丽的植物总有美丽的传说。在很久很久以前，昆仑山天池边生长着一种可以起死回生的仙草。有一年，民间大旱，瘟疫流行，百姓大批死亡，天池中的龙女心有不忍，就把仙草偷偷带到人间为百姓治病。龙王得知此事后，一怒之下把龙女打入凡尘，龙女从此变为还魂草，常驻人间，普救众生。

每每面对卷柏，我总感觉这是一种特别有灵性的植物，它有自己的胸怀、向往和追求。

青山园区海拔高，气候寒凉，最佳旅游季为每年5—10月。一方水土一方人，一片山川一片情，无论何时造访，青山总是个别具意味的地方。

雨中

4 月末，一场小雨悄悄降临早晨 6 点多的呼和浩特。这雨越下越大，我们出市区后一路向东，行驶到旗下营境内哈少村大桥时，追着汽车狂奔的小雨已有了滂沱之势，像是要跟着我们同去霍林郭勒。

雨中行车，道路湿滑，能见度低，需小心谨慎，确保安全。车上的人谁也不敢多说话，生怕分散了司机的注意力。一对雨刷忙个不停，哗哗地从左边刷到右边，又从右边刷回到左边，刷过来刷过去，雨水里仿佛也汇集了那两片雨刷累出的汗水。

我喜欢下雨天，因为空气好，因为雨水能洗出一个崭新的世界，就像人洗过澡、换上干净衣裳那样，怎么看都舒服。今天这场豪爽之雨来得正当时，把自然界积攒了一个冬天的陈垢洗涤得干干净净，也使沉寂了一个冬天的大地展现出回春的景象。

又走了一会儿，大概是雨下累了要歇一会儿，渐渐变小，雨刷终于有了喘息的机会。天空却仍阴暗低沉，灰蒙蒙一片，没有丝毫出太阳的迹象。

汽车转过一个山弯，又转过一个山弯，前方忽然出现了飘浮的薄雾，缭绕在不甚高的山间。些许的朦胧，似有若无的雨，草的新绿，树的新绿，村庄的房舍，企业的办公楼和厂区，一切看上去都生机盎然。手握方向盘的小翟说这天气，上午由西往东走，没有太阳晒，也没有太阳光晃眼，开车非常舒服，还不容易犯困。我就想到上次去克什克腾旗，林老师吸取更早时候我们去奈曼旗时被曝晒一路的教训，提早准备了太阳镜、防晒霜、魔术头巾和冰丝长袖手套，结果本来有望出太阳的天气，走着走着竟然由阴转雨，一会儿大，一会儿小，不紧不慢下了一路。真是人算不如天算。

起得太早没胃口，我带了一杯热茶和几块蛋糕，打算在京新高速上边看风景边吃喝。不知不觉已是 9 点。过了不散沟大桥，忽然发现，我们已经把雨甩得不见踪影了。

其实，2019 年夏天在克什克腾旗万合永镇关东车村青山国家地质公园，我们就遭遇过一场令人后怕的雷暴雨。那天午后，我们先坐下行缆车到景区门口拍摄素材，结束山下取景，收拾好器材后，一看时间不早了，赶紧往上行缆车乘坐点跑，准备回到山上去拍日落。大汗淋漓赶过去，工作人员却告知我们说，雷暴雨马上到达，上下行缆车全部禁止上人。青山索道线路全长 1228 米，高差为 338 米，是目前内蒙古最长的高山客运索道。彼时我抬头一看，虽然天有点发闷，但无风无雨，缆车也在正常运行，莫非不想让我们坐？随即问道：坐在上面那些人咋办？答复是只能靠运气了。此时，虽然上行缆车不再上人，可下行缆车上还坐着很多人，他们优哉游哉，以一种很是和缓的速度由远而近、由高而低，看上去个个春风得意、马蹄不疾。

当时我还在心里嘀咕：天气预报能准吗？如果风不来雨也不来，不就是虚惊一场？可这个想法在脑子里转了还不到半圈儿，狂风夹着噼里啪啦的大雨点子便从天而降、迎面扑来，吓得我捂住脑袋就往乘车点里跑，一些刚才也在小声抱怨的游客和我一样马上闭口不言了。

气温骤然下降，我在屋内把背包里的外套和坎肩都套在身上，又返回乘车口，傻傻地看着缆车上那些已经毫无形象可言的“落汤鸡”们。有几个聪明的带着雨伞，起码能把脑袋遮起来，一个哥们儿什么也没有，众人看他不停地一把一把抹着脸上如注的雨水，又一把一把地把雨水甩到雨水中。那时候，我真恨不得能有三头六臂，像拔河那样，一下子把缆车上的人都拽下来。站在我身边的小郝用手机抓拍到了这一情景，随手发到抖音上。

忽然，一个闷雷响起，本来就慢得让人揪心的缆车停住不动了。高高困在缆车上的人们，衣衫单薄无法对抗疾风暴雨不说，内心的恐惧到底有多大，真是无法想象。万幸我们晚到一步，否则上面担惊受怕的一定少不了我们不说，设备也要跟着遭殃了。

好在这样的风雨来得快去得也快。没多长时间，雨过了，天晴了，缆车送电开始运行，上面下来的那些人浑身湿透，个个瑟瑟发抖。一切恢复正常，我们坐缆车上山，虽然没拍到壮丽的晚霞，但小郝随手发出的那条抖音，在我们上山和架设机器的过程中，浏览量就已达到6万，评论和点赞多得让人眼花缭乱。真是意外又惊喜。

那天晚上，因为我们住的低洼处没有信号，无法知道抖音接下来的数据，等第二天中午下山有信号了一看，不到24小时，点击量竟然高达3357万，点赞90万有余。真是无心插柳柳成荫，一个爆款就这样在不经意间诞生了。我和小郝开玩笑说，要是那个被你拍到的黄背心小伙子刷到这条抖音，一定会给你留言。结果被我说中了，小伙子是辽宁人，果然在抖音上刷到了一把一把甩雨水的自己。他还留言说：兄弟，你错过了最为精彩的。哥从缆车上下来时，浑身湿透冷得发抖，打扫卫生的大姐看着可怜，给我一个特大号的黑色垃圾袋，哥是脱了湿衣服裹着垃圾袋离开景区的，你要再发一条我穿垃圾袋步履匆匆的抖音，咱哥俩绝对还能火一把。

诗画恼包

据《古丰识略》记载，恼包为归化城东乡 118 村之一，此其地理方位。如今交通便利，除自驾，还有 103 路公交车可直达目的地。虽然这地方离市区不远，但从前我一直没来过，因为这里没有亲戚可走。现在还没有亲戚可走，我却来了好多次。

是的，恼包就是个村子，有村委会，有幼儿园，有卫生院，有图书馆，有电教馆，有村史馆，有文化大院，有文体活动中心，可说是应有尽有。也有其他村子没有的，比如小桥流水，比如雕梁画栋，比如楼阁亭台，比如传统中式大院与欧式建筑的相映成趣，比如白日里的欢喜热闹与灯影中的流光溢彩，比如晓月当空照、湖上烟雾笼轻舟的迷人景色。显眼的，还有恼包大街边上那阔气的村民住宅楼，等将来装修好都入住了，大伙儿闲时下来遛弯儿，一过马路就步入宛若江南的美景中，那该有多惬意。

恼包村的牌楼上写着“恼包馨村”，这个“馨”字，本意是指散布很远的香气，同时也指人的美好品德，如此，这个村子便更加耐人寻味了。恼包人实在不简单，硬是把创造风景的艺术发挥到极致，不仅让屡遭水患的村民居住条件因此得到彻底改善，也让远远近近的人们把这里当成景点，慕名而来，尽兴而归。摄影家也钟情于此，他们用镜头捕捉恼包的光和影，用照片呈现恼包的与众不同。

流连于恼包馨村，山水相依，花朵相伴，草木相随，望不断的青砖灰瓦，走不尽的通幽小巷，尤其烟雨蒙蒙时，又有人打着伞，如此情景，很容易让人联想到古诗词里的唯美意境。那日，近黄昏，我独自一人缓步踱入七号院。站在东边的台阶上看对面二层建筑时，正好有秋风翻动院子拐角处的树叶，露出几枚青枣，我一下就想到了李煜的“无言独上西楼，月如钩，寂寞梧桐深院锁清秋”。

好一个“清”字。清朗。清秀。清明。清静。清雅。清宁。这一定是夜深人静后的恼包。

在四季分明的塞北、大青山之南，我很想知道究竟是谁，用怎样的思维和魄力，大胆而又别开生面地筹划兴建了这样一处宜居宜游的园林胜境，并因其所有的别致，让这个曾经人才辈出却名不见经传的普通村子一夜之间变得霓虹闪闪烁烁、人影憧憧不绝。

城有水则秀，居有水则灵。恼包馨村有水，水上架桥 13 座，石桥，木桥，水泥桥，桥桥是景；桥下有鱼，鱼翔浅底，招惹儿童不愿离去。游恼包当然要乘船，尤其是夏夜，或扶老携幼，或相约挚友，或与心爱之人共乘一条船，于似梦似幻的灯光水雾中，悠悠然从桥的这边荡漾到桥的那边，该有多惬意。

在恼包，我更愿意一个人随便走走，有时盯着一棵不认识的树，有时凝神注视一扇窗，有时望向高高的五脊六兽，有时让视线顺着飞檐延伸到遥远的蓝天白云间。而更多时候，是坐在湖边的石头上，看不远处长廊里的红灯笼，看游人摆出各种姿势拍照，看着看着，那水中的机关忽然开启，摆姿势照相的人和湖里游船上的人便都腾云驾雾、如在仙境了。

恼包的美，还在于仿古建筑的雍容华贵，在于那种蕴含于砖木结构里的中华传统文化气质，在于自然与时间、空间的相互包容。无论是四合院门前的石鼓、石狮子，还是雕砖的影壁、内敛含蓄的中式窗扇，在恼包，都能给人一种幽僻清远、柔和宁静的神怡之感，而这正是中国园林的魅力所在，更是人人追求的一种精神享受。

一个地方的繁荣，离不开文化与传承。恼包也是。除村史展览和民俗展览，又把芦衣顺母、扇枕温衾、哭竹生笋、涤亲溺器、扼虎救父等古代孝爱故事刻在石上。翻开的石书句句铿锵，一个故事就是一个警示，一个故事就是一束阳光，难怪恼包是“和美、和气、和谐”的“三和”村，是中央精神文明建设指导委员会认定的“全国文明村镇”。

没错，恼包是个有300多年历史的村子，也是个崇文重教的村子，更是个出人才的村子。早在光绪末年，土生土长于此的李怀谦就考取了秀才，后因清廷政治黑暗而愤然回乡，并于1904年在恼包村创办篑山学堂，也就是后来的恼包小学。1903 年出生于恼包村的李蔚潭，因为在村小学打下扎实基础，于 1924 年顺利考入北京大学医学院；由于成绩优秀，毕业留校做了两年助教后，被绥远省公派到德国柏林，就读于图宾根大学，并获得医学博士学位。此外还有参加研制我国第一颗人造地球卫星的物理学家李作栋、地质工程师李作怪、留美医学博士李忠武等，都出生于恼包。从恼包走出去的人前前后后加起来大概有 160 多位，而且还在不断增加，这绝对是恼包的底蕴和骄傲。

有人说，恼包所有的景都是人造的。确实，那湖，那桥，那山，那洞，那亭，那院，那楼，那阁，那雕栏，那水车，所有一切都是新的。那人造的瀑布也远不够三千尺，却水流如乐，撩动人心；那溶洞也略显袖珍，但当你脚步轻盈跨过一个个水中石阶进去，又从另一边水汽氤氲的洞口出来，还是感觉很有些意思的。所以你只管逛，只管喜欢，不要管新旧。今天的恼包就好比 800 年前的沈园，刚刚建成时，一样是“树小墙新画不古”，如今却成了名胜之地。沈园有陆游和唐婉的故事，那恼包呢？我想，多年后，当恼包村成为恼包古城，同样会有美好的故事和传说让后来人去想象。

三座古戏台

在呼和浩特，我前后见过三座被录入《中国音乐文物大系 2（内蒙古卷）》的古戏台：清水河县北堡乡口子上村清泉寺戏台，新城区保和少镇甲兰板村古戏台，回民区坝口子村古戏台。

有资料显示，清泉寺戏台始建于明代崇祯年间，为砖、石、木结构，有高约 1.5 米左右的台基，前后台由木隔扇相隔。历史上，这座戏台曾多次维修，最近一次是 1982 年："聘请山西老营工匠薛保成、郭贵保等对戏台砖瓦、椽子、框架部位做了替换和校正。同时又在戏台两侧分别砌筑石窑洞二间和五间以加固戏台。事后证明，这一措施对戏台的保护起到了极大的作用。"看到这段文字之前，我一直搞不清楚戏台两边那些低矮的窑洞究竟是做什么用的。

与平原地区的戏台不同，坐北朝南的清泉寺戏台不仅位居高山、背临深沟，还被断断续续的明长城以及高低错落的窑洞所环绕，这便使其历史和文化气息更为浓厚。2012 年春初访清泉寺戏台，就在我举着照相机，准备把戏台和远处丫角山上的敌楼、烟墩框入同一张照片里时，一个手牵毛驴、肩挎长方形柳条筐的老乡忽然出现在戏台前。同行的任志明老师见状急忙大喊：“快！快！快！毛驴戏台一起照！毛驴戏台一起照！”

老乡先是被突如其来的呼喊声惊得一愣怔，后来看见所有照相机都对着他“咔嚓”，似乎明白了，一边笑眯眯拉着他的驴继续往前走，一边用清水河方言反复念叨那句“毛驴戏台一起照”，把我们都给逗笑了。

早年，清泉寺戏台对面有一座清泉寺，戏台因此而得名，但寺毁于何时，今天已无人能说清楚。村里老人说，过去年代，每年农历五月十三这里都要起庙会，并连唱三天戏。一年一度的清泉寺三官庙会在当地影响非常大，大到盛况空前：“途间见驴驮马载，背负肩挑，前赴后继，络绎不绝。非拜庙之善男信女，即赴会之商贾摊贩。至若顽童稚女簇然一新。媪婆憩息于树下，老农话旧于树旁。行色仓皇者有之，漫游郊野者有之。赴会之地虽同，而与会之意各异。及至庙内人山人海，甚形拥挤。所谓红男绿女，奇装异服，形形色色，无奇不有。诚极一时之盛。”现在这一传统风俗仍在延续，但已不叫庙会，改称“长城民俗文化节”了。

坝口子村古戏台位于呼武公路路西，为当地山西人修建，坐南朝北，砖木结构，分前后两部分。戏台南有圆窗二、横卧长窗一，远观似龙眼、龙口。建筑物左右各有砖砌扣瓦角屏一面，形似龙耳，可惜现在只存西面一侧。戏台正面飞檐东西各有木雕龙头一个，仰头观望，但见瞠目张口、栩栩如生。戏台对面原来也有一座庙，是龙王庙。龙王庙过去也起庙会，也在丰收季唱戏庆贺。

与大多数龙王庙的命运一样，坝口子村龙王庙也是解放后先改成学校，然后“破四旧”时被拆得精光。戏台却侥幸留下来，村民们还在上面唱过样板戏。再后来封堵了台口，戏台变成村里一处库房，由此而幸存。2016 年夏天我去看古戏台，虽然残破得让人心疼，但听说相关部门已经做出批示，要尽快对其进行修缮。戏台左右那些依然茂盛的古树，如今都成了国家级重点保护对象。

坝口子村戏台的历史与坝口子村的历史一样，也是 300 来年。据说戏台底下埋有几口大水缸，是没电年代的天然扩音器，不知是真是假。在靠天吃饭的农耕时期，龙王庙和戏台几乎村村有。因为龙王在天上掌管着行云布雨的大权，一旦天旱得厉害，人们就要洒扫街巷、摆供祈雨，龙王一高兴，一下雨，庄稼就得救了。秋后又要在戏台上唱戏，一为感谢龙王爷，二为庆祝大丰收。

村里老人指着村口的古树回忆说，过去每到唱戏时候，龙王庙和戏台之间的树荫凉里全是人。有坐着马拉轿车从归化城赶来看戏的地主老财，有赶庙会做买卖的小商小贩，有耍手艺、变戏法的外路人，有四里八乡跑来买东西看戏的男女老少，加上那敲敲打打、吹拉弹唱，真是要多红火有多红火。在这讲述中，我忽然有种时光倒流的感觉，似乎看见戏台里边东墙上画着的女子，衣袖一甩，抖落厚厚的灰尘，踩着锣鼓点儿，翘着兰花指，姿态妩媚，楚楚可人，飘飘落地，走上戏台。

甲兰板村戏台位于村子的东北处，同样坐南朝北，形制看上去和坝口子村戏台差不多，但现状非常不好，墙体已多处倒塌，露出梁柱。但好在中国古建筑的木结构体系中，首先要立柱，柱上要架横梁，然后在梁枋上铺设屋顶，木头构件之间都以卯榫相结合，使得整个框架极富弹性，如有地震，结构间会产生合理松动以消减破坏力，却绝不可能散架。房屋的所有重量由梁枋传递给柱子，再由柱子传到地面上扩散，砌在柱子中间的墙壁不承担重量。得益于此，甲兰板戏台虽然多数墙壁已不复存在，房顶也缺去一角，但房架依然稳固，及时修缮仍可得到恢复。

遥想当年，这个与龙王庙（现称圆通寺）面对面的大戏台上曾经上演过多少人间悲喜。这戏台上，唐王训教过银屏女，关公断过香莲案，佘太君要彩礼恼煞宋王，杨四郎坐宫苑想老母倍感凄凉。这戏台上，王成卖过碗，宝钏算过粮，玉莲送太春走西口更是哭得泪流成行。但愿不久的将来，这戏台又容光焕发，照样锣鼓喧天，余音绕梁，多日不绝。

杏花里的西乌素图村

西乌素图村的杏花开了，不要磨蹭，赶紧来看啊。

友一提醒，我就去了，去看杏花，也看杏花里的西乌素图村。我当然知道过去呼市旧八景之一的“杏坞翻红”，但那时的“翻红”只是言景而已，今天呢，除了美景，还得加上生活红红火火、节节攀升的意思。

大青山脚下这个有着明清遗风的古老村子，房舍高低错落，杏树遍野漫坡，每年春天杏花开时，人们从四面八方聚拢而来，一边看杏花，一边感受乡间风情。那时候，不管是山野田畴，还是宅院村道，融融的春光里，风暖暖地吹着，花灿灿地开着，人美美地逛着。有时人在树下嘻哈欢笑，竟惹得树上那些花儿也禁不住嘻哈欢笑，直笑到抖落一地花瓣雨。那花瓣雨，有些落在树下写生的画家肩膀上、头巾上、帽子上，有些落在摄影者长长的镜头上。我伸出双手，掌心里便也“满街芳草绿，一片杏花香”了。

善于观察的人都知道，杏花有变色的特点。含苞待放时，那些簇拥在一起的花蕾个个红粉艳丽；一旦开放，颜色便越来越浅，直到随风飘落时的雪白一片。中国民间有十二花神的传说，二月花神是杏花，花环戴在四大美女之一的杨玉环头上。

我曾不止一次在远望绯云四起、近看万点胭脂的杏花时节，顺着越走越高的村道，在蜿蜒曲折的花香里，试图去寻找那最美的一朵。实际上，在西乌素图村，不管是百岁高龄的老杏树，还是种下没几个年头的年轻杏树，只要到了开花季节，全都像肩负着使命的智者，从某一个清晨开始，那一树一树的花蕾像得到号令一般，忽然就争先恐后、此起彼伏地绽放了。

仿佛花开有声，又仿佛香远十里。那可是积攒酝酿了整整三个季节的妩媚和神韵，真让看花、赏花、画花、照花的人们应接不暇。好友江泽更是别出心裁，他把设在西乌素图村谷仓艺术空间书吧后院里的杏花用剪子一朵一朵剪下来，托付给城里的饼屋，烤制出一些上面点缀了朵朵杏花的精致小酥饼。坐在书吧里，我们吃杏花饼，喝山泉水泡制的乌素图山茶，听写生回来的学生拨动吉他弹奏城市民谣，看三三两两观光客从门前经过，尽情享受远离闹市的美好周末。

因为杏花之美，因为依山傍水，因为村庄特有的召庙文化气息和战国赵长城从此经过，这几年，西乌素图村异常热闹，艺术气息也越来越浓烈。闻风而来的画家们在此安下营、扎下寨，春画花，夏画果，秋画霜染叶红，冬画雪映山居。数九寒天不能出门，就劈柴打炭生起火炉，烤焙子，沏砖茶，熬奶茶，大家围炉而坐，彼此切磋，畅谈艺术。有人说这里是呼和浩特的798，也有人说此村为未来的宋庄，总之，来自全国各地乃至世界各地的画家艺术家们，正以绘画、摄影及陶瓷的方式，成就着西乌素图村的未来。

杏花时节的西乌素图村，随便选一条村道缓缓而行，一不小心，眼前就是出墙的红杏，正是宋人张良臣“一段好春藏不住，粉墙斜露杏花梢”的诗意。想到李商隐“日日春光斗日光，山城斜路杏花香”时，才发现脚下正是落花无数的又斜又长的上坡路。

经过的院落，随便从大门往里一看，哦，也有一树一树杏花正妖妖娆娆地开着。心里不禁感叹，真不愧是个种杏儿有历史的村子，祖祖辈辈种到现在，杏树早已成了他们不可或缺的家庭成员。

有人说，错过了杏花就错过了美，其实不然。因为杏花落了还要结果，到时候，那一树一树压弯枝条的大黄杏，太阳一照，红红的脸蛋儿被绿叶衬着，不光好看，还会激发你吃的欲望。城里人又是成群结队来到树下，手提篮子，看对哪个摘哪个，既饱了眼福，又饱了口福，同样美滋滋的。

我问村里有杏园子的一户人家这几年收成咋样，男主人高兴地说：现在条件好了，城里人一到礼拜天就开车出来游玩，尤其带小孩儿的，杏熟时年年都来采摘，我们不用咋忙就能卖个好价钱。他还补充说：要是能把公交车通到我们村，再给修上两个城里那样的高级厕所，来的人就更多啦。我说你别急，咱们呼市的道路交通和公共设施发展得这么快，西乌素图又离城这么近，你这两个愿望很快就会实现的。

2018 年 3 月，我在深圳游览布吉大芬油画村。那里早先是一个并不起眼的客家人聚居村落，后来被有识之士发现并开发，又加当地政府对环境进行了改造，并适时对油画市场进行了规范和引导，如今的大芬村不光在国内，在世界上都很有名气。西乌素图村呢，国家有好政策，干部有好想法，村民有足足的干劲，画家有满满的信心，很快，呼和浩特的这个画家村就会和大芬一样名声在外了。

谷仓

坐57路公交车到终点站攸攸板镇下来，又花10块钱打个出租车，司机把我送到西乌素图村村口。

多年来，我一直想在杏花漫山遍野的时候到此地踏青赏景，可年年都是念头起得快也消得快。这次，稍一磨蹭又是杏熟时节，但有一朵叫“谷仓”的四季花被屡屡赞美，就把我这好奇心极强的人吸引来了。

一眼看见了路边“谷仓艺术空间”的指路牌，我没急着去，而是决定先在村外村里转一圈，看看到底是什么，像“谷仓”吸引我一样，把我本家高江泽先生吸引来不说，还让他死心塌地在此安营扎寨，建起由五个独立农家院落构成的谷仓艺术空间，还下决心要把这里打造成一个名副其实的画家村。

“乌素图”是蒙古语，意思是“有水的地方”。现实当中的村子，背山，临水，春花，秋果，冬雪，夏凉，套用一句网络语就是：你来与不来，美好都在这里。画家们没犹豫，不仅来了，还用智慧和画笔渐渐营造出一种极具山野气息的艺术氛围。

关于历史，据说早在新石器时期，这里就有人类出现。当然这不是凭空而说，有村后山上的阴山岩画为证。村子的形成呢，因召名取自村名，应该是早于修建乌素图召的明清时期。

还是先去乌素图召吧。

按路边卖杏大姐指点，顺着西去的上坡小柏油路，也就十几分钟，正在大规模修缮的乌素图召便近在眼前。

古老的乌素图召是早先毗邻而居的七个单独庙院的统称，历经400余年风雨，虽然如今只剩庆缘寺、法禧寺、长寿寺和罗汉寺，但仍能感觉到整体的气势。乌素图召后面山坡上有一座新修的覆钵式白塔，塔西北不远处是东西走向的战国赵长城遗址，再往北，是大青山国家级自然保护区。这是一个绝好的修身养性、怀古写生之地，难怪受到画家们青睐。

我又折回村里转。转到一处有木栅栏的老院子前，停住了。

院子虽然看上去有些老旧残破，但生活气息极浓。当院儿摊晒着刚刚割回的青草，青草往东一直通到院墙是一大片园子地，黄瓜，葫芦，豆角，大葱，辣椒，茄子，西红柿，还有秋天腌咸菜用的芋头，应有尽有。我探身往院子深处看，青草旁早已盯视我很久的小狗开始冲我“汪汪”，一直“汪汪”到窗玻璃上出现了人影。

是个老大爷，隔着玻璃喊我：“想进来就进来，狗不咬人。”

我试探着挪开木栅栏往屋里走，小狗果然不叫了，乖乖卧到农用车遮出的一小片阴凉里。

屋里灶火前还坐着正在烧火蒸饭的老大娘。

时候是正午，见我热得满脸通红，大娘边从小板凳上站起来边对我说："快坐到炕上歇一歇，那儿有水，喝上一口。"

我赶紧举举手里的矿泉水说："有呢有呢，就是稀罕这院里的老房子和菜园子，想进来看看。"

坐在炕上的大爷又说话了："不喝水就吃杏儿，柜上那袋袋里都是，想吃哪个吃哪个，个人挑。"

老两口的热情和真心不容我再客气，我一连吃了好几个，口感和味道绝对是乌素图特有。

里里外外参观一番，要走了，大爷大娘一再挽留，让我和他们一起吃午饭，说锅里蒸的大饺饺足够。

在呼和浩特及周边农村，用土豆做馅儿、白面做皮的大饺饺，与烧卖、焙子、莜面、涮羊肉、大烩菜一样，是很多外出之人想家的理由，我生怕经不住那一揭锅的诱惑，赶紧告辞了。

谷仓艺术空间二号院部落读书吧就在这个老院子背后。

炎炎夏日，我和仓主高江泽先生坐在凉风习习的书吧里，喝山泉水泡制的清茶，聊一些与文化艺术有关的话题，聊村子的将来，聊生活垃圾导致的环境污染与治理问题。江泽说，未来城市周边改造时，这个村子要整体保留下来，发展山野乡村旅游及观光采摘。我不由得内心一动，想着不如趁早来这里租个院落，像贾平凹先生那样，写字时就隐匿于此，一心一意，把文章做好再说。

再访老街

丁酉之春，再访塞上老街。

其实，始建于明清、兴盛于民国的老街以前有个更悦耳的名字，叫朋苏克街，后来改称通顺街。如今，因其独一无二的老资格以及承载了一座古城的历史与文化，被重新命名为塞上老街，成为中外游客来呼和浩特旅游必选之地。

我对从前的老街印象模糊，我妈却记忆犹新。我妈说，从前的老街上，两边都是起脊平房，青砖灰瓦，木质门窗，古色古香。因为有车马店，街上就有卖草料的铺子，还有点心铺，有卖旧衣服的估衣铺，有加工银器的银匠坊，有加工铜器的铜匠铺等。最吸引人的，是一种叫提吼的行当。

按描述不难想象当年的老街上以提吼方式出售小件旧物的人们，胳膊上搭着毛朝外的老羊皮袄，头上戴着打算出售的帽子，手里提着火钩、炭铲之类的小物件儿，也可能是一双旧鞋。他们毫无规矩可言，不停地边走边吆喝，向过往行人兜售他们手里的二手货或三手货。为能多一些成交的机会，他们夹杂在人流车马中，一次次从东走到西，又从西走到东。每家店铺或住户门口，一定堆放着柴炭和杂物。整条街古旧着，混乱着，包容着，也发散着老归化城浓浓的人间烟火味。

如今，徜徉在走向略有弯曲的塞上老街，看雕砖兽瓦、翘角宽檐，从古老的建筑之美中品味那沉淀已久的历史韵味；喝一罐纯正的老酸奶，品一碗地道的稀果子羹，吃两条代表大草原的风干牛肉，该用怎样的词汇才能形容出生活的美好和幸福。

已过中年的郭先生，如今依然在老街搞经营。他说房子是祖产，老人们过去就在此耍手艺，给人修理钟表。传到他这儿，依然的老本行外还收售一些古旧之物，生意也算过得去。其实我想，他之所以不愿离开相守多年的老街，是因为老街能给予他很多回忆和快乐。

天已向晚，我在没有几个游人的老街上由东往西慢慢走，慢慢看。路过一间木制门窗的店铺，贴着玻璃的博古架上的几件青花瓷让我在此刻极想逢着一个穿长袍马褂的旧时人。最好是夏天，有微雨或薄雾。那时老街上没有摆放古玩、奇石和纪念品，没有摩肩接踵的中国人和外国人，也不见被围观的现场烫制毡画。店掌柜们大都歇在屋里，喝茶，看报，把玩小摆件，或者整理货品。

我还喜欢在寂静的晨光中或晚霞里，一个人悠闲地漫步于塞上老街，寻觅依然停驻在雕砖兽脊或飞檐斗拱间的旧时光，看燕子从远逝的岁月深处，衔几缕明清遗韵翩然来去。

塞上老街的点心铺早已不知去向，老字号三和元和清真鸿兴号还在。如果是外地游客，逛累了，也逛饿了，就请进三和元吧，传承已久的烧卖和硬四盘绝对吃得满意。想喝鸿兴号的老汤羊杂碎，就得赶在中午前，因为青城羊杂碎和专营烧卖的馆子都只营业半天，下午要准备第二天所需食材。

我常想，呼市的羊杂碎馆挺多，为什么有人非要舍近求远，起个大早到老街来喝一碗？原来除了用老汤，为保证质量，鸿兴号熬杂碎所用食材全部是自己煮制，并且严格按照一斤心、肺二斤肚的比例入锅。

哈程是清真鸿兴号第六代传人，他说不止一次有人提出要购买他的配方，或者直接请他去做技术顾问，他都毫不犹豫地拒绝了。哈程不想让老顾客们失望，不想让创下这一老字号的前人失望，更不想让喝惯了鸿兴号羊杂碎的外地游客失望。哈程说，有几个广东客人每年来呼和浩特及周边旅游时，不管住在哪里，必须专门到塞上老街来逛逛，吃焙子，喝杂碎，看街景，有时还安顿哈程提前冰冻几份羊杂碎，要带回去给家人品尝。

夜幕已降临，我站在塞上老街东口向西回望，深蓝的夜空上新月如钩，那是历史和现在的最好见证。

布片儿张

闲时，喜欢一个人去旧城逛奇石店，逛古董铺子，逛塞上老街和玉泉井一带的地摊儿。囊中羞涩，除挑几本旧书，几乎再鲜有出手。可我“嘴长”，爱问，还虚心好学，因此认识了不少有级别的摊主、藏友、大玩家。老张就是其中之一。

北京有个“片儿白”，以“搜集碎瓷烂瓦”得名、出名、扬名。前些日子，坐老张的汽车去他小库房欣赏那些店里见不着的顶级古代丝织衣物和残片，看着看着，我对老张说：封你个“布片儿张”如何？老张笑纳了。

布片儿张珍藏的绫罗片子织锦袍，数量不说，光那质地、织法、图案、手感及款式、针脚，那朴素、厚实又闪着金光的古老黄色绸缎，我简直不能相信它们真的出自北魏、唐、元——我们老祖宗的精湛工艺实在叫人叹为观止。

一说起布片儿，老张简直就是滔滔不绝：“可惜了，不是被洪水冲出来，就是被耕地、采矿、盗墓挖出来，大部分都让不懂行的人给糟蹋了，还有些零落的不知去向，所以很少能见到成件儿的。反正我去市场转的时候，只要看见这类东西就买，花多少钱也舍得，有时没钱借上也要买。这可都是文化，丢了对不起历史，更对不起后人。”

“古玩行玩儿这东西的少之又少，一来不好搜集，二来不好整理，比您原来搞的元青花麻烦很多，可您为什么放弃了容易的，重新选择了难度大的？”

老张把手上托着的一片织金锦横竖看了几眼，抬头对我说：“这东西真值得研究。你说埋在地底下都几百上千年了，但和现在运用高科技纺织出来的丝绸比，华美精绝的程度真是有过之而无不及。尤其当我把这一块块散发着阴沉气息的烂布片儿仔仔细细修整到平展服帖，让它发散出原有的光泽和气息，呈现出原有的锦缎之美，那种感觉……咋说呢，实在是不好说。”

布片儿张的案几上摆着很多用于研究古代丝织品和服饰的书籍，像《金代丝织艺术》《中国历代染织绣图案》《金代服饰》等。他说一有空就翻，对照实物更是翻了又翻，所有内容现在已经是烂熟于心了。这个烂熟于心的意思，我想，应该是指他每拿到一个布片或与古代服装有关联的饰物，凭知识和经验，一眼就能看出属于哪个地区、哪个朝代、哪个民族，甚至是属于达官贵人的服饰还是庶民百姓的衣着。

我刨根问底，想知道他收藏布片儿的起因及具体时间。老张说那可就早了，得从 20 世纪 80 年代城卜子村多个古墓被盗说起。那时候，因为没有市场，盗墓贼只要马上就能卖钱的金银财宝，墓主人身上后来同样价值连城的绫罗绸缎却没人稀罕，扒下来随手一扔，被风刮得漫山遍野跑。有一回他下去收东西看见了，一下子就被那图案的精美和色彩的华美所吸引，当然也是觉着年代久远，扔了实在可惜，就拣那些比较齐整的大片儿捡了点，结果就捡上瘾了。到 20 世纪 90 年代，这东西有了市场，开始有人买卖、研究了，就捡不上了。

资料显示，内蒙古四子王旗吉生太乡城卜子村为金元时期设置的净州古城，是丰州支郡，既是当时的贸易集散地，又是守城军队的驻扎地，属朔北重镇。成吉思汗时期，净州古城升为中央直辖区，所以此地出土的布片多为上层文武官员专用的织金锦，也就是用金缕或金箔切成的金丝做纬线织制而成的锦，旧时称这种织法为“纳石失”。

老张不仅善于收藏，更善于研究。他告诉我，如果从历史的角度看，中国最早的对外名片不是瓷器，而是丝绸之路上那一匹匹乘着驼铃远走他邦的华美而瑰丽的中华丝绸。在动手修整一些布片的过程中，根据织金锦底子上依稀可见的图案画痕，老张得出结论：在古代，一个好的绣工前面必定有一个好的画工。

那日，我们从他收藏的北魏布片一直聊到色彩斑斓的明、清龙凤袍，而关于 20 世纪 70 年代马王堆汉墓出土的那件薄如蝉翼、分量不足 50 克的素纱单衣，根据多年的实地考察经验和研究经验，老张有他独到的见解。他认为，那件衣服原来肯定比 50 克重得多，只不过是它原有的一些有效成分在漫长的岁月中氧化、分解掉了，只剩下现在那轻飘飘的一层。而对此，一些专家学者虽然觉得老张在此领域不过是个“半吊子”，但还是认为他说得有些道理。他可能怕我有疑惑想不明白，就举了个木头的例子：把一根木头埋到地底下，若干年后再挖出来，木头已经变成朽木了，你说它还有当时那么重吗？我说肯定没有。他说这和马王堆那件素纱单衣是一个道理。我瞬间豁然开朗。

老张的藏品中，有一双前脸儿用彩色丝线绣着几何纹丁字装饰条的北魏皮质女鞋，看上去就不像汉族的东西。据他考证，此鞋出土地应为武川以北，尺寸相当于现在的 37 码，为贵族所有。北魏六镇之一的武川镇当时是防范柔然入侵的守边要地，曾聚集大量高级别军队，历史上也出现过很多举足轻重的人物，如北周创立者宇文泰、隋文帝杨坚之父杨忠和有所争议的唐朝李氏祖先。我想知道的是，那双看上去时尚又大方的皮鞋曾经穿在哪位贵妇的脚上？千年等待，我们等来的又是一些怎样的历史密码和服饰信息？

我一直认为倒腾古董的人不缺钱，可老张说不是那样，古董商永远没钱。因为一有钱就手痒痒、心痒痒，就想把钱快点变成东西，要不怎么有“眼力越好，人民币越少”的说法呢。

和所有古董商一样，布片儿张的收藏之路也是从羊肠小道逐渐走向一马平川。除了跑僻壤之地找东西，前些年他也曾是各地鬼市的常客。早晨 4 点来钟就到市场，黑灯瞎火打着手电或买或卖。别的东西还好，要是布片儿买到手，除了对照图谱等资料断代，修整也是特费功夫，但他已执迷于此不愿自拔了。

我说你有没有人家给多少钱也舍不得出手的宝贝？

“还真有一件，”他说，“是元代净州路那地方的，老乡平整土地时挖出的一个红绿彩磁州窑烧制模具。十几年前我下去转悠时偶然发现了，老乡也不懂，没花多少钱就拿到手，算是捡漏。就这东西，北京一个古玩商看上了，多次出价要买，可我不能卖。”

“为什么？”

“这是咱们四子王旗古净州路一带历史上可能曾经烧制过瓷器的一个有力证据，卖了就没了，这段历史也就说不清了。”

“那将来呢？我是说如果您的孩子们不喜欢搞收藏？”

老张从案几上拿起一本自己精心制作装订的册子，其封面规规整整写着《大元布片·古服装及饰物布片（1）》，时间是2000年10月2日。他让我一页一页翻看那些被插在塑料膜里的布片，那些布片多为代表权力和富贵的黄色，上面织有各种我说不上来的精美图案。此时他终于开口了：“将来，我打算把那个模具，连同这些丝绸锦缎的标本，以及我这么多年的研究资料和研究笔记，全部捐给博物馆或博物院，算是我对中国历史文化研究的一点贡献吧。”

羊肉烧卖

地处塞外的呼和浩特，南临黄河，北依阴山，是农耕文化和草原文化的交汇点，也是过去人们走西口的目的地和万里茶道的重要节点城市，通往西域的绥新驼道也是从这里出发。

一直以来，呼和浩特饮食在自有基础上博采众长，不仅吸收了晋、陕等外来多元特色，也融合了回族和蒙古族的民族特色，经过时间的筛选发展到今天，已形成许多极具地域风格的代表性美食。

每个地方都有自己独特的饮食文化。呼和浩特美食以蒸、煮、焖、烩为主，充分体现出四季分明的北方因材而为的传统和习惯。高度信息化的今天，呼和浩特虽然也汇聚了全国各地的美食、小吃，但传统地方菜肴绝对不能错过，排在第一位的便是羊肉烧卖。

烧卖有多种写法，如烧麦、稍麦、稍美，虽然用字不一样，但说的都是烧卖。比较而言，我个人觉得烧卖二字似乎更具烟火气，就像北京的褡裢火烧。老字号凤林阁饭庄刊登在 1950 年 3 月 7 日《绥远日报》上的广告用的是“稍美”，现在呼和浩特大街小巷依然可见各种写法。因为没有明确记载，哪种写法都对，只是习惯而已，就像人的大名、小名、曾用名。

烧卖不是呼和浩特的专利，但全国多地各式各样的烧卖中，最具地域特色和民族特色的还是呼和浩特这羊肉烧卖。

呼和浩特羊肉烧卖与其他地方的烧卖相比，差异就在这羊肉二字上。

这是一种风味独特的清真食品。薄薄的花边面皮，包上与饺子馅儿、包子馅儿截然不同的烧卖馅儿，上笼蒸熟，蘸醋而食，就茶而吃，独特的外形和葱姜味浓郁的羊肉鲜香令人赞不绝口。一个刚从烧卖馆吃完早点出来的人，根本没办法让人相信吃的是包子或焙子，因为被身上的味道出卖了。

烧卖除了蒸着吃，还可油煎，风味更加独特。

我吃过很多地方的烧卖，虽然与呼和浩特的羊肉烧卖形似，但绝不神似。

主要区别在馅儿上。北方晋地有猪肉馅儿烧卖、牛肉馅儿烧卖，还有用鸡肉、火腿、虾仁、冬笋等做馅儿的百花烧卖。内蒙古后山地区虽是羊肉做馅儿，但在调味上花椒重于姜，有些地方还会用到酱油和料油，很接近饺子馅儿。南方花样更多，有糯米馅儿、三鲜馅儿、蟹肉馅儿等。这些烧卖在拌馅上的手法和用料五花八门，有的要先把肉炒熟，有的要加入各种各样的调味料，还有甜味烧卖。呼和浩特羊肉烧卖是用最简单的配料做出最好吃最纯正的味道。

烧卖的样子很好看。视觉之美来源于烧卖皮。这皮不是用擀面杖擀，是用走锤捣出来的。五六七八个剂子，先用专门的木制走锤逐个转圈捣压一遍，然后摞在一起，中间撒上玉米淀粉，之后，店员开始耍手艺。店员两手握住走锤的滚轴，沿着面皮的外沿用力一捣，顺势往前一推、一拧、一推、一拧，锤锤相连，几圈下来，薄而韧的裙边褶烧卖皮子就捣好了。

传统风味的呼和浩特羊肉烧卖，用料十分讲究。是用阴山以北放牧的草地羊肉、河套平原出产的优质小麦面粉、纯正的本地胡麻油、辛辣的旱地葱、原生态的老姜（过去用干姜面儿），再拌上后山优质山药粉冲出的闷子，顺一个方向搅，搅匀、搅出味儿为止。

包烧卖看似简单，其实也有一定技术含量。馅儿少了，蒸出来不饱满，也吃不出皮薄馅儿大味道鲜的感觉，满嘴都是干淀粉的不爽；馅儿太大，8 分钟后一揭笼，雪白漂亮的束腰花边褶不见了，吃起来还腻，费料不讨好。

外地人来呼和浩特旅游，如果不吃烧卖，就好比到北京没吃烤鸭，到天津没吃狗不理包子，到西安没吃羊肉泡馍，是一大憾事。

呼和浩特烧卖馆有两种。一种只经营烧卖，不供应其他吃食。这类馆子从早上营业到中午，下午关门谢客，准备第二天要用的食材。另一类除了烧卖，还兼营火锅和炒菜，是全天候营业。

烧卖以两计量，呼和浩特的标准是一两 8 个，乌海、包头多见一两6个，所以点烧卖论两，不论斤。

一两8个的羊肉烧卖是呼和浩特人偏爱的硬早点，也是招待外地来客的必选。普通饭量的人一两正好，现在能吃2两的人已经不多了。前些年，一个亲戚从外地来呼和浩特，以为烧卖和饺子差不多，就按平常半斤的饭量点了。后来他讲，服务员既没问几个人吃，也没问是不是要一起上，先来了两笼16个。吃差不多时又端来两笼，他边吃边发愁，后来就没心思品味了，只想着不要浪费，多吃一个是一个。万万没想到，服务员再次翩翩而来，热气腾腾的第五笼烧卖又摆在他面前。

2019年夏天去乌海出差，吃过两回烧卖，一回是一两6个，一回是一两7个。问店老板为什么不是呼和浩特的一两8个，老板说，现在生活好了，很多人早上根本吃不了8个烧卖，为好算账，直接定为一两6个或7个。我就是这样的人，吃烧卖最多能吃6个。

呼和浩特街头巷尾随处可见烧卖馆，口味以传统羊肉大葱馅儿为主，羊肉沙葱、蔬菜虾仁、素馅儿、彩皮等新兴花色烧卖只是餐桌上的点缀，也算传承之外的发展吧。

呼和浩特烧卖第一街东起五塔寺后街，西至圪料街，全长1100米，云集着多家烧卖馆，老字号德顺源规模最大，老绥元是连锁经营如火如荼的后起之秀。这条街紧邻五塔寺、席力图召、大召、塞上老街等旅游景点，是呼和浩特重要的旅游路线，有些游客落地后的第一餐便是这街上热气腾腾的羊肉烧卖。

北京有烤鸭，南京有盐水鸭，呼和浩特有地道的羊肉烧卖。

雨中老牛湾

从呼和浩特到老牛湾，出发时就下着雨，一路上忽大忽小。过和林格尔进入清水河后，眼看雨就要停了，却又起了能见度不足百米的雾。雾也是忽浓忽淡，跟着汽车上坡、下坡、拐弯、盘山。

汽车左拐右拐、左拐右拐、左拐右拐，不知拐了多少拐、上了多少坡，终于，我和坐在后面的孟老师被拐得晕车了。我瞬间晕出一身虚汗，胃里的东西如山雨欲来前的乌云，上下翻腾。孟老师呢，闭着眼，拧着眉，靠在座位上动也不动，估计比我难受得厉害。我就想：这下完蛋了，等会儿到了老牛湾，我俩一准儿趴倒，还看什么长城黄河握手于此。

就在我难受到闭起眼睛，跟旁边的瓜子儿姐说真想吃块冰时，忽听燕亮老师和任志明老师几乎同时说："看，到了。"这可是救命的声音。我立马醒过神睁开眼，可不，还没完工的景区山门早被汽车远远甩到后头了。

要说人就是奇怪，逢上高兴事、快活事，激情总能扑灭各种不舒服。几分钟后，汽车停在老牛湾村口一个挂着农家乐接待户牌子的门楼前。我急忙跳下车，只两个深呼吸，老牛湾的清凉就祛除了我胃里憋着的那股难受。晕车似乎是个小梦，现在醒了，啥事没有了。

老牛湾没有雾，有雨，是一场绵绵的如“牧童遥指杏花村”般诗情画意的秋雨。

吃过农家饭，喝过山茶水，我便打起一把伞，和不放心我一人出去的玉华大姐闲散地走入老牛湾的蒙蒙细雨中。

老牛湾位于山西和内蒙古的交界处，是中国最美十大峡谷之一——晋陕大峡谷的核心地段。其水幽幽，其壁千仞，再加上长城与黄河在此第一次握手的历史文化内涵以及摄影家们用镜头诠释出的不同角度的视觉之美，名不见经传的老牛湾一下子就名声在外，成了旅游胜地。最有意思的是黄河两岸彼此遥望的两个村子，内蒙古这边的清水河县叫老牛湾，山西那边的偏关县也叫老牛湾，很多人因此而去错了地方。

和山西那边的老牛湾村一样，清水河县老牛湾村的所有建筑也都是因地制宜、就地取材，几乎都是石头的化身。石墙，石路，石阶，石房，石仓，石柜，石桌，石凳，石碾，石磨，石窖，石圈，石厕……简直就是一座石头城堡。窑洞都是依地势高低而建，我们本来走在一条小路上，可不知不觉就上了人家的房顶。

雨一直在下。下在河那边向水里延伸的明长城上，下在一坡一坡等待收割的黄黄的谷子上，下在一棵一棵挂满红果的海棠树上，下在黄石片砌成的窑洞上，下在窄窄的沿河栈道上。有很多雨直接下到黄河里，瞬间变成黄河水。

因为下雨，因为不是节假日，整个老牛湾景区只点缀着不多几个游客。河对岸，山西偏关老牛湾的“牛鼻子”上也不见人影，几条船停靠在岸边，静得像画。

顺着被雨水洗成亮黄色的石片小路，玉华大姐把我领到她曾经拍摄过好多次的一处老院子跟前。穿过石砌的头道门洞，我缓缓走向那两扇钉有铁制门钉的古老木门。我右手轻握门环，仰着头，试图从那依然精美的木头构件上、从点滴残存的油彩上，寻觅大院儿曾经的辉煌。

就在我们告别院主人，顺着黄黄的石头小路出来，打算回李白家喝口水歇歇时，看到刚才午休的摄影家们已在黄河岸边似有若无的细雨中摆开阵势，每人脚边一把伞，咔咔的快门声此起彼伏。

事实是我们并没有回去喝水，而是直接加入大部队，和他们重新返回沿河栈道。天黑回到李白家，我又饿又渴，一口气吃了三碗柳叶面。

夜宿黄河边

老牛湾淅沥了一整天的细雨终于在天黑前停了不说，居然还有要出晚霞的迹象。

同行的摄影家们异常兴奋。尽管已在小雨中奋战了几个小时，此时他们仍坚守在广场的铜牛跟前，一个个端着照相机仰头看天，准备随时抓拍。除了分析、预测、期待、研判，有人还搬出以前某地类似的情形下就出过晚霞的事实来加以佐证。总之，都认为晚霞必现无疑。

我用的是普通卡片机，照相技术也不行，但和摄影家们比热情的话，绝对有一拼，如对晚霞的期待。所有人都在抬头望天，转着圈各个方向都不放过。尽管我们好几次被天上突然显现的一块巴掌大的淡粉色薄云忽悠得又惊又喜，但分针在手表上转了一圈又一圈，直转得夜色从四围包抄而来，晚霞到底成了传说。

那就回吧。回李白家吃中午就定好的面，然后睡觉，等着拍日出。

我因为没午休，吃过饭就出去一直转悠到天黑，真的是又饿、又渴、又累，半路上和他们开玩笑说中午的两个油炸糕早就彻底消化了，晚饭最少也得吃三碗面。实际上确实吃了三碗，还是挺大的碗。吃饱喝足，众人把房檐下大水瓮里的雨水或自来水舀到牙桶里，淋着洗个脸，再刷个牙，去墙角那个不分男女的露天旱厕提心吊胆方便后，就上炕、上床了。

我们住的那间窑洞里有一盘热炕和三张单人床，大家各就各位后开始闲聊。从男人、女人、摄影、微信、教育、美食、健康、旅游、圈子、潜规则、贪污腐败、网络安全、公交让座一直聊到某次采风，某人因没穿内裤导致炕热却无法脱掉秋裤，笑得我前仰后合停不住，瞬间消化掉一碗柳叶面。

正聊得热火朝天，瓜子儿妞放在桌上的手机响了。她在隔壁和任老师、燕老师探讨老牛湾的风土人情，电话就一直响着，后来还有短信提示音。等她探讨完回来拿起手机看，是同来的老张。电话回过去，老张说他和孟老师正在黄河边上拍“牛鼻子”夜景，问我们去不去。我一听正合心意，赶紧从热乎乎的炕上爬起来，穿好衣裤跳下地，从头到脚开始武装，以应对黄河之夜无法预料的秋寒。

三个人武装好后背包出门，拧亮强光手电，顺着李白家为进出方便修出的那条紧邻几十米高绝壁的黄土小路，百般谨慎地走上通往景区广场的柏油路。

入夜的老牛湾非常安静，听不到一点声音。风声，水声，人声，畜声，草木声，声声皆无，只有盏盏路灯为夜里出来览胜的我们发散出令人倍感安全的暖暖红光。老牛湾的路灯与众不同，木质灯杆，方形灯罩，两只灯一左一右、高低错落，很中国，很喜庆，红得像过年时悬挂的灯笼，温暖着古意盎然的黄河村落和夜游者的心。

其实，老张和老孟比我们更知道黄河之夜的宝贵，吃完面歇都没歇就出发了。当他们无意间发现“牛鼻子”处竟然有照明设施，就赶紧打电话呼叫。我们去的时候，他俩正打着头灯在三脚架前忙乎。夜景拍摄不仅需要技术过硬，对照相机的要求也特别高，我的卡片机只能照照摄影家们聚精会神的背影，照黄河纯粹瞎忙，出来全是黑板。

众人皆忙我独闲。在沿河摆开的几个三脚架间穿梭了一会儿，我开始凭栏而望，盯着对岸“牛鼻子”上那一处房子和三棵树想：假如那房子里住着人，假如那住着人的房子外面挂着红灯笼，假如那红灯影里正卧着一条假寐的黄狗……想着想着，我就好像已从清水河摆渡到了偏关，走在那三棵树旁的羊肠小路上，看对岸灯火阑珊、夜深沉。

如果不是亲眼所见，我无论如何也不会相信，茫茫夜幕中，隐藏在黑暗中的远山在长时间曝光后，竟然会被梦幻般的淡紫色烘托而出。那种淡紫，神秘、超凡、高贵、唯美，和镜头最下端与一湾碧水相拥的“牛鼻子”交错融汇、互为层次，给人以无限的视觉冲击和想象空间。

也是老天垂爱，一直因没有等到晚霞而耿耿于怀的我们，竟然在这个看似雨过天未晴的黄河之夜，邂逅了先后出来的星星和月亮。黄河静水若深，我们与星星、月亮相伴，边走边拍，一路回到李白家，已近午夜。看看窑洞里的灯都熄灭了，才想起明早还要拍日出。

窑洞人家

连续的阴天让我们早起拍摄日出老牛湾的希望最终破灭。但摄友们并没闲着，火速抹把脸，脖挂照相机，手拎三脚架，不等李白家点火熬粥就都出门了。

从李白家出来，见马路对面立着一个李根农家乐的牌子，再往前走，又是一个李珍农家乐。我打趣说，如果在李珍俩字中间加个“时”字，这地方，简直就是“名人”辈出。众人大笑。

因为头一天拍足了峡谷绝壁，今天就进村进庄稼地，随走随拍。实际上，不像平原地区，黄土高原上的民居和庄稼地往往没有分界。我本来是顺着谷地旁的小路往高处走，走着走着，竟然上了一户人家的房顶。我就站在房顶上往院里看：一棵不太高的树，一小片种有好几个品种的菜地，几股爬上墙的瓜蔓，两垄大葱。正看得出神，一个小男孩儿从窑洞里跑出来，站在当院挺起肚子撒了一泡尿，用手背抹抹鼻子，又跑回去了。离这户人家院门不远的地方，是一片等待收割的玉米地。

清水河县老牛湾村的房子由石片和黄土构建而成，准确地说，叫窑洞。站在村里稍微高点的地方放眼一望就会发现，这里和陕北一样，建窑洞都依山就势、高低错落，看上去不成行列，却乱中有序。也因此，村里的小路四通八达，走起来不是上坡就是下坡，而且总有柳暗花明的感觉，非常有趣。

我钟爱窑洞顶上那些烟囱。黄石板围垒而成的烟囱圆圆的，越往上越细，有的上面还扣着半截瓮，特别有情调。因为耕地稀缺，那些上坡下坡的小路旁，零零碎碎的巴掌地都被利用起来，这里几棵萝卜，那里几苗白菜，还有瓜、豆、葵花等。也有海棠树，东一棵西两棵，很随意地长着。已经成熟的海棠果红中泛紫，表面挂着一层霜，实在诱人。我不知道果树属于哪家，左右环顾不见人，就大着胆儿从离我最近的一棵树上摘了几个。也许是秋雨刚刚洗过的缘故，那果子分外水灵，酸甜也恰到好处。嘴里嚼着海棠果的同时，我又想到了果丹皮。清水河果丹皮之所以好吃名气大，一定是原材料起了决定性作用。

顺着一条小路继续走，坡下迎面上来一个人。见我们不停地照相，就问："你们是从哪来的？"

"呼市。"我说，"您是本地人？"

"是了哇。"

"但我看您像个干部。"

"我平常住县城，这儿是隔段时间回来住几天，呼市也有房子。"他笑着，答非所问。

"您在县城里上班还是在呼市上班？"

“自己搞工程。”

“那这儿也有自己的窑洞？”我再次确认。

“有，就你们现在看的这个院子。要不下来，我领你们回家看看？”

我和老赵大喜，一路小跑下了坡，随主人进了他家院子。脸对脸的两排窑洞，正面一排中间的住人，两边的储物；另一排里一孔以前是厨房，现在闲着，其他放柴炭、放饲草，养家禽家畜。面带笑容的农家大哥看我俩对着漂亮的木格子门窗啧啧称赞，憨憨地说：“我原来是个木匠，这都是我的手艺。”大嫂更有意思，指着石墙上一个长方形小石洞问：“知不知道这是干甚用的？”

“不知道。”我脱口而出。

老赵几乎同时抢答：“放东西的。”

“是母鸡下蛋的地方。”大嫂边笑边说。

简直太意外了，这个答案，我恐怕憋破脑袋也想不出来。

我们被主人请进窑洞参观。除了快要消失的手绘炕围子，我们居然还见到了传说中的石柜和真正原生态的黄石板地面。那石柜“镶嵌”在窑墙里，架有好几层隔板，安着带穿衣镜的木门，乍看以为是个立柜。还有石头窗台、石头房檐，我都眼见为实了，所以不得不承认，黄土高原上的窑洞人家真是聪明至极，别看大山深处缺少木料砖瓦，但世世代代、祖祖辈辈，任何问题最终都能用石头解决掉。

冬暖夏凉的石碹窑洞，冬天居然不用生火炉，一个锅台，一盘热炕，足矣。窑洞的另一特点是隔音效果好，门一关，根本用不着担心左邻右舍吵你，自家嗓门再大，同样不用担心吵了他人。

我们参观的另一户人家，窑洞内外同样打扫得清清爽爽、干干净净。木窗格上贴着传统剪纸，炕上垛着被窝垛，放着黍子穗儿绑成的扫炕笤帚。墙角有矮缸、石磨，十来个大瓮小瓮，七八个有方有圆的高粱秆儿盖帘。缸里腌着烂腌菜，炕上晾着新打下的糜子米，筛子里是准备冬天炝锅用的干葱花。里里外外充满浓浓的乡土味和浓浓的民俗味。

秋天是一个收获的季节。我们经过的每一处窑洞，窗台上不是码着玉米棒子，就是晒着葵花籽或各种豆子，地里是一捆一捆准备拉到场院上去晾晒的高粱头、谷子头。当地也种土豆种糜、黍，这些都是开发旅游后此地农家乐必不可少的上好食材。

正逛得起劲，已经转回去吃早饭的任老师打电话叫我们赶紧往回走，说饭后要去四座塔。虽然有些恋恋不舍，我们还是回头和站在院门口一直瞭着我们的老奶奶招招手，高声说我们还会再来看她。

清水河小香米

位于呼和浩特市最南端的清水河县，地处黄土高原与内蒙古高原交界处，境内沟壑纵横，气候干旱，属典型的温带大陆性季风气候，是著名的旱作农业县。高海拔与北纬40度的充足光照和丰富热量最适宜谷类作物的生长。

遥远的兴隆洼时期和哈民忙哈时期的小米以碳化的形式留存至今，成为华夏大地8000余年的骄傲。古往今来，土生土长的谷子肩负着养活中国人的重要使命，而在以杂粮种植为主的清水河县，栽培历史悠久的谷子同样是这一地区的主要粮食作物之一。

谷子，古称稷、粟或粱，一年生草本，每穗结实数百至上千粒，脱壳后俗称小米。

小米主要用于熬粥。尤其在北方地区，孩子满月前，产妇大多早晚都要喝加有红糖的小米粥，再辅以煮鸡蛋，这是祖祖辈辈公认的最有营养也最健康的月子饭。小米粥有“代参汤”之美誉，产妇即使已出月子，为增加奶水和让身体进一步恢复，餐饮时仍会选择多喝小米粥。李时珍在《本草纲目》中描述小米“补虚损、开肠胃”，除了果腹，小米还有健脾和胃、补益虚损、和中益肾、除热解毒等食疗功效。对普通人而言，寒冷的冬天里，一碗热气腾腾的小米粥是多少庸常日子的欢喜，一盆黄灿灿的小米饭又承载着多少人对家和故乡的眷恋。

靠天吃饭的年代，位于清水河县西北部的高茂泉窑村由于土地产出少，农民光景很不好过，是全县出了名的贫困村。直到1994年，情况才开始有所改变。这年，自学成才的“村医”刘三堂走马上任，成为宏河镇高茂泉窑村党支部书记，脱贫致富的帷幕就此拉开。地膜覆盖玉米套种平菇、蔬菜、搭架西瓜，实施玉米秸秆青储、舍养技术，发展经济林和用材林等，虽然三年的“立体农业”收效显著，但刘三堂远远没有满足。他一边继续在农业种植上下功夫，一边开始钻研五谷杂粮的营养构成以及对某些疾病的防控作用。重大发现来自小米。这个看似普通的金黄色小米粒，不仅富含人体所需的多种维生素、矿物质、氨基酸、脂肪酸，还可以滋阴补血、养胃健脾，有助于睡眠的色氨酸含量在所有谷物中更是位列第一。

1996年，去延安参观学习的县领导给刘三堂带回一包当地的优良谷种。为检验此谷种在高茂泉窑村的适应性，刘三堂在自家责任田里分别进行了六种不同的种植实验。充满希望的夏天过后，当秋阳普照大地，一个秸秆挺拔、穗大而谷粒丰满的优良品种脱颖而出。经测定，此品种虽优，但因含糖量高而极易招虫咬，会严重影响发芽率；如果采用传统农药杀虫，化学污染绝对不可避免。刘三堂利用自己的中医知识另辟蹊径，尝试用中草药浸泡籽种，并获得成功。

温饱一旦解决，人们便开始讲究生活品质。敢想敢做的刘三堂意识到，该在纯天然绿色食品上下功夫了。经过十年科学合理的实验、种植与筛选，色泽金黄、米质细腻、黏度高、味美适口又米香浓郁的清水河小香米诞生了。经内蒙古农科院科学鉴定，清水河小香米不仅富含蛋白质和钙、铁、锌、硒等多种微量元素，还具备人体必需的17种氨基酸，是不含任何化学污染的纯天然绿色食品，刘三堂也因此被誉为“小香米之父”。从此，清水河小香米名声远扬，小香米种植也在高茂泉窑村周边乃至全县彻底铺展开。

除了对土地进行创造性经营，刘三堂还开始尝试订单农业产销模式，并率先建起小香米加工厂。到2000年初，集种植、加工、销售于一体的产业化运作格局基本形成，这让清水河小香米又上了一个新台阶。2005年，刘三堂的儿子刘峻承回乡创业，第一时间注册了“蒙清”小香米品牌，并创办了内蒙古蒙清农业科技开发有限责任公司，为日后清水河小香米畅销全国、走向世界起到了推波助澜的作用。

得天独厚的自然环境，科学合理的轮作换茬耕种，长达150天的生长期，赋予了清水河小香米恒久而优良的品质。2014年12月24日，原国家质检总局批准对清水河小香米实施地理标志产品保护，产地范围划定为内蒙古自治区呼和浩特市清水河县城关镇、宏河镇、喇嘛湾镇、单台子乡、五良太乡、窑沟乡、北堡乡以及经济技术开发区，共计 8 个区域。

清水河小香米先后被评为“内蒙古自治区名牌产品”和“著名商标”，并在上海农产品博览会、杨凌国际农业高新技术博览会上获评“畅销产品奖”。用科学的思维经营土地，用严谨的态度衡量产品，用前卫的思想研究市场，用发展的眼光看待未来，清水河小香米不仅改变了所有种植户的生活，也让农民和消费者对未来充满希望。

土地之上，城乡之间，刘三堂和儿子刘峻承用善良的秉性和农人的情怀，把承载着家乡人希望与梦想的小香米卖到了全国各地。

山野沙棘

那是沙棘被我们小孩儿叫作酸刺刺的年代。

树叶快要落完的秋天，地里的庄稼早都收割完毕，土豆、糖菜也起了，萝卜也拔了，芥菜、白菜、圆菜、菠菜也分给各家各户了，该交蔬菜公司和粮库的也都交了，准备过冬吧。

闲下来的庄户人半前晌和半后晌会不约而同聚在向阳地儿，一边“晒暖暖”，一边东拉西扯，聊些家长里短、鸡毛蒜皮，也会预测预测分红时一个工能开多少钱。女人们手里大多有针线活，不是缝缝补补，就是纳着新鞋底儿。老汉们最有意思，手上基本都架着杆旱烟袋，多数还跷起二郎腿靠墙坐着，时不时抽两口，青烟徐徐，简直就是一道风景。

村里有些勤快人是坐不住的。上地里捡茬子，上树林里搂树叶、捡树枝，整理自家小院儿里的炭仓子、柴火垛。秋雨连绵时还要拉沙土垫猪圈，为即将到来的冬天做准备。生活在呼和浩特周边村里的人们大都养着几只鸡，攒下的鸡蛋也会赶在上冻前，用自行车驮到城里换几个酱油醋钱。山里人呢，看上了没本钱的野生酸刺刺。

酸刺刺是沙棘的小名，大青山里到处都长着，沟底，路旁，山坡上，一片片黄得鲜亮耀眼。没有被开发利用之前，沙棘只是过去年代孩子们嘴里的季节性零食。山里人用柴刀一枝一枝砍下来，再分解成小枝，装到排子车上拉进城里卖。1 分钱能买一小枝，2 分钱能买一大枝。那时候还有卖面果果的，也是 1 分钱一小把，2 分钱一大把。

沙棘的枝条上布满利刺，一不小心就会扎破手指，所以买的时候，货主一般不允许小孩子下手，但可以指点着挑选。山里人朴素，价格很活，有时 1 分钱也能买到一大枝子。那会儿物价低，买一盒火柴才 2 分钱。

有酸刺刺卖的时节，寒潮一股接一股侵袭而来，冷风顺着裤腿进来，好像一下子就能从脚脖子吹到肚脐眼儿，再从缩紧的脖子下挤出去，把身上仅有的一点儿热乎气都带走了。这时候再吃几颗黄黄的沙棘果，酸得直打哆嗦，身上越发冷得厉害。那会儿的小孩子基本没什么零花钱，不管谁手里有了一枝酸刺刺，立马就会成为当下之王，被围拢、崇拜。我小时候总能吃到酸刺刺，有自己从排子车上买的，也有后山人来我家时给带的。酸刺刺和干蘑菇、扎蒙蒙花一样，是那个年代大后山的土特产。

1983 年秋天，我坐汽车从北京回呼和浩特，在蛮汗山上第一次见到长在树上的酸刺刺。车上的人都觉得稀罕，便找一个能停车的地方，下车去一看究竟。我还撇了枝果稠的带上车，一路小心护着，生怕把别人给扎了。后来，随着以呼和浩特为中心的活动半径不断扩大，我惊奇地发现沙棘原来无处不在，大青山里有，摩天岭上有，明长城脚下也有。

沙棘是落叶性灌木，耐干旱，耐贫瘠，耐冷耐热又抗风沙，可以在盐碱地上生长，因此被广泛用于水土保持和中国西北地区的沙漠绿化。沙棘的果实虽小，VC 含量却极高，据说是猕猴桃的 2—3 倍，是世界植物群体中公认的 VC 之王。

沙棘的根、茎、叶、花、果可广泛应用于食品、医药、轻工、航天、农牧渔业等国民经济诸多领域，特别是含有丰富营养物质和生物活性物质的沙棘果，入药具有止咳化痰、健胃消食、活血化瘀之功效。现代医学研究证明，沙棘还可降低胆固醇，防治冠状动脉粥样硬化，缓解心绞痛发作，对慢性浅表性胃炎、萎缩性胃炎、结肠炎等也有好处，是真正的药食同源产品。

我始终不喜欢喝各种红红绿绿的饮料，唯独与沙棘汁一见钟情。为了能经常喝到最纯正的沙棘汁，我每年秋天都会上大青山剪一些，把小小的果子清洗干净，控水后冷冻到冰柜里，随取随泡随饮，绝对零添加。

沙棘很特别。小果成熟后，果柄处不会形成分离层，也就是说不管熟到什么程度，它都不会自己脱落，就那么紧紧长在树枝上。沙棘果实小，又结得密密麻麻，果实的皮还薄，稍不注意就会弄破流汁。所以我常跟家里人说，每年沙棘季，我们都得当几天“手术大夫”，一人一把小剪子，聚精会神地坐在桌前剪呀剪，有时手指上还会磨出大水泡。

2019 年秋天在清水河采风，山路弯弯，不一会儿就把我绕得晕车了，幸好手里有刚从明长城脚下折取的一小枝沙棘，吃了几粒酸得我脸都变形的黄豆豆，胃里瞬间舒服多了。后来出门，我必带一瓶沙棘汁，只要有晕车的迹象就赶紧灌两口，酸酸甜甜的，比晕车药管用。

很多人说我收沙棘的技术太落后，也太费劲，应该上了冻再去。零度以下的气温冻得人张嘴冒白气，沙棘的果柄也冻得一碰即断，这时候在沙棘丛下撑开一块布单，手里握一根木棍，拽过结满果实的枝条一顿磕打，那黄珍珠一样的果子便噼里啪啦落到单子上。这个过程似乎更有情趣，明年冬天我一定上山打一回。

现在，原本不起眼的小沙棘已被做成大产业，沙棘饮料，沙棘醋，沙棘果丹皮，沙棘化妆品……童年排子车上的酸刺刺如今变成宝贝了。

呼伦贝尔草原的秋天

我的心爱在天边，天边有一片辽阔的大草原，草原茫茫天地间，洁白的蒙古包散落在河边……

伴随着飞扬的歌声，汽车北出海拉尔，奔驰在通往大草原和莫日格勒河的公路上。窗外是蓝天、白云、微微泛黄的绿草地，是一闪而过的牛群、马群、羊群，是比任何风景都好看的、可以尽情铺展到天边的草卷子。

说不清是歌声辽阔了草原，还是草原辽阔了歌声，抑或是歌声与草原一起辽阔了我的视野和心情。就在我们把车停到某一制高点，准备顺着柔软的草坡奔向九曲十八弯的莫日格勒河时，很难想象，如歌中唱到的那样，一只矫健的雄鹰正在空中盘旋。而在这之前，当我惊呼窗外飞过一只鹰时，司机师傅笑着说：那可不是鹰，是供游人俯瞰草原景色的滑翔机。果然，当那只“鹰”由远而近，我看清了，是一架载人的滑翔机。

呼伦贝尔大草原，白云朵朵飘在飘在我心间，呼伦贝尔大草原，我的心爱我的思恋……

此时此刻的呼伦贝尔，秋草泛黄风渐凉，野草那最后的绿色依然峥嵘，不负好时光。

随着蜂拥而下的游人，我们很快到达河边。当我把镜头对准河水中静若雕塑的马群，忽然觉得在呼伦贝尔草原根本用不着选景，无论什么角度拍出来，都是对美景的最好呈现。

接近正午的秋阳下，一眼望去，安静娴雅的莫日格勒河蜿蜒又曲折，狭窄又绵长。那河水宁静安然、生动妩媚，那波光潋滟闪烁、亦步亦趋，那点缀在河流两岸的牛羊像无数跳出五线谱的音符游荡在游客们的欢声笑语间。而此时此刻，任何溢美之词都是多余，唯有静静地看，静静地赏，静静地与草原推心置腹。

莫日格勒河里的马群也是静静的，任凭游人大呼小叫走了一波又来一波，那些马几乎都是一动不动。不管大马小马，全像站在舞台上摆造型的模特，即便偶尔挪动一下，似乎也只是为了配合摄影师的需求。

马为什么可以如此安静地站在水中？原来，那正是马的睡姿。在很久很久以前，为了生产和生活的需要，人类把野马驯化成家马，但家马遗传了野马在野外为免于猛兽袭击而随时准备逃跑的站立睡姿，没想到竟成了今日草原的一道风景。虽然旅游季的莫日格勒河边游人如织，但马知道一切都很安全，在离人很近的河水中站立着，互相依偎，安然入睡。

为能全景式眺望镶嵌在呼伦贝尔草原上的莫日格勒河那无穷

无尽的曲折之美，我们又前往另一个制高点。

果然是站得更高，看得更远。

蓝天白云下，艳阳当头照，秋风送凉爽，除了缎带一样的河流，环顾左右，一片一片排列有序的草卷子尽收眼底。远远望去，那草卷子像卷起的地毯，像卷起的羊毛条毡般浩浩荡荡；或诗意地栖在河边，展露丰收的喜悦；或舒适地躺在草坡上，享受秋阳的照耀。迂回往复的莫日格勒河如捧在手上的哈达，似飘在草尖的轻纱，更像仙女遗落凡间的定情之物。我无法给予草原什么，却带走了网围栏上的一缕马鬃。

在呼伦贝尔，除了号称天下第一曲水的莫日格勒河，绝对不能错过的还有被誉为亚洲第一湿地的额尔古纳湿地。

额尔古纳湿地位于额尔古纳市郊，虽然有现成的景区，但我们还是选择了景区外路途更为遥远的一处原生态湿地。

在水草丰美的湿地，自由流淌的河水边是连绵的柳灌丛，蓝天白云倒映在水泡子里，成熟的山丁子和稠李子挂满枝头，牛羊在草滩上散漫来去，鸟儿在河那边的树丛里飞起又落下。小时候在地理课上学过的湿地，几十年后，才在呼伦贝尔这个秋天惊艳了我的双眼。我赞叹不已，我大喜过望，我在水泡子退水后露出的草墩子上跳来跳去，我不停地在司机师傅的帮助下，拽着柔软的树枝，采食酸甜可口的山丁子、稠李子。我从这片柳灌丛钻到那片柳灌丛里，我把采下的山丁子装满衣兜，我恨不能把湿地油画般的天然美景也拽上一片，贴到我城市楼房里的白色墙壁上。

因为贪吃了太多稠李子，我的手指，我的舌头，我的两排牙齿，全部被染成黑紫色，如果那时拍个哈哈大笑，形象肯定挺吓人。但我管不了那么多，依然从这棵树吃到那棵树，换一片林子继续吃。因为稠李子皮薄容易破，不便装衣兜，司机师傅就给我折了一枝果繁的带上。枝上的稠李子我没舍得在路上吃，而是带回酒店，一个一个摘下来，放到原味酸奶里，无论味道还是颜色，绝对天下无敌。

此次草原行，我还有个愿望，就是想亲眼看看那呵护牲畜过冬的巨无霸大草卷子是如何成型的。

在呼伦贝尔草原，每年 8 月中旬准时进入打草季。如今草原上打草已完全机械化，省时又省力。先是挑好天气，挑适合打草的草场，那打草机如推头一样，一推子挨一推子，把远看像绒毡的牧草推掉，任其在原地晾晒。等晾晒好了，就有搂草机和捆草机相跟着开来。搂草机负责把草按规格搂成行，捆草机紧跟其后，把草收入车身，压紧卷实。一旦重量达到 500 斤，随着捆草机后盖缓缓开启，一个大草卷子就像母鸡下蛋一样，扑通一下滚到了草地上。

带我们穿越草原的邵建刚师傅见我对草原上的任何事物都感兴趣，回程便没有走公路，而是选择了一条可以经过很多嘎查的草原路。

在那条路的两边，起起伏伏一望无际的草原上，到处是等待拉运的草卷子，沿途还见到了猪群和小毛驴群，见到了童话里才有的大视野绚丽彩虹，见到了草地上栖着的数不清的鸟儿，见到了站在路上不肯让路的“牛警察”，而渐浓的暮霭，又给秋天的呼伦贝尔草原涂抹了一层美丽又神秘的色彩。

载歌载舞的巴斯克节

巴斯克节，是内蒙古“四少民族”之一的俄罗斯族的一个重要传统节日。这个节日没有固定日期，而是按照一定算法推算而来的，比如2014年是4月25日，2015年是4月12日，2016年则是5月1日。5月2日，散居在呼和浩特的部分俄罗斯族人在谷根秋先生召集下，欢聚一堂，共同联欢，我应邀参加，和他们一起唱歌、跳舞、撞彩蛋、品美食，高举酒杯互相祝福，祈求日子过得祥和又平安。

位于呼伦贝尔市大兴安岭西北麓的额尔古纳市，是内蒙古自治区纬度最高的城市，同时也是中国最北的边境城市，这个市的恩和乡是中国唯一的俄罗斯族民族乡。2010年5月18日，额尔古纳市申报的“俄罗斯族巴斯克节”被文化部公布为第三批国家级民俗项目类别的非物质文化遗产。

额尔古纳的俄罗斯族大多为华俄后裔，他们过巴斯克节类似汉族过春节，要提前粉刷房子、烤瓦哈利（华夫软饼）、打列巴（面包）、染彩蛋等，和我们腊月里准备年货差不多。

居住在呼和浩特的俄罗斯族总共不足百人，谷先生的老伴儿格拉妮娅老太太是其中之一。

格拉妮娅出生于额尔古纳，父亲是山东人，母亲是俄罗斯人，二分之一的俄罗斯血统使得她在外貌和体格上都显现出鲜明的民族特点。

联欢会上，大家手拉手翩翩起舞，随着欢快的歌声跳成一个大圈，又舞成一个小圈，飞扬的歌声有《山楂树》《三套车》《喀秋莎》和《莫斯科郊外的晚上》。喝一口格瓦斯，我已完全置身于俄罗斯风情中。

我们张罗着要照相，格拉妮娅老太太不知从哪儿变出一条手工钩织的玫红色披肩给我披上，让我去照照镜子，看好看不好看。

说起过去，格拉妮娅老太太滔滔不绝：

“那时候山东连年遭灾，穷得活不下去了，还没成家的父亲就跟着人闯关东闯到东北，在额尔古纳给当地有钱人家赶马车。马车从中国这边拉上俄罗斯缺少的东西过去卖掉，再买上我们这边需要的货物拉回来，来回倒腾着挣钱。

“跑来跑去，父亲结识了很多俄罗斯人，也学会了简单的俄语，不仅能听懂他们说话，还可以和他们聊天。

“过去年代，俄罗斯那边生活困难，食物也短缺，父亲常和我们开玩笑，说我们的母亲就是他用黑面馒头换回来的。

“父母生养了我们 8 个孩子，有的现在还在老家恩和，有的去了澳大利亚。我 1964 年从额尔古纳来呼和浩特，后来在这里安了家，爱人是汉族，祖籍河北。我老家那地方非常美，我们住的房子叫‘木刻楞’，是典型的俄罗斯民居。那房子里里外外全部用木头修建，美观结实，冬暖夏凉。过去的木刻楞里普遍都有地窖，冬天储存土豆、白菜、萝卜；现在一年四季都能吃上新鲜蔬菜，就没人修地窖了。

“我小的时候，我们那儿到处是好吃的野果，稠李子，山丁子，都柿，高粱果……尤其那都柿，摘的时候根本不用手，端着簸箕到树上狠劲儿一扫，就是一簸箕。”

至此我终于搞明白了，原来都柿就是蓝莓，蓝莓就是都柿。

出于民族情结，格拉妮娅老太太的孙女玛丽娜上大学时选择了俄语专业，毕业后又去俄罗斯留学，巴斯克节我得到的那枚彩蛋就是用玛丽娜专门从俄罗斯买回的现成套封装饰而成的。格拉妮娅老太太还告诉我，过去的节日彩蛋都是手工绘制，可惜现在没人会这个手艺了，只能套这种现成的塑料袋将就。是啊，除了巴斯克节上的彩蛋，用现代印刷技术代替原始手工技艺的还有我们过春节贴的春联和窗花。民俗的东西似乎越来越少，我和格拉妮娅老太太都为此而担忧。

格拉妮娅老太太的侄女为了能和亲友们一起欢度巴斯克节，特意从唐山回到呼和浩特，盘子里五颜六色的彩蛋就是她和她的姑姑用各种染料精心涂抹而成。

彩蛋习俗具有宗教性质。黄色象征荣誉和财富，绿色象征生命复苏，蓝色象征希望和对未来的追求，紫色象征权力，白色象征纯洁快乐的精神生活等。节日联欢会上，大家一起伸手到盘子里去抓彩蛋，虽然是个随意的动作，我却抓到了象征生命复苏的绿蛋。

世间，生命是所有一切的保证和可能。我很满意自己的手气。

与格拉妮娅老太太撞过彩蛋、道过祝福，我忍不住又开始问问题了："您会俄语吗？"

"能听懂，简单的也能说，但不会写，因为从小上的是汉族学校，没有学过俄语。"

"您的妈妈呢？妈妈的汉语怎么样？"

格拉妮娅老太太忍不住笑了："我妈妈的汉语说得一点也不好，很僵硬，反倒是我爸爸的俄语十分流畅，真不知道他们最初是怎么交流的。"

我认为，只要两情相悦，一个眼神，一个微笑，甚至一种默契，往往胜过千言万语。更何况有一个会说俄语的丈夫，她的妈妈不"努力"学汉语，也是可以理解的。

关于俄罗斯，格拉妮娅老太太说，不光是她，就是她的母亲，自嫁到中国就再也没有回去过。不是不想回去，是条件成熟打算回去时，有消息反馈回来说，那边的亲人早已搬迁得不知去向，根本联系不上了。

巴斯克节期间，我上格拉妮娅老太太家去做客。从外表看，建于 20 世纪 80 年代的单元楼直觉上有些老旧，可进到屋里就不一样了。木地板，浅色壁纸，沙发和茶几上铺着洁白的俄罗斯风格手工钩织桌布，墙上挂着欧洲油画意境和美感的十字绣，冰箱上摆着一张拍摄于额尔古纳木刻楞前的合影照，几个彩蛋整整齐齐在桌上排成一行。骨子里爱干净的格拉妮娅老太太，像我曾经在电影中看到的那样，把家布置得利落有序，暖意融融。

我和格拉妮娅夫妇坐在沙发上聊巴斯克节，聊老爷子骑行大小兴安岭和西藏的经历与见闻，聊恩和的风土人情与如今的旅游开发。我说明年过巴斯克节我还想来撞彩蛋，两位“70后”异口同声：欢迎欢迎！

夫妻鱼馆

内蒙古通辽市奈曼旗孟家段水库是西辽河上游一座大型的旁侧水库，孟家段湿地旅游区依托水库而建，具体位置在通辽市奈曼旗八仙筒镇境内。景区占地面积 42 平方公里，包括水上乐园、民族风情园、渔村、沙湖国际垂钓竞技中心、国际射击中心、自驾车露营地、湿地观景区、北疆水乡等。

民以食为天，一顿不吃饿得慌。

在景区娱乐游玩后，饱食当地渔村风味独特的“一锅出”是最佳选择。

凭感觉，我们看中了有宽敞大院、院里种着各种蔬菜的润鑫鱼香馆。没想到在景区曾同乘一条游船的十几位吉林游客已先我们而到，厨房里，专门为他们炖制的“一锅出”正香味袅袅，鲜美的味道让人顿时有了饥饿感。

所谓“一锅出”，就是把好几种鱼同时放入一口大铁锅里小火慢炖，出锅后，每一种鱼的口感和味道又各不相同。我问女主人锅里炖着几种鱼，她边忙乎边给我念叨说有鲤鱼、鲫鱼、嘎鱼、白鲢、花鲢五种，其中的一条鲢鱼就有十来斤。男主人见我好奇，笑着走过来，在围裙上擦擦手，一把掀起了大锅盖。

我第一次见如此炖鱼。像什锦火锅那样，五种鱼小的整条、大的切段，井然有序地沿着锅边围成一圈，一颗大鱼头在中间统领全局，红润的汤汁咕嘟咕嘟冒着气泡。虽然我使劲抿着嘴，还是由不得咽起了口水。

鱼味美，在于鲜，而鲜，源于活。

我们也点了“一锅出”，点了清爽的素炒土豆丝和大葱炒笨鸡蛋，还要了一盘凉拌库区自产手工豆腐。

蘸酱的小菜就长在院子里。水萝卜，小葱，香菜，生菜，白菜，莜麦菜，应有尽有。酱也是主人按自家传统做法加工而成，虽然入口感觉有一股陌生的味道，但很快就欣然接受了。

润鑫鱼香馆的小米饭非常特别。主人将自家种的谷子脱糠成米，先水捞，后干焖，吃起来不仅有嚼头，而且米香十足。焖小米饭附带而出的金黄色锅巴更是一绝，掰一块放到嘴里，只可细嚼慢品，不能狼吞虎咽。

连日来马不停蹄地奔波在各个景区，人和机器都有些累，我们决定晚上不住宾馆，就住在这里接接地气，休整一下。吃好喝好，各自回房午休。有床有炕，干净舒适，是回家的感觉。虽然天气很热，又因停电无法使用空调而睡出一身汗，但鱼香馆一家三口像亲人一样的呵护，让我们感觉这热中有凉，也自带清爽。

女主人很善良，也很善谈。午休起来，我们边喝茶边围着一张大桌拉家常。茶有多种，主人自己晾晒的蒲公英茶和车前子茶最受欢迎。我们的话题很随意也很广泛，孝敬老人，教育孩子，起房盖屋，辛苦创业，寻常百姓的寻常日子，她说知足才能常乐。

孟家段的傍晚凉爽宜人，我们的摄影师把桌椅都搬到院子里，说这样好的工作环境真让人不想离开。为了我们能吃好休息好，主人晚上没有接待其他游客。

三个女人一台戏，我们的戏从屋里桌边唱到院子里的菜园中，这里有小葱、大葱、香菜、生菜、麦菜、白菜、豆角、水萝卜、西红柿，居然还有长山药。我问谁吃，女主人说 80 多岁的婆婆爱吃，年年都要种一畦。长山药和别的蔬菜不一样，种起来很麻烦，每年开春地化了，得先把这一畦地挖到半人深的坑，然后再一层土一层羊粪垫起来，这样秋天才会有好收成。园子里还有一棵黄姑娘，禁不住诱惑，我吃了上面已经成熟的两粒果实，那份清甜爽润，就像主人一家的心意。

晚餐点了烙饼、小米粥、烤鱼和凉拌菜等，主人又为我们端上库区特有的咸鸭蛋。吃喝好，又在院子里纳凉闲聊一会儿，便各自回屋睡觉。

孟家段的日出是早上 4 点多。

男主人在鸡鸣声中起床，先去放羊、割草，把羊安顿好后，就赶紧上水库去接鱼。和渔村里其他渔家乐一样，润鑫的后厨房里也有一个大而深的鱼池，花鲢、白鲢、鲫鱼、鲤鱼、草鱼、嘎鱼欢快地畅游其中，等待食客的挑选。

女主人也起得早，打扫卫生，给我们准备可口的早饭。厨房地上的柳条筐里是新割回的韭菜，水池里是刚刚拔回的马齿苋。韭菜是村里其他人家种的，不用打招呼，谁家用就去割些，互通有无。马齿苋是野菜，有清热、解毒、消炎、止渴之功效，她说要给我们拌个可口小菜下饭。

我们来之前，女主人刚刚参加了奈曼旗白音杭盖组织的免费技能培训，她学会了烙蒙古馅儿饼的手艺。我们刚到时，被她称为冯师傅的男主人就笑着让她给我们烙几张尝尝，再加我也想和她学这个手艺，所以她在烙油饼的同时开始和面拌馅儿，准备烙馅儿饼。馅儿是油梭子、韭菜加鸡蛋，皮儿又薄又软还少油不腻，早点很少吃馅儿的我竟然吃了两张。

知道我们饭后要赶路去往库伦旗，除一盆小米粥，她又悄悄用鲫鱼和豆腐炖了一盆鲜美的鱼汤。

人在旅途，遇见，就是美好的缘。

离开时我们互加了微信，她的昵称是“快乐每一天”。

盘比锅大

因为在张家口切换高速时出了点小问题，我们只得绕行宣化，预计在锡林浩特打午尖儿便成了肥皂泡，只能边赶路边吃点预先准备的饼干、蛋糕、火腿肠，盼着不要再走错，保证天黑前能够到达准备夜宿的霍林郭勒。然而，因为绕行多跑出将近 200 公里，燃油亮起了红灯。房漏偏逢下雨，沿途搜索到的加油站竟全部关闭，无法加油，只能硬着头皮往锡林浩特赶，幸好有惊无险。折腾到霍林郭勒，已是华灯初上。

那个饥肠辘辘，就别提了。

在酒店门前，我们边停车边问保安附近有没有好吃的地方，保安说指定有啊，停好车，你们放好行李，往那儿走，左拐走几步，过马路就是。他指的那个“那儿”，应该是北。

保安大哥特热情，我们放完东西下楼准备去吃饭，他又给我们指一遍路，并一再叮咛：他家盘比锅大，四个人，仨菜足够。我们都快走到拐弯处了，他还在背后喊：记住喽，盘比锅大。

不大不小的一个馆子，分里外间，人气很旺。本来进了里间坐下了，但对面桌上那个年轻小伙儿光着肚皮，白嘟嘟一身肥肉，举杯狂笑间一颤一抖感觉要往菜里掉，我看着极不舒服，要求换到外间卡座。

可算见识啥叫盘比锅大了。我们参考斜对面那一男一女的饭桌，点了一个杀猪菜锅、一个特色锅包肉、一个香菇油菜，主食要了四碗米饭。

在内蒙古东部区吃饭，不光盘大，量也足，有时足到让你“怀疑人生”。其实这大盘大量我们早先在奈曼旗就领教过。当时也是没歇没坐地跑了一天路，按呼和浩特的点菜法，五个人连冷带热点了六盘菜，结果第三盘上来就吃不动了，最后那盘宫保鸡丁只是看了看。

一杯水的工夫，锅包肉上桌了。先不说味道如何，那碟子大的肉块儿就够吓人。锅菜上桌时，我又开始“怀疑人生”了。霍林郭勒的锅菜，除了锅里的酸菜粉条肉片儿，点菜时服务员还问锅菜要搭配面肠还是血肠，我们点了面肠，结果上来了血肠，面肠已经没有了。就在我们怕吃不了商量要不要退掉第三盘菜时，四碗米饭被排上桌。我的天，这碗比家里的吃饭碗还大，两人分一碗也未必能吃完。饭量有限，直接退掉两碗，虽然店家有点不高兴。

饿了一天的四个人边吃边笑边互相打气，还互相提醒说可不能吃得太快，慢慢吃能多吃点儿。结果努力再三，三盘菜都剩下一半儿，连我们最爱吃的锅包肉都不例外。那盘血肠也只是有几块从盘里转移到了锅里，不知道剩下的最后会去到哪里。

人有时真的不长记性。两天后，我们结束了海拉尔的拍摄任务，去往下一站陈巴尔虎旗，这次点菜，简直是“放卫星”的节奏。本来说好要吃念叨了一路的当地特色牛肉馅儿饼，结果可能是饿得有点过头，三男二女的五人团队竟不知天高地厚地点了 20 张馅饼、一壶奶茶、一个东北拉皮、一盘炒土豆丝、一盆白菜豆腐汤。结果，首先上桌的一壶奶茶就给了我们个下马威——不是小壶，也不是暖壶，是炉子上烧水用的大铝壶。等拉皮一亮相，我们都快把房顶笑塌了。我敢说，那是我活到目前为止见过的最大盘拉皮，感觉老板从盆里往盘里倒时是边倒边摁，用堆积如山来形容绝不夸张，最少也是呼市饭店酒楼 5 盘 6 盘的量，如果是那种高级地方，这一盘最少是人家的 10 盘。为了能吃完这盘巨无霸拉皮，我们五个人下筷子绝对稳准狠，而且都发下誓言，今晚绝对不剩饭。

不用说都知道结果如何。我们不光剩了 7 张馅儿饼，其他菜也没有一盘吃光光，那盆像烩菜一样踏实的白菜豆腐汤，我和老乔只是象征性地喝了一口。

谁说事不过三？我们竟然做到过四、过五、过六、过七……

单说两天后我们去阿里河，在根河吃午饭，点菜时又犯了同样的错误。这次有点儿不能怨我们，是被饭馆给误导了——他们公示在墙上的菜谱分明都写着小盘菜。结果如何？绝对前款！

到底是这些地方的人饭量比我们大，还是人家讲究实惠，能一盘菜解决的问题，绝不像我们一样花里胡哨摆一大桌子，或者另有原因？这事儿我得搞搞清楚。

你好，四子王旗

我不是四子王旗人，但我熟悉那里的一切。

人和事，街上和草原上，牧户的牛马骆驼羊和农人的庄稼地。

小时候就很向往后山地区。那里的胡麻油、扎蒙蒙花、干蘑菇、莜面、山药粉子，都是山前少有的好东西。

习惯上，大青山后面都属后山地区，包括武川、四子王旗，甚至达茂旗。

过去，由于交通不便利，农业没有现代化，市场经济还在酝酿当中，相对来说，在靠天吃饭的后山地区，老百姓的日子要比山前的呼市市区和郊区差一些。但也有例外。兰姐姐说，50 多年前，她到四子王旗的哥哥家住了一个月，虽然那时四子王旗看上去很荒凉，但在医院工作的哥哥家却天天吃白面，而当时呼和浩特供应的细粮还很有限。

20 世纪 80 年代初，在乌兰花生活多年的姨姨姨夫一家借用部队的大卡车拉着全部家当来呼和浩特定居。我之所以记得清楚，是因为乌兰花这个好听的名字和姨姨带回来的乌兰花羊骨头。

很多年后的2012年，翻过大青山，穿过武川县，我第一次踏上四子王旗的土地。但见牛羊满目，风景如画，天蓝得六亲不认，云白得如棉如雪，羊群从公路这边潮水一样哗啦啦涌到公路那边，牛呢，悠闲自在地吃草，懒得看你一眼。

距呼和浩特100公里的四子王旗旗政府所在地乌兰花镇，也比我想象的更为现代。道路纵横，人来车往，酒店，快餐店，商业区，幼儿园，学校，文化广场，活动中心，生态公园，什么都不缺。

“乌兰花”是蒙古语，汉译过来就是“红山丘”。

你好，四子王旗。

广袤美丽的大草原，小时候猜不透的红山丘，这里的春天从冰雪消融开始，从一场风刮过另一场风开始，从牧人赶着羊群翻过山梁开始，从农民耕种开始，从野草的绿由浅入深开始。

四子王旗什么时候种土豆，什么时候南方的养蜂人要来，什么时候种荞麦，什么时候割葵花盘子，什么时候宰猪卧羊，现在我不光知道，有些劳动还参加过。那年夏天和东八号村的三白说好，秋天起土豆时记得给我发短信。收到短信时正值国庆后冷空气来袭，我没有犹豫，多带了几件厚衣服，坐上大巴车就出发了。那天风特别大，阳光也特别好，我和他们夫妻俩用铁锹一窝一窝起土豆，天快黑时一算计，竟然起了有2000斤。不可能不累，但我心甘情愿。

四子王旗是美食的天下：红焖羊肉，铁锅炖笨鸡，东梁的羊杂碎，南梁的酥糖饼，街角小店里的羊血包子，奶茶泡手把肉，血肠蘸蒜蓉辣酱，用土豆做馅儿的饺子，滋拉冒油的驼肉馅饼，甘甜无比的江岸瓜，辣人眼的旱地葱，一掰一个沙壳的煮山药，增味无比的菜籽油……绿色调味品扎蒙蒙花也备受外地客商青睐。

从前，四子王旗供济堂镇名不见经传，少有人说起这个地方。自从发现了稀有资源钱币石，这地方一下子就火起来了。当地人除了种地，闲时捡石头卖钱，夏天打扎蒙蒙花也能卖钱，加上云集而来的石商消费，人们的生活得到很大改善。

四子王旗也是旅游避暑胜地，“辽阔明亮”的格根塔拉草原上，每年的那达慕大会都能吸引四面八方的贵客到此避暑纳凉、享用美食、体验游牧风情。

四子王旗有珍贵的胡杨林，有仿若赤瀑飞流的大红山国家地质公园，有诗情画意的笔架山，有建于清乾隆二十三年的希拉木伦庙，有雕梁画栋的王府，有历史遗存沙井路总管府和净州路故城，有革命烈士纪念碑和红格尔抗战遗址，有神舟飞船降落点，有希敏高勒文化园。

与呼和浩特相距160公里的希敏高勒文化园占地2000亩，不仅是国家级田园综合体项目，也是一个集多种教育资源于一处的研学基地和教育培训基地。园内建有神舟科技展馆、都贵玛事迹展厅和党史学习厅等，一片茁壮生长的太空蔬菜更是让来到这里的人们有了无限想象。有人指着壮硕的西红柿苗说一粒小小的种子上天转了一圈下来，就神奇地长成了小树的样子。通过观察我也发现，无论行距还是苗间距，太空蔬菜和我认知里的传统蔬菜相差很多，我甚至觉得苗子种得有点稀。但基地负责人说，别看现在这样，用不了多少日子，这地里可就长得看不着空地了。带着疑问我上网查阅，果然，无论太空茄子还是太空西红柿，其植株都长得粗壮又高大，不仅扛风雨，抗病虫害能力也大幅度增强，产量和所含营养成分就更不用说了。

希敏高勒文化园神舟科技展馆以“航天精神”为主题，通过“传统的航天精神”“两弹一星精神”“载人航天精神”三个区域，循序渐进地展现了我国航天发展史，大力弘扬了特别能吃苦、特别能战斗、特别能攻关、特别能奉献的航天精神。在展馆里，参观者可通过观摩神舟系列飞船模型、观看回收现场照片和纪录片等形式，充分体验神舟飞船的辉煌发展史，从而提高民族自豪感，增长爱国热情，增强学习动力。

被誉为“神舟家园”的四子王旗红格尔苏木阿木古郎草原，从 1999 年至今，已先后喜迎神舟一号到神舟十一号飞船及嫦娥五号月球探测器的胜利归来，11 座神舟飞船成功着陆纪念碑就矗立在四子王旗的茫茫草原上。在展馆里参观完，我们又驱车前往神舟五号飞船着陆点，回顾 2003 年那举国欢庆、振奋人心的时刻。

在为祖国航天事业做出贡献的同时，四子王旗更是抓住机遇，依托“神舟”概念大力发展旅游业，经济得到快速发展，人民生活水平快速提升，很多人的致富梦因神舟梦的实现而实现了。

你好，四子王旗，祖国正北方一颗明亮的星。

神舟家园行

汽车出市区、过武川，顺着两边尽是油菜花和向日葵花的209国道，一路向北而去。

为品尝据说与麦香村完全不一样的羊肉烧卖，我们此行第一站选择了四子王旗红格尔苏木驻地，四子王旗人习惯上称此地为“大庙”。

此地有一座希拉木伦庙，清乾隆二十三年（1758年），四子王旗贵族出身的丹巴拉布吉为传播喇嘛教在此选址始建。这是内蒙古、青海、西藏等地较有名气的召庙之一，也是内蒙古西部最大的召庙之一，兴盛时期住庙喇嘛曾达1500名左右。后取其规模宏大之意，亦称大庙。神舟系列返回舱回收基地就设在红格尔苏木。

从呼和浩特到红格尔苏木是两个半小时左右的车程，我们清早6点多出发，坐在离返回舱回收基地几百米远的馆子里喝茶等烧卖上桌时，还不到9点。大庙的水有股咸味，喝第一口感觉像撒了盐，喝上几杯也就习惯了。因为好奇，我进厨房去看，师傅正一刀一刀费力地横切竖切大块冻羊肉，对烧卖的质量便心中有数了。

待烧卖上桌，一口咬下去，真是不腥不膻、不油不腻，也没有惯常烧卖馅儿里起把拿作用的粉面闷子，葱姜味也小得恰到好处，满嘴肉疙瘩让人越嚼越心满意足。虽然与呼市的羊肉烧卖有点区别，但我似乎更喜欢这里的原汁原味。

吃饱喝好，上饭馆背后的希拉木伦景区游览一番，充分感受中国召庙文化和建筑之美后，再出发，向东直奔草原深处。

今年雨水好，沿途是真正的绿草如茵，羊肥牛壮，满眼好风景，正午的溽热都被忽略掉了。离开大庙走出没几公里，忽然看见刚刚向我们问路的两辆汽车停在路边一处不知道该叫什么湖的水域旁，我们顺势也把汽车开下路基，居然发现此地有零星的扎蒙蒙花。本来要下车临水找清凉，却顶着大太阳打起扎蒙蒙花。扎蒙蒙花是一种地域性很强的野生调味品，样子类似韭菜花，打回家晒干，凉拌山药丝或喝疙瘩汤时，用胡麻油把此物炝好倒进去，味道顿时妙不可言。

正忙着东打一朵西打一朵，看见刚才问路的司机朝我们走来。他说这里花太少，想打就再往前走走，那儿遍地都是，一抓一把。我说怕找不着，他说他们也准备去。我爸有点不乐意，说万一过去没有咋办，还不如就在这儿打点儿，保险。虽然这么想，还是经不住诱惑，发动汽车跟着就走。结果没走多远，就看见左边草地上白茫茫花海一片，我爸这样形容花多：简直就是下下雪了！

正午，气温高达三十几度，我们不敢太贪恋，感觉打到的花能吃到明年这个时候就果断上车，继续往草原深处走。没想到几公里后，又偶遇两只玉立于路边湿地里的野生灰鹤。难得一见，当然要下车细看，结果两只被打扰了宁静的灰鹤慢步踱出水面，在水边的草丛里停留几秒钟后，双双振翅向北，翩然飞出我们的视线。我爸笑得眼睛眯成一条缝，因为人家眼疾手快，居然把起飞的灰鹤抓在了照相机里。

汽车继续向东行驶。不时有羊群或牛群出现，也有羊倌儿或牛倌儿静静地爬坐在摩托车上，汽车经过时，彼此的目光总有一瞬间对视。茫茫大草原上，那些像宝石一样点缀其上的牧户住所，有红砖瓦房，也有用于接待的白色蒙古包，可旅游季一过，秋风乍起，接着是漫长的冬天，他们的生活会不会变得有些寂寞？

到达位于查干补力格苏木的四子王旗王爷府时，时间已接近下午 4 点。

四子王旗王爷府为雕梁画栋的汉式砖瓦结构，是内蒙古自治区重点文物保护单位，始建于清光绪三十一年（1905 年），曾是封建王爷执政和居住的地方，如今对外开放，并计划进一步大规模复建、修缮。王爷府南侧附设两个供喇嘛诵经的独贡，为典型藏式建筑，与前者在建筑风格上形成鲜明对比。

此次出行的最后一站是东八号村，目的很明确，吃一锅正宗、地道的炖笨鸡。

与可以炒着吃的肉鸡相比，笨鸡因为吃粗饲料、散养和生长期长，虽然炖起来很费工夫，但吃到嘴里，肉质鲜美，有韧性，耐咀嚼。锅里还有红润绵软的土豆、被鸡汤浸润过的熟鸡蛋，主食是莜面窝窝蘸鸡汤，地道的农村饭。

回程走武川县哈乐镇，我爸说我爷爷早年曾在此开过木匠铺。虽然不知道当年店铺的具体位置，但此后途经这里，我总会想到爷爷。

红格尔草原的四季

你如果是画家或摄影家，当然也可以和我一样，是个作家，那好，我们就相约，赶在冬天第一场雪到来之前，翻过大青山，到四子王旗红格尔草原，寻找我们需要的创作灵感和冲动。

无须在意临街饭馆玻璃上凤尾一样的冰花，无须在意大庙那条丁字街的冷冷清清，也无须在意远处白茫茫一片的草地，滚烫的奶茶与澎湃的激情足以让凝固的油彩在画布上随意点染。任落日的余晖透过取景框，把奥特奇沟冬日的寂寥涂抹成红色，而我的文字正唤醒沉睡的月亮，雪野中瞬间泛起深邃宁静的幽蓝之光。

红格尔草原是温柔之乡，是神舟返回地球的落脚点，是艺术家们纵横才情、飞扬思绪的天堂。

没错，冬天的红格尔草原霜冷风寒。可有谁知道，一场大雪正覆盖并孕育着一个奇异的梦境：青草手舞足蹈，花朵奔走相告。

没错，春天正在路上，婷婷袅袅，一步三摇，牧户棚圈里的牛马骆驼羊也已做好到无边的辽阔中放牧自己的准备。

七九河开，八九燕来，红格尔草原的春天总是如期而至。

茫茫无际的大草原上，风力发电机是独具魅力的风景。叶片转动着流云，蓝天铺陈开希望，褴褛中的野草给望不到尽头的公路镶上两条嫩绿的蕾丝边。

我跟着一场风追赶另一场风，跟着一朵云追赶不愿停留的雨，跟着在红格尔草原上写生的画家们遥想希拉木伦庙200多年前的繁华和鼎盛。

没来红格尔草原采过风、写过生的画家，总有一些情愫无法被激活；没在红格尔旅游写生创作基地小住几日，又怎敢说住过民宿？你住在这里，出门向左，随便怎么走，前方都是大草原；向右百八十步，是有“塞北布达拉宫”之称的希拉木伦庙，也就是当地人所说的大庙。

顺着基地门前的柏油路继续往南走大约5公里，就是巨石林立、风景独特的敖特奇沟。

盛夏的敖特奇沟水流清澈、绿草茵茵。抬头是蓝天白云，低头，水里依然倒映着白云蓝天。所以，当城里热得实在让人烦躁不堪，就来红格尔草原兜个风、避个暑，来这沟里找片阴凉，想躺想坐都随意。如果有幸赶上扎蒙蒙开花，打些回去晾干，就不用专门上馆子里去喝高价疙瘩汤了。

在红格尔草原上，随处可见大群大群的牛马骆驼羊。它们无须牧人看管，自由自在，有时边溜达边吃草，有时随便找个地方卧下反刍，有时也追逐打闹，所以很多画家、摄影师都远道而来，因为这里有他们向往、追求的原生态之美。如果运气好，在有水的地方还可以碰见一两对亭亭玉立的灰鹤。运气再好些，还能碰见低空翱翔的老鹰和行动敏捷的小小沙鸡。

我不止喜欢红格尔草原各有千秋的四季美景，更喜欢那里的肉食。羊肉，无论煮成手把肉、做成红焖羊肉，还是烤羊肉、涮羊肉、炒羊肉、汆羊肉，怎么做都好吃。还可以切成馅儿蒸烧卖、烙肉饼，香而不腥不膻，是真正的鲜美。牛肉呢，炖的，酱的，土豆萝卜烧的，样样可口。皮薄馅儿大的驼肉馅儿饼更是草原一绝。最初我不解其中之奥秘，去的次数多了，发现那牛羊竟然在草原上挑食。那惬意的舌头从碧绿的草尖上轻轻卷过，从沙葱鲜嫩的花头上轻轻卷过，从霜雪一样盛开的扎蒙蒙花丛上轻轻卷过，那牛羊的胃里便鲜香无比，肉的品质也就可想而知。骆驼个大腿长耐力好，如果天旱草情差，就凭感觉游走到很远的地方去啃食努力生长的补墩儿（铁杆蒿），那可是蒙医常用的草药之一。

因为自由，红格尔草原上的所有牲畜都心情舒畅。它们这坡望着那坡高，仿佛心中有数，低着头，不看路，边走边吃，一会儿就走出十几二十公里的路程，主人要用望远镜加摩托车才能监控到自家的牛群羊群或者马群。那骆驼更厉害，高大威猛，昂扬霸气，只要彼此间距离合适，对偶遇之人就不理不睬，不管人们怎么照怎么画，总摆出一副事不关己的样子。最好的场面是一大群马不知什么原因，忽然从远处飞奔而来，完全是从前在电影里见过的镜头。还有小牛挨着老牛就卧在公路上，明明看见汽车来了，却并不着急，慢悠悠起身，边甩尾巴边挪下路基。小马驹呢，胆子明显要小很多，远远听到汽车的声音就扬起蹄子跑去找妈妈，那样子可爱极了。

一年四季里，我之最爱，要数红格尔草原的晚秋时节。那时候，高高低低的牧草都长到极致，而且大部分已由绿转黄，或者开始发白、变红，呈现出季节应有的成熟样子。在牧草浓淡相宜的苍茫色块间，时常有牛群散落徜徉，有羊群漫坡而下，如果没有亲眼见过这样的场面，谁都无法想象出“牛羊好似珍珠撒”所传达的音乐之美和草原特有的宽广灵动之美。

秋草黄，雁南飞；春草绿，雁北归。

现在，面对大寒之冷，我已开始期待红格尔草原的春天了。

野沙葱

桌上的沙葱，是去年秋天顶着三十几度的高温，从四子王旗红格尔草原上掐回来自己腌制的。这东西好，冬天吃汤面碗里放一筷子，提味儿开胃不说，还能发汗驱寒，有个感冒着凉啥的，热气腾腾吃上这么一碗，马上就舒服多了。

野生沙葱是我国大西北地区特有的植物，是没有受到任何工业污染的纯天然绿色食品，如果能在雨季吃上牧人用现宰羊肉和现采沙葱做的羊肉沙葱水饺或蒙古包子，那真是口福不浅。除了做馅儿，沙葱还可以凉拌、炒肉、炒鸡蛋，或者做血肠时当调味品，而最为简便直接的吃法是凉拌和生腌。现在，内蒙古地区的大小馆子大都少不了一道叫沙葱土豆泥的凉菜，它和手把肉、烤羊排一样，都是被贴上地域标签的特色菜肴。这沙葱土豆泥的独到之处在于一种沙软绵糯的白和一种鲜嫩脆韧的绿完美结合，下箸品尝，口感神秘而味道朴实，简直就是大西北风土人情的最好代言。为了满足需要，现在端上餐桌的沙葱，除了牧区，酒店饭庄里的大多来自大棚种植。

大自然中的沙葱耐旱耐寒，是百合科植物里的一种，为多年生草本，因长在条件恶劣的戈壁滩、沙地或干旱地带，植株看起来又与葱的幼苗相似，所以得名沙葱。不要以为这东西长在缺水的地方就没什么水分，其实不然，无论是长在高温的沙地上，还是长在干旱的戈壁滩，每一根沙葱都碧绿青翠、鲜嫩无比，只要用两个指尖捏住轻轻一折，那肉质的断口处瞬间就有露水般的汁液泉涌而出。我有个嗜好，只要跟随写生或摄影的队伍去到红格尔草原，就会拿一块事先准备好的馒头，任凭风吹日晒，只顾蹲在一片野生沙葱的中间，吃一口馒头，拽着吃几根沙葱，那种恰到好处的辛辣脆爽鲜美简直妙不可言。有一回，我正蹲在那里吃沙葱，背后来了一群牛。我没动，继续吃我的沙葱，那些大牛小牛也好像没看见我。从我身边经过时，一头领着小牛的黄颜色母牛只一舌头就卷走了离我很近的一大丛我还没来得及下手的沙葱，再看，那融合了葱香韭菜味的绿色汁液正溢出牛的嘴角。那一刻我忽然觉得，天下众生平等，我和牛，也是平等的。

在雨水不太丰沛的四子王旗红格尔草原，沙葱算是聪明的植物，遇上大旱就像睡着了，飞沙走石也惊不醒；而一旦落雨，那哪里是长，简直就是憋足了劲往上蹿，恨不得一黑夜就蹿到一拃高。沙葱的种子同样生命力旺盛，遇上连年干旱，在土里饥寒交迫了几年，只要机会一到，立刻猛醒、发芽、疯长，毫无保留地把希望奉献给大地和大地之上的生灵。

野生沙葱的营养极高，含有丰富的植物蛋白、膳食纤维以及人体所需的矿物质和多种维生素，还有一定的药用价值，比如降血压、治便秘、开胃消食等。红格尔草原上的沙葱，羊也一样爱吃，再加上甘草、麻黄、大黄等野生药材，营养丰富的补墩儿，还有晒干后炝锅一绝的扎蒙蒙花，这等好饲草使得那里出产的羊肉肉质鲜嫩而紧密，味道纯正而鲜美，不膻不腥不腻，仿佛还自带调料味，烹饪时只需添加适量的盐，如果有沙葱做点缀，就是锦上添花、色香味俱佳了。传说北京老字号东来顺从开业至今，用的都是大青山以北吃了沙葱的草地羊。

除供人畜食用，沙葱开花也是草原上的一景。秋天的草原，沙葱开花时节，远望渺渺茫茫，一片粉紫，虽不甚娇艳，却浓浓淡淡、起起伏伏，感觉一直能铺陈到遥远的天边。我不是画家，但我能想象得出洁白的羊群、碧绿的沙葱、粉紫色的丛状花朵，还有蓝天、白云、牧人、敖包，如果把这一切用油彩呈现在画布上，那绝对是大美。

我曾在网上看过一篇文章，作者是曾经在四子王旗红格尔公社（大庙）下乡的知青。他说，当年乘着大车到达阿日点力素大队时，迎接他们的除了全大队老老少少100多人，还有满眼盛开的沙葱花。在草原上，所有牧民都像对待自己的孩子一样，手把手教他们生火做饭，亲手把他们扶上马背，在他们遇到困难的时候尽最大努力帮助他们，在他们想家或生病的时候又及时给予关心和照顾。如今几十年过去了，每年沙葱开花的9月，他就有一种想要回到草原、回到大庙、回到阿日点力素的冲动，因为他非常想念草原上的人们，也想念沙葱的味道。他甚至还说，沙葱的平凡、朴素、坚韧、坚持，就是牧民的性格。我非常赞同他的观点。

夏天眼看着就到了，不知道今年的雨水如何，但我相信，当我桌上的腌沙葱吃完时，红格尔草原上一定会长出新沙葱来。

“薯都”乌兰察布

辽阔的内蒙古大地中部，北纬 40—44 度之间，有一座城叫乌兰察布。

乌兰察布市总面积 5.45 万平方公里，地貌类型多样，自北向南主要由内蒙古高原、乌兰察布丘陵、阴山山地和丘陵台地四部分组成。独特的冷凉气候，肥沃疏松的沙质土壤，夏季只有摄氏 18.8 度的平均气温，使这里成为国际上公认的马铃薯产业黄金带。

马铃薯，别称土豆，在内蒙古很多地方又被称为山药。

乌兰察布是我国最大的马铃薯产区，多年来种植面积一直稳定在 400 万亩左右，鲜薯总产量不低于 450 万吨，种植面积和产量均排在全国前三位，是我国重要的种薯、商品薯和加工专用薯基地，被誉为“中国薯都”。

占全区马铃薯总产量近二分之一的乌兰察布市，拥有东起兴和县、西至四子王旗共 250 公里长的马铃薯产业带，阴山山脉以北的四子王旗是其主产区。2010 年 5 月 28 日，同在产业带上的商都县顺利通过中国食品工业协会马铃薯专业委员会专家组评审，被授予“中国马铃薯产业示范基地”称号。

乌兰察布市四子王旗地处中温带，最适宜的土豆播种期是每年 4 月中下旬至 5 月初。在大力发展现代农业的今天，机械化播种土豆省时省力，可以一次性完成开沟、播种、覆土、起垄等程序，行距和株距的控制较传统耕种模式也更为科学、合理。

近年来，乌兰察布市通过扩规模、强基地、提质量、创品牌等举措，将马铃薯产业打造成彰显地区特点、促进农民增收的主导产业和品牌产业。经过多年发展，乌兰察布市现已形成良种繁育、基地建设、藏贮加工相配套的产业化经营格局，为内蒙古马铃薯产业发展走出一条现代农业产业化优质道路。2011 年，乌兰察布市在国家工商总局成功注册了乌兰察布马铃薯地理标志证明商标，进一步扩大了“中国薯都”的影响力，提升了乌兰察布马铃薯在国内国际市场上的竞争力。

每年 9 月底到 10 月初，是乌兰察布大地集中收获土豆的时候，也是人们一年当中最忙碌、最高兴的日子。前面机器翻起，后面人工捡拾，装袋上车，拉回入窖，希望能卖个好价钱。很多地块的土豆直接被经销商拉走，以最快的速度走上全国各地的餐桌。一些不适合机械化作业的零散小地块，农民们依然保持着传统的人工劳作方式。一把不紧不慢的铁锹不仅起出了丰收的喜悦，也起出了劳动的艰辛。

乌兰察布的马铃薯颜色好，薯形佳，口感沙、面，淀粉含量高，适合烤、焖、炸、炒、炖、凉拌等多种做法。2019 年 2 月，中共中央政治局常委、国务院总理李克强在内蒙古乌兰察布市考察，品尝当地百姓种植的土豆时，称赞品种不错。他对随行部门负责人说，土豆主粮化很有前途，要研究支持农民扩大品质好、有优势的土豆种植，促其发展成为大产业，助力脱贫攻坚。

马铃薯是粮食、蔬菜、饲料和工业原料兼用的主要农作物，营养丰富、全面、平衡，素有“地下苹果”“第二面包”之称。乌兰察布市大力发展马铃薯产业，不仅有利于保障我国粮食安全，促进民族产业发展和推进农民增收致富，同时也符合科学发展观的要求，并体现了“以人为本”的宗旨和资源合理利用的原则。乌兰察布市农民家庭收入中，大约有60%以上来自土豆种植。

马铃薯是中国五大主食之一，也是全球第三大重要的粮食作物，其营养价值高，适应力强，产量大，需求量仅次于小麦和玉米。近年来，乌兰察布相继建成大型马铃薯交易市场11处，鲜食薯销售遍及我国山东、江苏、云南、湖南、广东等20多个省市，香港、澳门特别行政区以及俄罗斯、蒙古国、韩国、马来西亚、新加坡等国家。

在乌兰察布市，一个普普通通的土豆，经过厨师们不同技法的烹饪，营养丰富、味道可口、色泽诱人的一道道美食成就着独具地方特色的土豆餐饮文化。老百姓的日常生活更是与土豆息息相关。

乌兰察布，一颗小土豆撑起的产业链正在让更多人的生活变得越来越美好。

丰镇月饼

中秋节，又称八月节、女儿节或团圆节，是我国重要的传统节日之一。

古往今来，每个节日都有约定俗成的美食相伴，腊八吃粥，端午节吃凉糕吃粽子，元宵节吃汤圆，春节做年糕包饺子，中秋节呢，得吃月饼。

据说中秋节吃月饼的习俗始于唐代，北宋开始在宫廷内流行，后流传到民间，明朝时发展为全民共同的饮食习俗。明代田汝成《西湖游览志馀》中说：“八月十五谓中秋，民间以月饼相送，取团圆之意。”

一方水土养一方人，同时也成就着极具地域特色的一方美食。

内蒙古各地过中秋都吃月饼，其中传承时间最长、知名度最高、消费群体遍布全国的，是有着250多年历史的丰镇月饼。

丰镇市地处河北、山西、内蒙古三省区交界处，是内蒙古自治区的南大门，历史上，来来往往的客商多以此地为落脚点，素有“塞外古镇、商贸客栈”之称。雍正十三年（1735年），清政府在此设立丰川卫；乾隆十五年（1750年）改设丰镇厅；乾隆三十二年（1767年），因招兵垦荒，在丰镇设庄，以“兴隆昌盛”之意取名为隆盛庄。为开荒拓垦而来的大批山西、河北及其他地区的工商农户聚集于隆盛庄，勤勤恳恳，各谋生业，繁衍生息。当时去往后草地的各地客商途经此地，都会补充一些干粮后继续赶路。到嘉庆年间，隆盛庄已形成规模较大的食品加工业，当地最有名的干货铺是上三元，这家做出的月饼好吃，让人赞不绝口。由此看来，今天的丰镇月饼起源地很可能就是丰镇市隆盛庄，而当年上三元的月饼就是丰镇月饼的雏形。

丰镇月饼的主要原材料是小麦粉、纯胡麻油、白糖（或红糖），再配以蜂蜜、冰糖等辅料，经和面、成型、烘烤制作成可口的月饼。这种食物热量高又耐储藏，最适合当年北走草地的商旅之人长途携带。丰镇月饼的最高境界是满油满糖，即每100斤面粉加入40斤胡麻油和40斤白糖（或红糖），如此比例烤制出的月饼色泽红润，味道浓香，掰开见层次，入口回味长，经久耐放，不易变质。

丰镇地处半干旱与半湿润交错地带，气温的日较差和年较差较大，是油料作物胡麻的最佳生长地。用当地出产的优质胡麻籽压榨出的纯胡麻油，颜色和黏稠度最适合用来加工月饼，是丰镇月饼的灵魂所在。丰镇市的天然水源酸碱度自然、稳定，也是月饼品质的重要保证。2015年，丰镇月饼获得国家地理标志证明商标。

为把丰镇月饼做得更强更大，丰镇市规划建设了丰镇食品产业园，成立了丰镇市月饼行业协会，并建起国内唯一的月饼博物馆。“海鹏”“康美”“恩宝”等16家会员单位共同拥有国家地理标志证明商标，传统的月饼制作技艺也被列入第二批自治区级非物质文化遗产名录。

丰镇月饼之所以广受青睐，是因为在发展创新的同时，不仅保留了过去的老味道，而且赋予了食物真正的情感。即使规模化生产，有些工序至今仍保持传统的人工操作：手工揉面剂，是为了保证传统月饼应有的层次和口感；下签儿扎眼儿放气，是为了月饼能由里而外被充分烤制，达到“飞毛利刃”的效果。

好食物来源于好食材，好食材造就了好品质。从原料到产品，每一个环节的标准化管理成就了丰镇月饼恒久不变的质量和口碑。

丰镇月饼一条街是丰镇月饼的集散地。为了保证节日供应，每年一进农历七月，整条街就终日弥漫着新鲜、浓郁的月饼香。工人们加班加点，24小时不间断地忙于生产和包装。店内人头攒动，街上车水马龙，线上销售更是如火如荼。丰镇，已经从一个以干货闻名周边的小镇发展成因月饼而驰名大江南北的对外开放之城。

丰镇月饼也注重新产品的研发，莜面五仁、燕麦玫瑰、藜麦黑糖等杂粮月饼的不断问世，不仅丰富了月饼种类，也让消费者多了一些更为可口和健康的选择。

用诚意调和原材料的配比，用匠心继续老手艺的传承，将情感植入文化基因，一块小月饼，一个大品牌，依靠大数据和大物流，未来的丰镇月饼必将走向更为广阔的世界。

卓资山熏鸡

我国两广地区及香港、澳门的人们请客吃饭，素有无鸡不成宴的说法；北方人办事宴说席面好，也常用鸡鸭鱼肉样样有来形容。由此可见鸡在中国饮食文化中的地位。

同是一只鸡，南北吃法大不一样。南方要白切，要盐焗，要煲汤，北方却多以红烧、肉勾呈现，而内蒙古中西部地区老少咸宜又人吃人爱的，莫过于以凉菜名义上桌的卓资山熏鸡。现如今，逢年过节，亲戚们互相走动，提一盒卓资山熏鸡最实惠，也最受欢迎。花开草绿的季节，朋友相约或一家人周末短途自驾游，车上备上卓资山熏鸡，饿了，拽个鸡大腿，啃个鸡脖子，是最好的能量补充。

卓资山熏鸡是乌兰察布市卓资县的传统名食，至今已有近百年历史，一度被奔驰在京包、包兰、包太等几条途经卓资山线路的火车带往全国各地。

卓资山县城里，熏鸡店比比皆是，其中历史最久、最有名气也最具代表性的是“李珍熏鸡”。

李珍熏鸡的创始人李珍，河北宣化人，20 世纪 30 年代带着他的好手艺从老家担着担子步行来到卓资县，开始在此地制作售卖熏鸡。这是卓资山历史上第一家熏鸡店。解放后，很多本地人看出这是个不错的买卖，卓资山熏鸡铺便越来越多了。

卓资山熏鸡因色香味美口感佳，早在 1958 年全国熟制品博览会上就被命名为全国“三大名鸡”之一，与当时的山东德州扒鸡、河南道口烧鸡齐名。如今，当年的李珍熏鸡铺已发展成内蒙古卓资县李珍熏鸡有限责任公司，产品备受区内外顾客的青睐和好评。

李珍熏鸡制作工艺考究，用料一丝不苟。那锅里沸沸腾腾近百年的老汤，不光天天煮，还得按季节不同天天往里加水加料。老师傅说唯有如此，才能让熏鸡的味道醇厚持久。为了保证老汤的质量，每隔一段时间，必须对其进行过滤捞渣，这是再忙也不能省略的一个重要环节。

制作熏鸡，必须选用当地红羽边鸡，不仅个头适中，肉质和肥瘦也恰到好处。

把一只鸡变成熏鸡，要进行宰杀、煺毛，开膛处理内脏，清水浸泡，去污控水，直至编盘整形，一个个放入老汤锅。经过几小时的卤煮，出锅后才是最关键的一步——熏制。整个流程一环扣一环，其中决定性的一环来自百年老汤，而且无以替代。作为自治区级非物质文化遗产项目传承人的李树鑫先生，形象地把煮鸡环节喻为“炼仙丹”。

李树鑫的手艺为父亲李珍亲传。我们随他去生产线上参观，制作车间内干净整洁，热气氤氲的汤锅里，由白芷、丁香、陈皮、良姜、砂仁、豆蔻、香叶等40余种香辛料及中草药组成的料包，正在时间和文火的作用下，赋予每一只鸡特殊的香味。

卤煮好的鸡出锅后，被送到另一个制作间内，由老师傅一只只摆上熏箅，再一层一层放到熏架上，缓缓推入熏炉。当冰糖与柏木屑组成的混合物落在烟上的一刹那，合适的高温让甜丝丝的烟雾腾跃而起，成就出李氏熏鸡，也就是卓资山熏鸡近百年的独特风味和与众不同。

经过十几分钟的熏制，熏炉门打开，那红润的色泽，那四散的香味，顿时将舌尖上的每一个味蕾都调动起来。撕一块入口，不柴不腻，鲜咸有度，唇齿留香，回味无穷。

2016年，“卓资熏鸡”成功注册国家地理标志，卓资县熏鸡产业由此迈出更为可喜的一大步，为其进一步发展壮大带来了新的机遇。李珍熏鸡作为百年老店，因配方精良、制作工艺考究、熏鸡质量上乘，被评为消费者信得过产品。

如今的卓资县已建起由生产区、博物馆、销售区三部分组成的熏鸡产业园区，其中的卓资山熏鸡博物馆通过图片、雕塑、熏鸡作坊场景复原等，完整地再现了卓资山熏鸡从无到有、从小到大的发展过程。

漫步在卓资县熏鸡一条街，那诱人的美食赋予人们的张张笑脸无一不表明，卓资山熏鸡不仅是一种味道、一种情怀，更是一种追求品质的工匠精神。

辉腾锡勒草原

炎热的夏天，到辉腾锡勒草原观光避暑，不仅可以亲近自然，享受怡人的凉爽，还可闻花香，识百草，触摸停驻在石头上的古老时光。最妙是骑在马背上，在牵马人的陪伴下，悠悠然行走于一眼望不到头的风车阵里，看蓝天白云间，看蒙古高原上每一缕清风的转动。

说到骑马，还有一个小故事。那是 2009 年夏天，陪几位南方朋友在辉腾锡勒草原游玩，每人只需花 20 块钱，就有一个老乡牵匹马过来，带着在草原上转一圈，时间是半小时左右。我们队伍里有个女胖子，真是又重又笨，横竖是自己上不去马背，别人帮扶也上不去。大家笑得前仰后合，正不知该咋助她一臂之力时，那马忽然被她拉拽得左前腿一软打了个趔趄，几乎要跌倒。大娘心疼马，赶紧拽着缰绳走到一边，对她说：媳妇啊，钱我退给你，你去找别的马吧，我这个马可是驮不动你了。

为安全起见，我们骑的马都由主人牵着慢慢走，慢慢欣赏草原风光。和我并排相行的一个南方朋友说，你们草原上一点都不讲究卫生，看这遍地牛粪马粪，也不找两个清洁工来捡捡干净。我笑着对她说，好几十眼都望不到边的大草原，你以为是南方一小片人工草坪呢。

2010年6月末，我再次来到辉腾锡勒草原。这次是我们文研班集体采风，要在草原上住一夜。

那天下午从呼和浩特出发时，我穿着对付高温的薄衫短裤；三小时后到达目的地时，太阳正要落山。车门打开，一股冷气灌入车厢，我下意识地缩了缩脖子，心里说真是冰火两重天。接待我们的蒙古包里，奶茶已熬好，热气腾腾的手把肉正散发着诱人的味道，草原迎宾曲火热又激情，还有内大老校友从卓资山送来的熏鸡。我们大口喝奶茶，大块吃羊肉吃血肠，大声歌唱，酒不醉人，人已自醉。

是夜，明月当空，冷风习习，一行人换上早有准备的厚衣服，从蒙古包里出来，向北顺着缓缓的山坡一直往上走。爬上第二个山梁立定回看，除了蒙古大营的点点灯火，茫茫草原一片黑暗。如果没有我们的“入侵”，辉腾锡勒之夜将是怎样的静谧！那天夜里，我们看到了传说中的红月亮。

吹过风下来，又钻回蒙古包里继续唱歌喝酒吃肉。后来我被拉去打扑克。虽是6月天，但高海拔草原的夜晚寒气逼人，围在一起打扑克的人都裹着被子，伸手出完牌，赶紧又把自己严严实实包裹起来，鼻子也冻得直流清鼻涕。最难熬的是睡觉那段时间。用水泥、玻璃和钢铁仿造的蒙古包，门窗走风漏气，一盘不烧火的大炕冰巴凉，简直像睡在石头砌成的菜窖里。

我们一帮女同胞，吃了羊肉，饮了白酒，喝了奶茶，吹了山风，再睡冷炕，有人的肚子就咕噜咕噜打起了麻烦。难受得想放放气，又怕别人听见，就想出个分期分批“出货”的办法。旁边的不耐烦了，说痛快点儿，一次解决完，别放个屁还疙疙瘩瘩。我也不轻松，先是被人偷去了褥子，找回来铺上，还是冻得当起了“团长”，眼巴巴盼着早晨快点到来。

终于瞪眼熬到4点钟，天渐渐放亮了，我赶紧爬起来跑出去，运动取暖，顺便看风景。站在缀满黄花的草地上，薄雾中，远处传来声声布谷，用空灵和悠远无限放大着草原的寂静与辽阔。很快，最后的夜色在骏马的几声嘶鸣中悄然退去。

一口气跑过五六个山梁，站在一块巨大的石头上，我张开双臂，猛吸几口能润泽肺腑的好空气，身上已经感觉不到冷了。

溜溜达达，5点已过。先是天边呈现出灰里透红、红里泛蓝、蓝里飘黄的曙色，只一会儿工夫，那一线曙色便渐渐宽大起来，升腾起来，明朗起来，鲜艳起来，燃烧起来。很快，一轮光芒四射的太阳如一个刚刚娩出母体的新生儿，被一双温暖有力的大手从耀眼的红光中轻轻缓缓托举而出。面对如此美景，我情不自禁张嘴篡改了白居易《忆江南》里最有名的句子：日出东方红胜火，辉腾锡勒绿无边，能不忆草原。

太阳越升越高，东边的红光退去，西边的月亮下山，马在吃草，鸟在唱歌，藏于花间叶下的蚂蚱，脚到之处，惊起无数。旅游点刚出满月的三只小狗，一只躺在柴垛上抓耳挠腮，两只跟在狗妈屁股后头缠着要吃奶。狗妈走，小狗也走，狗妈停，小狗也停，这让狗妈很是无奈。看着小狗可爱，我便蹲下来，人言狗语一番商量，狗妈居然不走了，两只狗宝宝拱着脑袋开始吃奶。如此温馨的一幕，大概只有在辉腾锡勒草原的自然美景中才能遇见。

将近6点，看日出的人们相继下山，蒙古包门陆续敞开。大家拿上洗漱用品，你前我后地到厨房旁边的露天铁水箱上接水洗漱。万没料到的是，离太阳最近的地方竟也是离寒冷最近的地方，那水温，简直就是冰冷刺骨。我把一口水含在嘴里，冰得好长时间缓不过气儿，吓得脸都没敢洗。

7点，等待羊杂碎出锅的时间里，为躲避蒙古包内的阴冷，我们一众男女又跑到山梁上晒太阳。抬头，低头，环顾前后左右，晴空万里，几朵白云娴雅端坐在高高的风车顶上。天苍苍，野茫茫，从脚边开始放眼草原，辉腾锡勒真是花的海洋。光阴便如这花海中朵朵细碎的小花，红便活泼妖娆，紫便神秘优雅，也有黄的娇美尊贵，也有粉的娇嫩温暖，更有蓝的宁静高贵和白的纯美无瑕。辉腾锡勒，一幅被苍穹笼盖的纯美油画，一首飘荡在内蒙古高原上的悠扬牧歌，一场自然的风花雪月，你来，她往，摆下没有尽头的天地盛宴。

真是惊喜无处不在，我们居然在草坡上找到一大片扎蒙蒙花。打吧，不打对不起草原的馈赠，这天然的调味料，晒干炝油拌凉菜做疙瘩汤，风味独特，百吃不厌。

在辉腾锡勒线条优美的原野上，吸引人的还有那随山梁起伏而起伏的风力发电机。作为一种清洁的可再生能源以及与煤电、水电在性价比方面所存在的竞争优势，内蒙古高原上得天独厚的风力资源，不仅为北京奥运会提供过电力保障，三叶型风车优美、壮观、强大的阵容，也勾勒出一幅辉腾锡勒草原的壮美图景。

散布在草原上的那些大大小小的石头也很独特。它们诞生于遥远的第四季冰川初期，无论大小，每一块都圆钝饱满、纹理纵横，经风霜而不失灵秀之气，五颜六色的苔质花斑遍布石身，给人以无限的想象空间。

辉腾锡勒草原恰似一张天然色谱表，仿佛世间所有的颜色从深到浅、从明到暗、从冷到暖，在这里的花上、草上、石上，几乎都能找到。

辉腾锡勒草原，地阔，天高，风凉，草媚，一匹马可以把黄昏站成风景，也可以把黑夜站成白天。

恩格贝的绿

恩格贝是这次采风的最后一站，按照出发前的安排，我们必须在4月29日下午3点30分准时到达目的地。

总觉得沙海中的恩格贝太过遥远，但实际上，从神东煤矿出发后，仍然沉浸于百人集体婚礼澎湃激情当中的我们，因这可遇而不可求的话题，竟然让三个小时的车程短到几乎可以忽略不计。

真是巧得很，在进入恩格贝旅游区的岔路口时，我们与第三回日中青年沙漠绿化交流队的车队不期而遇，心下一阵暗喜。安顿好住处，晚餐前，先是日本青年举行了一个到达后的小小仪式，包括宣誓、上台领取统一的服装和遮阳帽以及他们本国青年相互间的握手问候。接着，来自中国八所知名院校的师生分别按组上台做了简单介绍，内蒙古大学连我们文研班的五个人算上，总共是16位。在整个过程中，我虽然听不懂日语，但那种激昂的热情和信心完全感染到我，不由自主地鼓起掌。其中有一个细节很让人难忘，就是在整个仪式结束前，日方代表的一句话在中文翻译过后的一刹那引爆了全场的掌声："我的讲话是短的，但是，友谊是长久的。”

不错，从远山正瑛先生扛着铁锹走入库布齐沙漠的那一天开始，他那颗为“绿色往来”而跳动的已经84岁高龄的雄心，便把一棵焕发着勃勃生机的友谊之树，深深地种植在两国人民内心的绿洲之上。对于半个多世纪以前日本侵略我中华民族时所犯下的滔天罪行，先生没有丝毫回避。他认为：哪怕是作为对中国人民的一点补偿，或者说对中国的建设有所支援，我们来恩格贝治理沙漠，用种树的方式进行道歉、反省，或者说是谢罪，这种辛苦很值得，也很应该。当然，还有很重要的一点，那就是报恩。远山正瑛先生曾经这样分析过，远在盛唐时期，缓和的阶级矛盾和安定的人民生活以及文化和技术方面的重大成就，总在吸引着周围的国家不断派出遣唐使和留学生到中国来学习，日本也不例外。当时的日本正处在奴隶社会，而封建制的萌芽已日渐增长，中国经验对他们来说无疑是成功的法宝。当时的日本没有满足于简单的派遣学习，为了促进国家发展，他们委托来华学习的僧人荣睿和普照一定要邀请中国高僧到日本去讲学和授戒。

在繁华的长安城，肩负重任的荣睿和普照边学习边打听，终于在第十年打听到扬州城里的大明寺有一位德高望重的老和尚，名叫鉴真。二人欢喜万分，立刻从长安出发，日夜兼程赶往扬州。见面，交谈，已年过半百的鉴真被诚意打动，欣然答应了他们的恳求。然后，正如众所周知的那样，历经12年风雨，前后六次东渡，途中因病导致双目失明的唐高僧鉴真，终于在唐天宝十二年

（754年），在弟子们的搀扶和簇拥下，走下那条来自龙的故乡、满载着风雨劳顿和中华文明的大船。这一年，鉴真66岁。

远山正瑛还说：表面上看，鉴真东渡带领的只是一个僧团组织，但实际上，那是一个货真价实、行业齐全的“文化技术顾问团”。在日本的10年间，鉴真一行不仅弘扬佛法，还为日本的医药学、建筑学、铸造业以及玉器雕刻和人像雕塑等做出了不可磨灭的贡献，他带到日本的中国佛经印刷品和书法碑帖对日本的印刷术和书法艺术也起到了深远的影响。再一个就是抗战胜利后，中国政府不仅没有向日本提出战争赔偿，反而用宽广的胸怀接纳了无数日本遗孤，并用善良和无私的爱把他们抚养成人。更难能可贵的是，1972年中日邦交正常化后，已是暮年的中国养父母们又一次选择了无私和奉献，陆续将那些已经成年的孩子送回故土，让他们与亲人团聚。作为有良知的日本人，我们必须知恩图报。

远山正瑛先生率领着他的中国沙漠开发日本协力队来了，召唤着无数志愿者来了。他们要在中国大西北种植绿树，种植感恩，种植希望，种植友谊，种植和平，创造人进沙退的绿色传奇，以此来唤醒睡梦中的恩格贝。

其实，地处鄂尔多斯高原库布齐沙漠东端的恩格贝，历史上也曾是一处水草丰美、绿树成荫、牛羊成群、日清月朗的好地方，是后来的过度开垦最终导致草原沙漠化。无数个黄尘漫天的春秋过去，当人们终于意识到事情的严重性时，茫茫绿洲早已化作漫漫沙海。无奈，人们只好赶着没草吃的牲畜，沙进人退，随风远去。

从文字记载来看，似乎是秦汉时期开始，移民和屯兵过后的弃耕撂荒便拉开了恩格贝地区沙化的帷幕。接着，为了建造规模宏大、宫殿豪华的都城统万城，大夏砍伐了无数原始森林。到了唐代，大规模的军垦民垦终于使得边塞诗人仰天悲吟“风沙满眼堪断魂”。麻木的人们依然麻木，到清朝末年和国民党统治时期，对土地无限制的开垦简直演变成一场对自然的疯狂掠夺。中华人民共和国成立后的若干年间，为了眼前的一点利益，滥垦依然在越来越脆弱的鄂尔多斯高原上蔓延。终于，干旱蚕食了曾经的润泽，贫瘠蚕食了曾经的富饶，荒凉蚕食了曾经的美丽。而这一切，只能由那棵年迈的“油松王”孤独地站在900多年后的阳光下，向今天的人们一一讲述。后来发生的事情，有一个名字我们必须记住，他就是恩格贝的“第一公民”、农民的儿子王明海。

在鄂尔多斯土生土长的王明海，大西北高原的风沙给了他健壮的身躯和“健壮”的头脑。1989年，时任鄂尔多斯羊绒集团副总裁的王明海带领着和他一样怀揣绿色梦想的兄弟们，高歌猛进地开进荒凉的恩格贝。他们一边种草一边养山羊，开始了漫长而艰辛的治沙之旅。后来，为了在茫茫沙海中更加大手笔地涂抹，王明海竟然做出一个让人瞠目结舌的决定——辞去待遇丰厚的公职，承包恩格贝，并发誓要改写沙漠的历史。

另一个名字也需要记住。他叫陈启厚，原伊克昭盟盟委书记，也是农民的儿子。在恩格贝，他曾经与远山正瑛先生一起劳动，并肩种下一排排绿色的生命。

还有一个名字更需要记住，叫作“地球之上的人们”。

今天，被远山正瑛和那些“地球之上的人们”从睡梦中唤醒的恩格贝，早已成了一块吸铁石，吸引着无数爱好绿色与和平的地球村人。他们不远万里，从德国、美国、英国、法国、澳大利亚、奥地利，从中国台湾、香港、澳门，从世界的角角落落来到恩格贝。站在恩格贝浓郁的树荫下，一位当年随侵华日军到过内蒙古包头市的日本老人说：此刻，我的心在不断地颤抖，当年我是扛着枪来的，今天我是扛着树苗来的，我要种下一份忏悔，让绿色记住中日人民之间世代长青的友谊。

那天，我们乘坐大巴车从园区来到沙漠边缘，中日两国青年志愿者们男的扛起树苗，女的每人携带两把铁锹，一路有说有笑，向沙漠腹地行进。步入已经选好的种树区域，背阴的一面沙坡上，常年坚守在这里的老志愿者们已经用干树枝做好一排排整齐的标记。

沙漠里种树有讲究，要从沙坡底部一直往上种。树坑与树坑之间是两米的距离，每个树坑的大小是 20 厘米见圆，每一个坑的深度按常规标准是 1 米。你一定会问，难道一个一个用米尺来量吗？哪有那么笨，一把铁锹的长度刚刚好。我忽然有个疑问，个个都挖 1 米深吗？一个技术指导说，那要看地势，有时候得挖 1.2 米，即一锹加两个拳头的深度。挖树坑也不能乱来，得站在下坡处，用力要均匀，不能蛮干，否则会造成肌肉拉伤等身体损害。

挖出的沙子要放在坑口下方，便于回填和做防水沿，也方便坡上面别人的劳动。

明媚的阳光下，历史同样不会忘记。我们知道，1943 年前后，恩格贝曾发生过一场激烈的战斗，被黄沙掩埋的根根白骨便是日本侵略者留在中国大地上的罪证。好在今天的人们已经觉醒。让我们用真实的情感，以民间与政府相结合的方式，像治理恩格贝一样，逐步治理人们内心深处的干旱与荒芜，远离战争与罪恶，建造一个共同的绿色家园，让象征和平、生命、吉祥、温暖、友爱的长青之树，从恩格贝出发，无限延伸，生生不息。

九峰山下大雁滩

我说我没有去过大雁滩，也不知道九峰山在哪里，画家刘建光就极为鄙视地说：九峰山是国家级自然保护区，大雁滩在九峰山下的土默特右旗沟门镇，是自治区级休闲农牧业与乡村牧区旅游示范点，你怎么可以不去？

想想也是，知，行，看见，分享，是我一贯的写作态度和目的，那就趁着敕勒川杏花节到大雁滩走一趟，访访草木，看看风景，逛逛民俗一条街，再住住传说中的民宿，一定会快哉又乐哉。

从呼和浩特市区出发一路向西，汽车在萨拉齐下 G6 高速后右拐，顺着大雁滩景区指示牌，很快便进入停车场。不能说人满为患，但大巴小车已停了无数。同行者中以前来过多次的说这还不是周末，否则很有可能汽车多得开不进来，那我们只能靠两条腿往里走。

相传在清朝咸丰年间，水涧沟水域资源丰富，形成近千亩的大海子。海子周围芦苇浩荡，百草丛生，野花烂漫。年复一年，数不清的大雁在南迁北徙中，像感知季节一样，感知此处是个好地方，就选作长途旅行中的驿站。这里便有了一个好听的名字“大雁滩”。

每年清明前后，春风在大雁滩花情萌动的果林间吹拂，不仅吹散了冰雪消融后的空寂寒凉，也让那些蛰伏了一个冬天的枝干瞬间生出无数花蕾。因为气候原因，4 月 13 号的大雁滩，多数杏花还是含苞欲放或花蕾状，还不能够用花香来招蜂引蝶，只有少数性急的不管三七二十一先开为快了。花枝招展的赏花人呢，更性急，你花不开，我笑脸开，开得合不拢嘴，开得眼角聚集起鱼尾纹，开得美图刷爆朋友圈还嫌不够。

站在景区小木屋的高台阶上放眼四望，简直太出乎我意料了。没想到大雁滩那么大，没想到大雁滩的杏树那么多，多到上万亩，多到让我步入其中时，感觉总也走不出杏林间的竹篱小径，甚至多到不知怎样才能规划出一条最佳游走路线。

路过一片有很多木凉亭和小木屋的杏林，陪同我们参观的古木逢春书画院院长梁树荣先生说：将来，这些凉亭和木屋都是书画家和作家诗人们在大雁滩的创作场所，大家可以在此和游客零距离接触、互动交流，是再好不过的体验生活之地。梁先生还说有亭有屋，就得有名，一个个还得是雅致而又诗意盎然的。我就在心里琢磨，叫醉翁亭、雁栖亭、日照亭、沐香亭、浣月亭、仙游斋、临风阁……都挺诗情画意。

与我到过的很多景区相比，沟门镇不仅人文气息自然浓厚，书卷气息与艺术气息同样被十里花香所浸染。书画院，书画交易市场，艺术家创作写生基地，摄影创作基地，内蒙古根艺之乡，非遗展示中心，民俗展示中心，文化交流中心……我有种预感，在不远的将来，沟门镇不仅是土右旗的沟门镇，同时也会是内蒙古的沟门镇、中国的沟门镇。果然，2017 年，大雁滩田园综合体项目荣获“年度最具特色风情小镇/民宿”称号，而此奖，拥有中国旅游界“奥斯卡”之美誉。

一只鸟飞过头顶，我想起沉鱼落雁的故事。那是公元前 33 年春，王昭君出潼关、过黄河，踏上“马后桃花马前雪”的漫漫出塞路。途中，为解思乡之情，昭君在马背上弹起琵琶。没想到她娇美秀雅的容貌和细腻哀伤的琴音，竟然让头顶飞过的大雁为之动容而放弃飞行，纷纷落在她的周围。当年的落雁之地，也许就是这大雁滩吧。

很久很久以前，九峰山如母亲温暖的臂膀，环抱着山前的水草丰美和辽阔无垠。每年春分后和寒冬到来之前，一群群大雁，不管是由南而北飞回老家去繁殖后代，还是由北而南飞往南方避寒过冬，每每飞过九峰山，总会在头雁的带领下俯冲而来，乌压压落下一大片。久而久之，像给小孩子起名，这地方便被叫作大雁滩了。年复一年，数不清的大雁在大雁滩上短暂停歇、养精蓄锐，然后飞离，留下满滩拉撒物，那可是上好的有机肥。

没人说得清九峰山何时与流水失散，也没人说得清大雁滩何时再不见大雁，土地已相当肥沃的大雁滩却没有辜负自然，现在是万亩杏林枝繁叶茂，用春花、夏果与秋叶装扮着这一块宝地，让人们不由得在看花之时就惦记起那提篮采摘之日。独特的地理位置和适宜的小气候，使得这里的果熟期要比同纬度其他地区提前一段时间，最早成熟的是金杏，紧随其后的是桃杏、贵妃杏、沟门大杏、兰州大杏等。杏之后，还有陆续成熟的各种李子、123果、人参果、七月鲜、梨、枣、红瓤苹果、葡萄等多种优质水果供游人采摘，时间一直能延续到国庆节左右。

在杏林间的竹篱小径上，迎面碰到几位来看花的萨拉齐老奶奶，每人手里提一袋红艳艳的新鲜草莓。好奇相问，说是景区往里走有采摘大棚，因为游客太多，为省事，人家都是提前摘好了卖，挨住拿是10块钱一斤，挑的话就是15块。本打算也去买点儿饱饱口福，但因寻花赏景太专注，一路过草棚、过草房、过石墙草帽屋，弯弯折折、柳暗花明地绕出杏林，走上让人眼前一亮的西湾村民俗一条街，口渴想起吃草莓，才知道已经错过了。

遇见西湾

从大雁滩水墨画般的杏林间逶迤而出，步行，只需拐个自自然然的小弯儿，就到了西湾民俗街。我曾逛过不少民俗馆、民俗街，也看过很多民俗展览，但好像都不能与西湾这地方相提并论。

全长 1600 米的西湾民俗街位于沟门镇政府北 1 公里处的西湾村。徜徉其间，可见街两边汇集众多敕勒川名优特小吃、创意主题客栈、民俗用品店、商铺、民居、农民书画院等，已初步形成集农耕文化、传统小吃、手工作坊、书画根雕、民间艺术等为一体的土默川特色民俗风情街。

其实，写在纸上的民俗就是一个民族或社会群体在一定范围内，在长期的生产生活当中慢慢形成的一种风尚和习俗，也可以说是民间文化。这种文化有根脉性、稳定性和传承性，如居家陈设、衣着款式、饮食习惯、待客规矩、年节讲究、方言乡音等。

那日，我在西湾临街的墙上看到了此地并未走远的过去。

只隔着一层玻璃。

那镶嵌在用日子堆叠而起的土墙里的，是西湾人曾经调拿糕、吃酸饭、喝麻糊糊的蓝边大瓷碗，是早先过年才用得上的酒壶、酒盅、饺子盘，是20世纪70年代结婚必备三大件里的缝纫机、自行车，是20世纪80年代改革开放后才开始慢慢普及的挂钟和黑白电视，是我童年也曾拉过的风箱、坐过的小板凳，是更早更早时候的碗柜、油灯、马灯、纸笸箩、中堂镜……而这一切，不登堂，不入室，就在街边，属于所有来到西湾、遇见西湾的人。

西湾的墙上也有玉米、谷子和高粱。那是丰足的表现，也是对土地和自然的感恩，更是一种韵味十足的乡野风情。试想城里没有见过庄稼地的孩子到此，他家大人一定会站在这面墙前，边指点边一板一眼地对其说出小米粥、二莜面和玉米面摊花的来历。

街边墙根儿底下，零星点缀着几个冬天用来腌咸菜和酸菜的缸，街角还摆放着粗壮的老树桩。那树桩已修整去皮，像是村庄里干净利索的老者端坐于此，默默审视着过往之人的一举一动，也默默守候着西湾之夜的安详与宁静。

有乡贤文化之园美称的畅园是西湾民俗街上的重点和亮点，也是中国建筑之美在大雁滩的再现。畅园园门两侧错落有致地竖立着九根石柱，每根石柱的顶端都有一个小石雕，那是神态各异的龙之九子。园内有戏楼、茶楼、绣楼、大花轿、小二门、辘轳井，用餐的房间里有代表传统农耕文化的火炕和中堂，更有许多让人浮想联翩的老旧之物。在小巧精致的畅园中畅游，完全可以让思维天马行空，甚至穿越到往日的旧时光里，想象文静娴雅、临窗作画的闺阁女子正笔点梅花千万，想象绣楼前绣球一抛定终身的热闹场面，想象里面坐着新娘的花轿被披红挂彩的轿夫们颠出一路喜气。

闲暇时，与友人相约，抑或与家人相伴，择一个好天气来畅园饮茶、看戏、聊天，吃散发着乡土气息的地道农家菜，真是别有一番情趣。

西湾村注重挖掘当地人文历史，并依托传统节日和旅游节庆活动，适时开展具有地方特色的文艺表演活动，从而打造出独具魅力的民间乡土文化品牌。近年来，西湾村先后入选内蒙古自治区美丽宜居村庄、全国“一村一品”示范村、第五届全国文明村镇、首批全国乡村旅游重点村和2019年中国美丽休闲乡村。

不到长城非好汉，不吃烤鸭真遗憾。同理，到了沟门镇大雁滩景区，不上西湾民俗街逛逛，不尝尝乡间美味，不体验体验乡间风情，也是遗憾。

在西湾，我请新结识的友人给我介绍几样有地方特色的当地美食，他一口气说了拿糕、莜面块垒、麻糊糊、炒酸饭、荨麻烩菜、酸稀粥、羊杂碎、焖羊肉、羊肉汤汤蘸素糕。

我说除了麻糊糊、荨麻烩菜和炒酸饭，其他都吃过，有的还做过。

友人却说，传统的西湾焖羊肉特别，一只羊，只需一碗水，加以温火，把羊本身的油和水分都慢慢逼出来，焖炖而熟。我说能有多好吃，答曰绵软酥烂，味纯黏嘴，瞬间吃得人“沟满壕平”。

你可以说西湾不够古旧，但你得承认西湾的大方和朴素。我与街边站着的老太太说想进她家院子里看看农家的样子，老太太想都没想，一把就推开了院门。在屋里，我对花盆中插着的一根野山鸡长翎赞不绝口，老太太笑呵呵地说喜欢你就拿走哇，这让我进门前那仅有的一点陌生感荡然无存。

西湾村的特别之处，还在于其浓厚的文化艺术气息。街上随处可见的画室、书画院、艺术交流中心、中华诗词采风创作基地等似乎都在告诉人们，不久的将来，包括西湾在内的整个沟门镇，一定会激扬文字、翰墨飘香，成为土默川上独具魅力的书画艺术特色小镇。

那日，我们聚在西湾街边的农民书画院里，一边观赏市级非遗项目土默特木雕传承人梁树荣先生的根雕佳作，一边看刘老师作画。有人举着一个硬纸板进来，让刘老师给写个“卖树苗”，再写个手机号码。我开玩笑说：卖完树苗可得把纸片儿收好，将来刘老师名气大了，这三个字可就比树苗值钱多了。

我还喜欢民俗文化街上那些有味道的牌或匾：“老茶汤”“粗粮行”“红泥炉、老铁壶，江山岁月、慢火煮”，民宿却叫“两棵枣树”，我就想到鲁迅先生家后园墙外那两棵枣树了。

是夜，我和秦妹与画家刘老师三人相伴，想着去大雁滩杏林里寻找诗意，或者说精神上的艳遇。才刚刚走到杏林边，村口一户人家的狗听见动静狂吠起来，然后是两条狗、三条狗、四条狗，叫声响成一片。远远望去，杏林间也是漆黑一片，根本没有传说中的霓虹灯，我又极度怕狗，就说还是回吧，留点遗憾，再留点希望给下次，待到杏香十里的 7 月，我们再来与西湾相见。

三去包头

我第一次去包头是2009年9月末，应邀参加内蒙古作协组织的呼、包、鄂三地采风活动。虽已过立秋，包头依然绿树成荫，花香遍地。到处是楼房，马路很宽阔，人车各行其道，交通井然有序，也没有乱扔垃圾和占道经营的现象，到处显得干干净净。此番情景和我脑子里长久以来给这座城市的画像严重不符。说实话，我还真有点儿喜欢上这个多年前被亲戚们无情“抛弃”掉的包头了。

因为时间紧，参观阿尔丁植物园时不让步行，只能坐观光车。一路虽是走马看花，但东、西两园极尽人文气息的环境设置，巧夺天工的水岸风景，夹道相迎的名花异树，让人心旷神怡，不想离开。也是基于植物园总占地面积90公顷的存在，包头才有了高达36%以上的绿地覆盖率。这不仅成就了包头是内蒙古绿化面积最大城市的美名，也让曾经鹿群出没的此地荣升到中国最具幸福感城市的行列里。

那天午饭后稍事休息，我们又上车前往包钢参观。

我一路思谋，原先只在烟盒上看到过钢花飞溅，这回一脚踏进包钢，可要眼见为实了。但很遗憾，出于对安全的考虑，我们只参观了企业发展史展览和现代化冷轧薄板生产线。高大整洁的车间里，没有挥汗如雨的工人老大哥，也不见一张张疲惫的脸，只有几个坐在工作台前守着按钮的操作员。他们极为悠闲地用电脑控制着整个生产流程，是工业现代化的直接受益者。

成立于1954年的包钢，是中国重要的钢铁工业基地，也是世界上最大的稀土工业基地和自治区工业龙头企业。虽然此行没看到火红的钢水飞流直下、万花耀眼，但能戴着安全帽在赫赫有名的包钢厂区里走一圈，我已经心满意足了。

从包钢出来，汽车直奔位于青山区建设南路的总面积近万亩的亚洲最大城中草原——赛罕塔拉生态园。正是芦花即将飞舞的时候，我们一下车就冲锋陷阵般钻入茂盛的芦苇地。午后的阳光给赛罕塔拉镀上金黄的颜色，我们也个个沾光，从里到外都有了金黄的颜色。虽然这里那里照了不少照片，但离开时，喜欢用诗歌表达的我还是没忍住，默默地分行叙述：把故事藏在身后，斜阳里，我的心，已遗落给包头。

之后过了两三年，二去包头。却只是名义上的去，实际上让人哭笑不得——我们竟然与包头背道而驰了。

当然不能怪我，也不能怪开车的弟弟，只能怪路，谁让我们赶上修路季呢。旧公路在修，此路不通。呼和浩特西在修，此路不通。那就绕远点儿，到北二环去上高速。结果一过收费站，有辆小汽车神一般从去往包头的高速口和我们脸对脸逆行而来。弟弟以惯性思维感觉此路一定也是不通，下意识地将方向盘向右一打，一车人几乎同时喊出口：去往北京、西藏！

事实上，不管对错，只要上了高速，就意味着没有回头路可走。这就好比一个人的一生当中，有些路一旦走错，再想拐回正道，是要付出巨大代价的。我们那一次的代价就是离目的地包头越来越远，一直硬着头皮走到旗下营收费站，才有机会下高速。当然不能白错，大黑河，斗金山，飘零而下的片片黄叶，我们一样没放过。

2017 年 2 月末，因为采访对象在包头，我有了第三次去鹿城的机会。原计划周四早上出发，但一场预报精准的大雪导致高速封路，为保险起见，只好改为隔天后的周六再出行。这次，市民间收藏协会秘书长刘勇开车，又有实时导航，没费什么周折，我们就到达了之前三个人谁都没有到过的位于包头市兵工路西段的古玩城。

一直认为包头的发达在于工业，但近年来，这里的文化也是蒸蒸日上，文学的，艺术的，旅游的，历史的，哪一样都生机勃发。我内大文研班的包头籍同学现在仍工作生活在包头的，有写诗的丁鼎，写草原历史小说的胡刃，写电影剧本的刘春雷以及创作了大量歌颂草原、歌颂矿山、歌颂生命的诗歌和音乐作品的蒙古族女子葛·娜仁托雅。这四个人当中，有两人供职于包钢。

历史上，作为沟通北方草原游牧文化与中原农耕文化的交通要冲，早在公元前307年，赵武灵王就在今包头地区设九原城；而始皇嬴政为抗击匈奴，抑或说为游天下，耗时两年多修筑起的秦直道，终点恰好就在九原城，但彼时已改九原城为九原郡，是秦始皇统一全国后所划分的三十六郡之一。此外，这里还有反映新石器时代文化的阿善遗址，反映召庙文化的五当召、昆都仑召、美岱召等。

那日，包头街上的积雪还没有完全融化。古玩城内，我们宾主几个守着雕花红木大桌，一边品味上好的福鼎白茶，一边欣赏柔光里老唐卡那无与伦比的神韵。

我说我以后还得来包头，这地方对我太有吸引力了。

旧城一隅

平心而论，我并不羡慕这个季节南方早已开成好风景的油菜花，也不羡慕那些四季常青不见老的草与树。和北方比，虽然居住在南方会省下不少换季衣物，但没有了对季节更替的盼望和期待，生活乐趣是会打大折扣的。

塞北的春天虽然属于慢性子，又着实爱磨蹭，甚至还有些最初的无精打采与灰头土脸，可一旦润物小雨淅沥沥，那韬光养晦了一个冬天的春色，就在某日早晨嗖嗖长成各式各样的绿。然后是桃杏争芳、梅艳梅黄，花开此起彼伏，塞北的春来简直就是厚积薄发。

原先离我家不太远的马路对面，是师大艺术学院的琴房。天一点点暖和起来后，那些紧闭一冬的窗户便渐次打开，每每经过，总能听到流淌在琴键上的春水和笛孔间的花开之声。

气温回升到 10 度左右的 3 月下旬，我坐在满都海公园的椅子上，看一个小姑娘对着太阳吹泡泡。她的头发又黑又长，她的小手又白又胖，她的眼睛又大又明亮，最吸引我的是她追着泡泡跑时，那缺了两颗门牙的天真好看的笑。

这么好的天气，旧城观音庙和宝尔汗佛塔间的广场上也该有了敲锣打鼓唱戏跳舞扭秧歌的红火热闹。想着坐公交会快一些，就在师大南墙外上了一环一号线，到南茶坊站下车，人多得出乎意料，简直就是络绎不绝。

毫不夸张地说，广场上走路都得见缝插针。这一片唱《打金枝》《空城计》，那一片唱《挂红灯》《走西口》，再往远还有跳交谊舞的、扭秧歌的、写地书的、打扑克的，五人一堆，八人一伙，闲聊晒太阳的也不少。

我十来岁时跟著名二人台表演艺术家任粉珍老师学唱过《走西口》，不管在哪儿，只要听见“玉莲”“太春”你一句他一句的悲声切切，就直奔而去。晋剧《打金枝》更是百听不厌，那通俗易懂的唱词貌似家长里短，却是以戏说理，尤其劝说因没给公公汾阳王拜寿而被驸马醉打的升平公主那一段，如果为人父母的，不管尊卑贵贱，都能像戏里唱的那样对待问题和矛盾，我们的生活何愁不是一派欢乐祥和：“不肖的蠢材听仔细，假如你父王寿诞期，驸马他不来你依不依？手压胸膛想情理，你何不将人比自己，你虽是皇家帝王女，嫁到民间是民妻，从今往后要留意，赔情认错不为低……”

秧歌也是不能错过。那鼓打起来，那锣敲起来，年轻的不说，单单 70 岁的老头、80 岁的老太，个个喜上眉梢，披挂得大红、大紫、大绿，耳鬓也是环佩叮当，或摇着扇子扭，或叼着烟袋逗，或噘嘴眯眼扮丑，简直就是乐翻天了。

开始我以为是哪个村子的红火一路风尘进城来表演，后来一问，却是住在附近的一些人自发组成的秧歌队。一个扭累了歇着的老阿姨说：每天出来扭一扭，锻炼了身体，还有了好心情。要是成天在家坐着，不是坐出毛病，就是坐成个愣子。我说人还能坐愣，老阿姨说：一个人钻在家里头，连个说话的也没有，不用说愣，最后管保还能憋成个哑巴。这一出来可就不一样啦，有说有笑，扭得乏了，回家吃饭香睡觉也香，有多好。是啊，如今我国已逐步进入老龄化，上了年纪的人不光要老有所养，还得老有所乐。物质上的养和乐不难满足，甚至可以依靠社会和子女，精神上的养和乐，别人给不了，得自己去找。

秧歌队的领头师傅告诉我，这个队伍组织起来还不到两年，除了刮风下雨，队员们几乎天天出来，到现在为止，光铜锣都打烂 8 个了，红火程度可想而知。

看罢秧歌，过了马路，忽然发现观音庙西墙外泉源巷南口沿路边有一排理发摊儿。莫非是志愿者们在免费为老年人提供服务？过去一看，都是耍手艺养家糊口的。正好一位大姐手上没活，我俩就聊上了。原来她在此地干这营生已有几年，理一个只收 5 块钱，是时下理发店价格的四分之一，所以只要出来，总有买卖做。我问收入怎么样，她说还行，起码比伺候人强，时间自由不说，还不用看老板脸色。天气好多待一会儿，刮风下雨就在家歇着，又不用为房租发愁，日子过得比上不足比下有余，也挺可以了。

说起从前，大姐一声叹息：本来开着一家理发店，可房东根本不管你买卖好赖，年年涨房钱。刚租下是每年几千，后来一个劲儿涨，一直涨到3万多奔4万，想想根本挣不回来，就不租了。

人多不易，真心希望她们能这样长久干下去，一方面解决了自己的就业问题和生活来源，另一方面也为那些不富裕的人提供了方便。这样一举两得的好事，我想应该得到方方面面的支持和鼓励才对。

顺着泉源巷一直往里走，走到观音庙西北角的小丁字路口，左边是正在其遗址复原重建的拉布齐召。拉布齐召又称弘庆寺，为呼和浩特七大召之一。有资料显示，该寺建于清康熙六年（1667年），据说原有三进院落加东、西仓院，规模与不远处的大召有一比，但1893年俄国人波兹德涅耶夫到此参观时，这里的建筑只剩下一座半倒塌的佛殿。

因为修建工程还在继续，我只能通过紧锁的大铁门上那个四方小窗窥视一下院内情形。已经完工的部分建筑主体，未曾被油彩描画过的原木门窗、廊柱，一大堆待用的青瓦，几棵马上就要吐芽的小树，曾经的暮鼓晨钟、香烟袅袅，曾经的万水千山、顶礼膜拜，某一天，都将循着重新燃起的酥油灯，从历史的纸页间归来。

我的联翩浮想被一大群麻雀的叽喳声给打断了。

在拉布齐召北墙外那栋居民楼下，有善良之人专门撒了谷子喂麻雀。那群麻雀很有意思，如果有人或车从路上经过，便非常警觉地呼啦啦飞起，不是就近落到楼上二层的阳台边沿，就是飞过小马路，落到拉布齐召北墙外停着的汽车周围。那飞鸟的阵容可谓行云流水，又恰似一片祥云。如此飞走、落回、啄食，再飞走、落回、啄食，酷似小孩儿们进行某种乐此不疲的游戏。

我一动不动，站在路边看几十只麻雀眼观六路、耳听八方地飞上飞下快乐吃谷子，不知不觉间，太阳就慢慢向西下沉。想着天将黑时麻雀回巢的动作快如风，我便先行一步，告别旧城的夕阳，打道回府了。

市花市树

不知从何时起，各地开始评选市花、市树了。入选市花、市树是有要求的。市花的标准是以木本为宜，要适合本地自然环境，要广泛栽种且栽种历史长久，而且花期要长，花姿要美，花香要宜人，还得易繁、易育，适应性强。

呼和浩特市花是丁香。丁香是木犀科落叶灌木或小乔木，为北方庭园和绿化常用树种，花期 5—6 月。因栽种历史长久，丁香在呼和浩特随处可见。玉泉区小召后街 35 号元盛德旧址内树龄高达 260 多年的暴马丁香，是我见过的目前呼和浩特最年长的丁香。

丁香花序硕大，花开繁密，花色淡雅不失明艳，花香浓郁而又自然。植株不仅耐寒、耐旱、耐贫瘠，关键是不怎么招虫害，用老百姓的话说就是没脾气，要求低，好养活。这样看来，如果把丁香比作人，便是既坚强朴素又秀外慧中了。素有“召城”之称的呼和浩特，区域内大大小小的召庙里大都种有被佛门弟子奉为西北菩提树的丁香，如乌素图召、席力图召院内的丁香都在百岁以上。

在呼和浩特，丁香最密集的地方是乌兰夫公园，专业人士说那里有30多个品种，多达万余株。每年5月赏花季，只要天气好，去赏花的游人总是摩肩接踵、络绎不绝。此时的丁香也仿佛心领神会，那花开得白白紫紫、簇簇团团，开得情真意切、诗意绵绵，从树上一直开到赏花人心里。因为是市花，呼和浩特便有了主题各不相同的丁香节，让人们在赏花的同时更加深入地了解一种植物赋予一座城市的气质与内涵。

如今的呼和浩特，除过去年代常见的紫丁香、白花丁香和暴马丁香，经过多年努力，园林部门的科研人员还精心培育出多个适应本地区生长的优良品种，再加上近些年陆续引进的颜色更为丰富、花期更为长久的紫云丁香、什锦丁香、香雪丁香、花叶丁香等，这样每年从4月末到入秋，无论人们走到哪里，都有可能与丁香花不期而遇。

有人说，5月的呼和浩特是一块丁香味的水果糖，要含在嘴里慢慢品味。也有人说，丁香花是一款天然空气清新剂，既可改善环境，又可怡情养性。尤其那雨中丁香花镶珠坠露的样子，由不得让人想起飘逸在唐诗宋词里的款款情谊和古典之美。

丁香是呼和浩特市花，那市树呢？知道的人极少。我问过很多人，有的说杨树，有的说榆树，也有人以为是槐树、柳树，但实际上是油松。

油松又叫短叶松、红皮松、短叶马尾松、东北黑松，为松科针叶常绿乔木，最高可长到30米高，因此而成为早先做木头电线杆子的首选材料，加工后也是木匠师傅们极为喜欢的优质板材。除此大用处外，油松的松节、松叶、松球、松花粉以及松香均可入药，可谓浑身是宝。而在具有中国特色的古典园林中，油松既可一株独自成景，也可与其他景物相映成趣，还可随意入窗入框，凡此种种，美不胜收。呼和浩特最年长的油松已近500岁高龄，长在哈拉沁沟老爷庙旁，堪称大青山上的迎客松。

就市树的真正意义来说，有资格当选者，必定是能够代表这座城市的品格与风范，同时也必须能象征这座城市的繁荣昌盛和欣欣向荣。油松呢？首先，是我们中国特有的树种；其次，树干挺拔，树形高大，姿态优美，昂扬向上；再次，抗风抗瘠，不畏霜雪，精神抖擞，四季常青。如此，油松被选为呼和浩特市树，绝对当之无愧。

市花、市树是现代城市的重要标志，比如海口又叫椰城，其市树是椰子树；银川地处大西北，市树是沙枣；而榕城福州的市树是榕树。呼和浩特别名青城，市树恰恰是四季常青、经冬依然苍绿的油松。市树油松与市花丁香，一刚一柔，刚柔相济，充分而完美地展示了我们这座历史文化名城的地域特点、历史脉络、文化内涵、人文特色与品质品格。

在中国传统文化中，植物往往被人性化，往往是人格美、品德美、操守美的象征，同时也是人们修身养性的美好参照，比如松树的品格。被合称为“岁寒三友”的松、竹、梅，其松傲立霜雪，其竹秉直高洁，其梅临寒飘香，做人，便要有“松柏风度，梅竹情操”。

丁香，油松，呼和浩特。

记住一种花，记住一种树，就记住了一座城。

南街旧梦今犹在

我常怀一种特殊情感，把有关新城南街的一些往事从岁月深处打捞起来，一边晾晒，一边欣赏，一边回味，那些曾经的真实也就慢慢还原在眼前。

站在鼓楼十字路口，四个方向有四条大街：东街，南街，西街，北街。每条街的尽头过去都有城门，分别为迎旭门、承熏门、阜安门、镇宁门；门外的护城河上，西、南有石桥，东、北有吊桥。姥姥家在南门外护城河南岸，往西不远处就是承熏门外那座石桥，过石桥往北走就上了南街，进城了。

南街最吸引我们小孩子的地方，是百货商店旁边的新华书店。那里有很多小人书，像《小马过河》《鲤鱼跳龙门》这样比较薄的，买一本才几分钱；历史故事的厚一点，一本得一毛多或两毛多。上书店买小人书也有窍门儿，一定要先把自己上回就选好而没钱买的那本先买到手，这样，不管接下来让售货员再往柜台上拿几本，她都不会不耐烦。至于七挑八选是否还买，这时候已经不重要了，尽可以心安理得地过眼瘾。除了攒钱买小人书，腊月里挑选年画也让人兴奋。卖年画很有意思，展开的样品都贴了编号，一排一排吊在屋顶上。顾客仰着头，在摩肩接踵的人群里看过来又看过去，挑准了就到柜台前向售货员报上编号，售货员就会手脚麻利地给卷包好。往往钱货两清高高兴兴走出了店门，才发觉脖子已经又酸又困了。

书店对面的新华照相馆是我们女孩子爱去的地方。那时候也时兴三五成群去照合影。为了照相，我们使劲从牙缝里省零花钱。照相的费用平摊，如果人多需要加洗，这个钱也是大家平摊。从桥靠小学毕业时，我们还到照相馆照了一张有学校领导的全班集体照。

鼓楼十字路口东南角的百货商店，可以说是那个年代新城的购物中心。当时没有专门的文具店，铅笔橡皮之类的文具都摆在百货商店二楼文具组的柜台里和货架上。有时中午放学回家吃口饭，几个人一拍即合，相跟着跑趟南街，你买个方格本，她买块香橡皮，有时也买描红用的毛笔和墨汁。东西买好，说说笑笑往回走，决不耽误下午上学。

我对南街的感情还源于两个姐姐，她们一个住在二眼井巷，一个工作在新华照相馆楼下的国营食堂。单说国营食堂，那可是当年正月十五的希望所在。现在的人也许不会相信我们小时候想买点元宵过节有多难，有时不走“后门儿”真的买不上。“朝中有人好办事”这种说法用在买元宵上虽然有点夸张，但在物资匮乏、买什么都要挤破脑袋排长队的时期，确实如此。南街路西临街院落也住有姥姥的亲戚，我们叫二姨姥姥，夏天热，逛街逛得渴了，又没钱买冰棍儿，就上二姨姥姥家喝瓢凉水。

我们这茬人，虽然与1959年拆掉的绥远城鼓楼无缘相见，但南街上终日里不紧不慢的人流车马，通往西街的鼓楼转角处那个里面坐着白衣警察的岗亭，那些堆在路边席子上待售的茄子、青椒、西红柿，那些没人买烂到流汤的菠菜和小白菜，土产门市部一捆一捆洋铁皮火筒和过年刷房子用的“大白”，路边卖果丹皮、酸枣面、杏干儿、海棠果子干儿的摊子，夏天坐在临街院落门口石头上摇着芭蕉扇歇凉的老头老太太，任何时候说起来，都历历在目。

在南街，偶尔还能碰见那个骑马的男人。那马是枣红马，戴有红璎珞和大大小小的铜铃铛，被装饰得非常好看。优雅的马步，节奏感极强的蹄音，清脆悦耳的铃铛声，那简直就是南街上的一道风景。

南街的马路两边当年没有道牙子。夏天马车拉着菜，只要车倌儿一拉缰绳，马就知道该拐上路边的门市部去卸菜了。虽然马屁股底下都有粪兜，但马要撒尿是一点办法也没有的。夏天的南街，太阳一烤，马尿味十足，讲究人必定捂嘴掩鼻。我们小孩子却无所谓，甚至无聊到看着马尿一直从路边流到路中央。

后来我长大了，南街也在发展，马路两边那些参差不齐的店铺和民居慢慢消失，取而代之的是现在的昭乌达路鼓楼到满都海公园之间这一段。我爸说2020年夏天修高架桥时，看见挖掘机挖出了当年南门外石板桥的青石条，可惜我没有看到，更不知那些青石条的最终归宿如何。

宽巷子

不管是本地人，还是远道而来旅游观光的外地客，要想寻找青城的味道，尤其是极具地域特色和民族风味的清真美食，旧城宽巷子乃必去之地。

地处清真大寺北面的宽巷子其实并不宽，也不算太长，两边毗邻着各种各样的店铺。那些店铺，有卖干果、水果的，有卖牛肉、羊肉的，有卖饸面馒头的，有卖蛋糕、面包的，有卖麻辣香熟食的，有卖肉饼、粥的，有卖熏鸡、扒鸡的，有卖烧卖、羊杂碎的，有卖元宵、粽子、月饼的，有卖杏干儿、麻糖、稀果子羹的，有卖现蒸莜面的，有卖油香、馓子的，巷子口还有卖羊头、羊肚、羊蹄子的，而人气最旺、买卖最红火的，却是那大大小小的焙子铺。

焙子制作起来看似简单，实则复杂多变。

就那么一块自然发酵好的白面，老师傅凭着多年的经验，日复一日，先不大不小兑好碱，用纯正的胡麻油和干面粉搓出一盆能攥出油的油酥，接着驾轻就熟，做出口味各不相同的焙子来。

做焙子的每个动作都充满节奏，一揉一搓一揪，一包一卷一擀，一切一拧一摁，间或还像打拍子一样，擀面杖把面案击打得噼噼啪啪响，还有焙子坯被放入炉灶或烤箱时发出的声音。要不了多长时间，撩人胃口的各种焙子便相继出炉出箱了。仔细看，白焙子，咸焙子，甜焙子，糖焙子，咸油旋儿，甜油旋儿，豆沙焙子，糖三角还有红糖白糖之分。至于形状，圆的，方的，长方的，三角的，椭圆的，个个或黄澄油亮，或暄软酥脆，无须炫耀，暗自用色与香诱惑着人们的眼神和胃口。

倘若是清晨，正好，先从焙子铺买个刚出炉灶还热得烫手的牛舌饼，进到几步远或就在隔壁的杂碎馆点一碗羊杂碎，加足炸辣椒、香菜末，吃吧，一口焙子就一口羊杂碎，再喝一口油汪汪的辣汤，这样的早点很让人感到幸福和满足。把杂碎捞出来夹到焙子里，也是一种吃法。也有人喜欢把热焙子递给路边台阶上卖小菜的回族兄弟，像肉夹馍似的来一个菜夹馍。焙子夹烧卖我始终敬而远之，总觉得这种吃法比较粗犷，我实在拉不开那架势。我之所爱是白焙子与巴盟酿皮那种既清爽也很有“气质”的搭配，相同的麦子演绎出不同的美味，让人在享受的同时由不得要去感叹初始发明者的智慧。

宽巷子里的焙子，其品种之全，其花色之多，其吃法之丰富，绝对让北京的烧饼、新疆的馕相形见绌。

焙子以外，宽巷子里的清真“干货”还有很多，如杂拌儿、干佃儿、酥皮儿、糖枣、糖麻叶、蜜麻叶、大桃酥、开口笑、玫瑰饼、大小麻花等。我还偏爱季节性很强的枣糕。每年春节过后，只要天气热了，戴着民族帽的回族师傅那脚踏三轮车上，必定有三层白白糯糯的江米糕夹着两层酸甜可口、味道诱人的蒸滩枣，切一刀趁热吃，任有天大事怕也顾不上去想了。

逛宽巷子，年轻人喜欢买两片又酥又脆的馓子边走边吃，或买几个烂熟的羊蹄子啃；上了岁数的老年人大多会选油香、油旋儿、鸡蛋焙子，晚上熬点粥，随便掰着吃几口，便觉很舒服了。我始终迷恋那红亮绵软甜腻腻的蜜麻叶，即使刚刚结束的正餐吃到肚鼓腰圆，但只要看见这东西，非得再吃一个不可。

对于爱吃零食的人来说，宽巷子同样是一个好去处。珍糖坊里有桃仁糖、杏干糖、红枣糖、黑芝麻糖、玫瑰软糖、山楂糕、手工绿豆糕，平板车上有葡萄干、酸枣面、伊拉克枣，要是炎炎夏日，来一杯冰镇稀果子羹，瞬间暑热消散，神清气爽。

宽巷子里当然也有老字号，这就是以酱牛肉出名的“万胜永”。

寻味而去。一锅熬了百年的老汤，五代人的传承和精益求精，让看似普通平常的酱牛肉不仅闻名呼和浩特新旧两城，外地客也是吃了还想吃。我年近耄耋的三大爷，多少年来，只要吃酱牛肉，“万胜永”便是不二之选。问其原因，答曰肉放心，味道好，煮得烂。这个“烂”，就是好咬，不费牙，还恰到好处地保持着牛肉应有的口感。而能把牛肉煮“烂”，一般店家很难做到，因为在生牛肉变成酱牛肉过程中，煮得越“烂”，出成率越低，利润也会少一点。

不太宽的宽巷子里，因为美食，因为现做现卖，常常可以看见排了几米长的队伍在等待购买。每逢周末或节假日，尤其国庆、中秋、春节这样的大节时候，整条巷子更是热闹非凡，像赶集。来来往往的人们不是提着各种各样的焙子，就是提着一摞一摞的油香、月饼，或者小心呵护着一袋怕挤怕碰的空心干佃儿。碰见熟人，彼此会停下脚步，各自举举手中的袋子，交流一下都买了些什么。哪家的东西质量好，哪家的服务态度有点差，也在这短暂的交流中得到相互传递。

写到这里，我莫名其妙地看了眼时间，已是凌晨，饿了，赶紧收工，吃老三从宽巷子买来的油香去。

通顺大巷

与塞上老街平行的仿古巷子修好了，起名叫通顺大巷。

一位在老街上住了近60年的老人告诉我：从前这巷子可没现在这么直，也不宽，曲里拐弯儿不说，还烟熏火燎、土眉混眼。我懂，那是早先的市井风情，虽然值得留恋，但早已不合时宜，与现代生活格格不入了。

现在呢，通过拆迁改造，路通顺了，景致好了，买卖开起来了，人也越攒越多了。

通顺大巷的定位是美食街。有没有特色先搁在其后，关键看发展，看能不能红火起来。

大巷里除经营各式各样的吃吃喝喝，也以较为随意开放的形式，用实物恰到好处地向往来之人展示着一些渐行渐远的东西，洋井，辘轳井，驴拉磨，红柜，板箱，耧车，笸箩，杆秤，木头炕桌，水缸水瓮，仿真骆驼，白家门楼，非常怀旧。游人可以压压洋井，摇摇辘轳井，坐在小板凳上拉拉风箱，提起杆秤认认斤两，端起柳条簸箕比画比画，找找过去的记忆。也可以让非遗传承人韩永强现场作一幅糖画，领略领略民间艺人的手上功夫。如果感兴趣，也可以和我一样，站在灶边观摩一下纯手工浑源凉粉儿的制作过程。

我习惯从大巷东口往西口逛。先在巷口停一下，看看木牌上对通顺大巷前世今生和周边环境的文字介绍，再顺着大红灯笼高悬的巷子慢慢往里面溜达，路过有故事的月明楼，路过散发着草本药香的杏林堂……感觉乏了或者渴了，巷子里有木桌木凳，坐下来杯奶茶或蒙古酸奶；喜欢的话，还可以尝尝各式各样的纯手工奶制品，找找坐在蒙古包里的感觉。

巷子里的美食可谓包罗万象，有内蒙古特色的羊肉烧卖、麻辣羊蹄、酱驼肉、蒙古肉饼、巴盟酿皮、羊杂碎、油炸糕、糖麻叶、馓子、果条、血肠、肉肠、烤奶皮，有年轻人喜欢的爆肚、鸭肠、辣焙子、肉夹馍、煮串串、烤鱿鱼、杂粮煎饼，有小孩子喜欢的爆米花、棉花糖、炸薯塔，有山陕风味的浑源凉粉儿、荞面碗托，有休闲小吃瓜子、栗子、杏干、芝麻糖。不要怕大巷里没你爱吃的，光包子就有好几种馅的。

逛通顺大巷极随意，有吃，有看，有玩儿，中途想换换脑子，有直通北面塞上老街的通道，几级台阶走下去，就是另一番情景。沿街店铺都开门迎客，古董摊子上更是摆满各式各样的怀旧之物。那旧物包罗万象、五花八门，我居然惊奇地发现了老旧小区改造时，自己当废物亲手扔掉的一个木头小炕桌。还有穿串儿的、刻章的、烫毡画的、卖戈壁奇石的。6 月已是旅游旺季，塞上老街的游人逛累了，被通顺大巷飘出的美食之味所吸引，由不得顺着台阶走上去，用南腔北调点一两羊肉烧卖，来份酿皮，来几张馅儿饼，往街边一坐，吃得津津有味。

我第一次去逛通顺大巷，选中了西口处的正宗浑源凉粉儿。

浑源凉粉儿不叫吃，叫喝，店家把所有主辅料依次放到碗里后，会顺手往碗里插个小勺，让人们喝凉粉儿用。

与吃了多年的呼和浩特凉粉儿相比，浑源凉粉儿在配料上更特别，里面有油炸大豆瓣和切成薄片的浑源干豆干儿，这绝对是地方特色。再有就是，浑源凉粉儿比呼和浩特凉粉儿做得软，盐汤也淡，手工辣椒油香而不辣，除了一点提味的香菜末，再无任何蔬菜添加。浑源凉粉儿粉软汤宽，大豆瓣酥脆，干豆干儿耐嚼，用勺子连吃带喝，真是一种从物质到精神的享受。

通顺大巷曾经是老归化城一处居民聚居地，又紧邻玉泉井、大召和弘庆寺，文化积淀极为深厚。巷子里原址复原的白家门楼处，早先是周家巷四号白家大院。这个始建于清朝同治年间的老四合院是呼和浩特清真西寺创始人白成隆的祖宅，为给后来人留点历史的真实，在街巷改造过程中，策划方保留了白家门楼的部分建筑构件，并做了原址复原。

通顺大巷全长330米左右，整体的仿古建筑不仅体现了山西风格砖木结构的建筑之美，同时也与民俗文化和饮食文化相呼应，营造出浓浓的历史气息和人文气息。关键是有一种古旧的传说：在通顺大巷走走，往后的日子便会通通顺顺。

地摊儿

在北京待了一个多月，成天不是逛圆明园、颐和园、恭王府，就是逛故宫、天坛、北海、老胡同，更是潘家园的常客。

潘家园地摊儿也是北京一景，很多喜欢中国文化的老外到北京旅游，也喜欢逛逛潘家园，淘些小东西，带回去自己把玩或送朋友。

呼和浩特团结巷的周末地摊儿无论规模还是成交量，都无法与北京潘家园做比较，但作为一种城市文化现象的存在，二者是一致的。我喜欢地摊儿那种轻松又随意的氛围，周末起早去逛逛，也是在享受生活。我逛地摊儿有两个目的，一为找乐子，二为学习，有时也选几本旧书，却从没下手买过古董，一是因为没钱，二是没眼力见儿，怕买上假货生气。

从前大召九久街也有地摊儿，全天候那种，没事我就去，从北头一直逛到南头，花个三五十，买几块石头，买个小葫芦小串串，摊主高兴，我也有收获。

不逛地摊儿的人根本不知道，那地方也能带给人诸多乐趣。

地摊儿上的物品真是五花八门，要啥有啥，老照片，旧地契，杯盘碗盏，瓶瓶罐罐，字画古书，琉璃玛瑙玉，铜钱木雕破皮囊……有人说地摊儿文化上下5000年，这话有一定道理。

靠近居民区的地摊儿上还有推头的、修脚的、拔牙的、挖鸡眼的、手机贴膜的、治疗灰指甲的。我好奇心强，什么都要站住看两眼。看推头，发现摊儿上没有水源，推前推后都不给洗头，就干推，收费比理发店便宜得多，也算便民服务。

逛地摊儿乐就乐在随意二字上。不用跟摊主商量，往摊儿前一蹲，想看哪件看哪件，想摸哪件摸哪件，看过摸过行过价，买与不买，随意。只是在拿和放的时候，一定要手轻，这是对摊主和物件儿的起码尊重。有次逛地摊儿遇见俩不懂礼的，拿起人家好几百块一块的钱币石边看边问，看完问够，很不屑地扔回摊子上，拍拍手扬长而去。摊主是个年轻女子，气得和我抱怨，说遇上这种没素质的，一点办法都没有，干生气。

其实不能小看地摊儿，当年纪晓岚逛过地摊儿，鲁迅先生逛过地摊儿，文物专家王世襄更是地摊儿前的常客。很多收藏界的名家、大家，基本上都是从地摊儿淘宝捡漏开始的。马未都先生也一样，多年来，京城、全国、海外的地摊儿，鲜有他没逛过的，观复博物馆里的藏品基本都是他从各处地摊儿所淘得。

我有一位开古玩店的朋友，从小喜欢破的烂的，也就是旧东西，没承想正是这个业余爱好最终成就了他的事业。早先他一直做服装生意，去外地进完货就逛逛当地地摊儿，有中意的买，没中意的走，反正是玩儿。十几年玩儿下来，他惊奇地发现三三两两断断续续淘回的东西居然多到开个古玩店都富富有余。两年前，经过左右权衡，他果断甩货盘店，彻底退出服装经营，一心一意做起古玩买卖和文物研究。我问他买过假货没，他说其实买假货的过程正经是一个让人长记性的学习过程，假货见得多了，仔细研究后再见到真货，一下子就能认出来。

老逛地摊儿的人都知道，因为怕丢，不管卖什么的摊子，差不多的东西都靠里摆着，也就是离摊主最近，而最好的根本不摆，小的在身上揣着，大的在箱里藏着，遇到真正的行家或买家才亮出来。当然也有例外。以我为例，因为总能凭着自己的一知半解和三寸不烂之舌把一些话题很有趣地聊下去，摊主们明知我不买，还是愿意给我看他们手里的好东西，同时结合实物给我进一步讲解，我因此学到很多书本上根本没有的第一手古玩知识。

各行各业都有规矩和忌讳，地摊儿更不例外，最基本的是如果根本不打算买，就不要随便问价，更不要讨价还价。很多年前马未都先生到外地出差，逛地摊儿时见人家摆着个十来斤重的活王八，看着稀罕，就问卖多少钱，摊主说 10 块，他随嘴一秃噜说 8 块呗，没想到摊主非常干脆："卖你了！"可怜的王八被马先生装在一个大纸盒里拎着，没吃没喝跟着他在外周游了一个多月才回到北京城。

其实我觉得，逛地摊儿最大的收获是人情。不管认识不认识，也不管是摆摊儿的还是逛摊儿的，因为都有共同喜好，在地摊儿前见面次数多了，言语也投机，最后就成了好朋友。

地摊儿不光是一种文化，更是城市的一种活力。周末除逛团结巷，塞上老街和九久街也是我常去的地方。我喜欢地摊儿的氛围，更喜欢地摊儿的语言。卖家买家，讨价还价，或一拍即合，或一拍两散。合是好合，散是好散，正所谓买卖虽然不成，你的货在，我的钱在，谁都没有损失。有人花钱买高兴，有人花钱想捡漏，20 块买个玉牌，非问摊主是不是和田料，摊主说你自己看，我就要真钱。大实话。一个汉唐小罐儿要价 1200 块，买主摇头，摊主请他出个价，答曰出价不高怕你生气。不生气，你出吧，出一块我也不生气。都乐了。小罐儿没成交，高高兴兴花费 300 块钱选了一只口含蝉。

地摊儿是个江湖，我打算闯闯。

青城看花

照例，清明过后，随着天气越来越暖和，呼和浩特街边和公园里花树上的花便陆陆续续开始绽放了。也是从这个时候开始，类似于鸟语花香、柳绿花红、花枝招展、花团锦簇这样的字眼，终于让北方人摆脱了纠缠几个月的灰冷，拥有了一种实实在在的春天的感觉。

塞外青城，不管过去还是现在，春天永远从本地植物杏和桃开始。记忆中，除坝口子和东、西乌素图村，呼和浩特城里与近郊的杏树大都长在一些人家的院子里。其实对于小孩子来说，一年一度杏花开对他们而言未必有多么赏心悦目，他们真正惦记的是杏花开过后不久，一场大风摇落的酸毛杏。我上小学时，住在新城鼓楼附近的小贩二宝，总会在我们盼望的眼神中，一身干净利落，胳膊上挎着他那磨得黄亮黄亮的小竹篮，迈开四平八稳的步子，一路向南走过流水潺湲的石板桥，顺着护城河南面的土路往东再往东南，经过拆得只剩个名字的桥靠村龙王庙，很快就进村了。

不清楚二宝那酸毛杏是哪里的杏花所变，但我们知道，如果兜里没有一分二分，可千万别往人家篮子跟前凑，省得流口水。

大风摇落的酸毛杏就不一样了。只要肯下功夫，顶风受冷死守在杏树紧贴院墙长着的那户人家墙外，说不准哪股风一吹，树枝猛地磕到墙上，就有惊喜落地了。为吃到不花钱的酸毛杏，我们在杏花才是骨朵的时候就偷偷撇上一小枝，拿回家泡到灌满冷水的酒瓶里。花是开了，却连个米粒大的杏儿都没见着。大人说我们是做梦娶媳妇——净想好事儿。

其实，在赏花方面，上点年纪的人要比我们幸福得多。呼和浩特旧城过去曾经有两个规模极大的私家花园，一个是西龙王庙村占地300亩的董家花园，现已荡然无存；一个是占地百亩的翟家花园，也就是如今的乌兰夫公园。新城有个屠家花园，大概规模小，很少听人说起。

老人们讲，私家花园里的花树很是齐全，桃、李、梅、杏、海棠外，竟然还有樱花和桑葚。等我们这茬人长到懂得看花时，只能上人民公园。各种树木虽也开得花枝招展，但想进去，得花钱买门票。可要是真有那买票钱，我们肯定会留着跟二宝买酸毛杏吃。也有免费观赏的，如市内机关企事业单位和校园里的丁香、玫瑰，还有开在街边的山桃花。山桃也没有多少，最惹人的是长在内蒙古大学南墙外和东墙外的两大溜。清明前后要开花了，我们趁中午马路上没人，悄悄跑去折几枝，拿回家泡在水里等花开。

呼和浩特现在最好的看桃花处，是海拉尔大街和通道北街交汇处的公主府公园。那里的桃林非常有气势，也非常美，完全可以用花海来形容。桃花盛开一般在 4 月 10 号左右，大概持续一个礼拜。随看花人游走在香气弥散的花间小径上，想起唐人崔护那首脍炙人口的《题都城南庄》：“去年今日此门中，人面桃花相映红。人面不知何处去，桃花依旧笑春风。”不管和谁相约看桃花，即便独自一人，单那个笑字，就够了。

与桃花开成前后脚的，是被人叫作迎春花的连翘。1987 年春天我去北京出差时第一次看到这花，当时呼和浩特应该有，但不知深藏在哪里。近年来，在创建“国家级森林城市”过程中，迎春花几乎开遍呼和浩特所有公园、生态园、绿地广场、道路隔离区及住宅小区。迎春花又叫一串金，和桃、杏、梅一样，都是先开花后长叶。每每与迎春花在阳光下邂逅，那不掺杂任何颜色的夺目之黄，清新而明艳，冷静而高贵，健康而充满希望，让人联想到 7 月里大青山后满坡满梁的油菜花。如果非要从颜色的对比中寻求美感，那就去满都海公园吧，那里的花树栽种得很艺术，坡上迎春的明黄和坡下山桃的白粉互为衬托，视线再往远去，是榆叶梅霸气的红和粉，还有几树作为点缀的白色小花。榆叶梅虽是呼和浩特植物界的老资格，但过去市区绿化似乎只用杨柳，近些年才引起人们注意。

榆叶梅是特别好的园林绿化品种，和丁香并驾齐驱，都是呼和浩特春季重要的观花灌木。榆叶梅有单瓣也有重瓣，有深色也有浅色，柔美如绢的重瓣梅最好看。这梅将开未开时为诱人的深玫红色，开着开着，成了迷离的浅玫红，继而又是摄人魂魄的粉。有些天生白粉的，与深色重瓣梅站在一起，更衬托出对方的美艳和妖娆。

与梅相遇，那枝枝蔓蔓堆云集彩的花朵，用暗香熏染着丽日阳光，又有蜜蜂嘤嗡飞伴左右，实在让看花人陶醉。近年来，满都海公园的梅苑已成为摄影爱好者的天堂，每到4月下旬盛花期，那长长短短的镜头便对着花儿和笑脸闪个不停。为了拍出梅花带露的感觉，摄影师会往梅花上喷淋一些矿泉水，效果特别好。

四月桃杏芳菲尽，五月青城花事繁。一点不假。作为国家级森林城市和中国优秀旅游城市，一场两场春雨下过，那千树万树的梨花、李花、槐花、刺玫花、玫瑰花、丁香花、西府海棠、天目琼花、复瓣樱花，还有一些从南方引种进来的奇异花树，都在街头巷尾或亭台水榭旁盎然盛放。这时候的塞外青城，真可谓群花开荟萃，香风飘十里。这其中开得最霸道的该是丁香。作为市花，丁香不仅栽种历史久远，还代表着一座城市的文化品质和精神内涵。

经过一株或一片开得密不透风的丁香时，人们会发现，那些白花和紫花不仅开出了高贵圣洁，也开出了“青鸟不传云外信，丁香空结雨中愁”的诗情画意，开出了戴望舒笔底那湿漉漉的爱情和惆怅。还有一种开花稍晚的暴马丁香，其树形高大，气质优雅，花美如云似雪，花香如兰似茶，能给人以豁然开朗的感觉，被佛家誉为“西海菩提树”，难怪大召广场选择了它。现在，呼和浩特园林绿化部门又引种了一些新的丁香品种，如紫云丁香、朝鲜丁香、香雪丁香、花叶丁香、什锦丁香等。本该于 5 月上旬到 6 月上旬开花的什锦丁香在呼和浩特扎下根后，居然花遂人愿，在 7 月底到 8 月中旬再次盛放。

不管之前的花如何努力，能开出一片富贵、满目雍容的，只有可媲美国色天香“牡丹”的“花中皇后”芍药。芍药，既热情奔放，又庄重含蓄，自古被誉为中国爱情之花，代表“依依不舍，难舍难分”。在呼和浩特，除满都海芍园，很多公园和小区也有栽种芍药。桥华世纪村东门外的休闲园里就有很多，每年五六月姹紫嫣红盛开时，看花人总是络绎不绝。如果还嫌不过瘾，那就顺着昭君路一直往南，到文化古城和林格尔，盛大的芍药旅游节每年准时在百亭园迎候赏花人。

日月斗转，花落花开，等大街小巷的矮牵牛、金盏菊、一串红、鸡冠花、三色堇、江西腊、德国景天和清清秀秀的珍珠梅都恣肆开放，青城已经是盛夏了。

南山一日

和林格尔县宝贝河畔的和林格尔南山旅游景区，是一处以北魏盛乐文化为景观主线，自然生态与人文景观交相辉映的国家4A级景区。

南山旅游景区充分利用自然环境，依山就势，巧设妙置，浸月湖、盛乐百亭园、中华钱币坛、东山书法艺术园、生肖园、芍药园、厅苑、内蒙古国防教育园、妙音阁等景观景点星罗棋布。整个园区景致高低错落、曲径通幽，或古风习习，或新意浓浓，时间与空间和谐融洽，历史与现在完美结合，一年一度的芍药文化旅游节更是彰显和林格尔经济与文化共同发展的一大盛事。

观光车的第一站是浸月湖。顺着湖边小径漫步，阳光明媚处，湖水微澜中，沙枣花芬芳四溢，黑天鹅自由戏水，树荫里笑声远近相闻，好一派人与自然的情景交融。

在南山，有中国最大的亭文化景观园林之称的盛乐百亭园，集天下名亭于一园，用1∶1建造法，将蕴含着丰富历史文化与故事传说的中华名亭从他处移植而来，游人置身其中，在充分感受中国历史文化的源远流长和建筑之美的五彩缤纷的同时，不禁发出游一园胜似游遍中国的感叹。

盛乐百亭园以北魏都城盛乐冠名。北魏是中国历史上第一个由北方游牧民族入主中原建立的政权，也是南北朝时期北朝第一个王朝。北魏初年建都于此，名盛乐，唐代时曾设单于大都护府。作为北魏发祥地，盛乐被载入史册。考古发现，盛乐古城及周边墓葬区有战国至元明各个时代的文化遗存，因此被认为是内蒙古地区面积较大、保存较好、历史跨度最长的古城遗址。这是时间赋予和林格尔的历史底蕴和文化气质。

作为中国传统建筑之一的亭起源于周代，一般为开敞式结构，没有围墙，平面除方形、矩形、圆形、多边形外，还有十字、连环、梅花、扇形等多种形式。亭顶有攒尖、歇山、锥形及其他形式复合体。历史上，亭多建于路旁或花园中，供人小憩、观景；也有很多建在陵墓、宗庙内，比如碑亭。亭也是园林设计中必不可少的景观，有“无亭不成园”之说。中国名亭遍布，最富诗情画意的当属醉翁亭、陶然亭、爱晚亭、湖心亭，被誉为中国四大名亭，其中的醉翁亭和爱晚亭在南山盛乐百亭园均可一睹芳容。

中华钱币坛坐落在南山之顶，按 1：100 之比例，采用河北曲阳县出产的青灰石雕琢而成 108 枚历代精美钱币，上自最早的贝币，下至已退出流通的蓝色百元人民币，穿越时空荟萃于此，在蓝天白云下，用独特的方式讲述着华夏 5000 年的朝代更迭与经济兴衰。中国是世界上最早使用金属货币的国家，至今已有 3000 多年历史，在世界货币史上占有重要地位，其中周朝铲形币是世界上最早的金属硬币，时间可追溯到公元前770年。中华钱币坛无疑是了解我国钱币文化的最好去处。

置身南山旅游景区中心地带的厅苑，或漫步于300米周遭回廊，或小憩于16座亭子间，看金顶流光、绿瓦焕彩，闻花香阵阵、鸟鸣啾啾，赏雕梁画栋、翘角飞檐，在中国传统建筑的诗意之美中流连忘返。

与厅苑紧邻的内蒙古国防教育园是集全民国防教育、军事科技教育、国家安全教育、中小学生科普教育、爱国主义教育、国防教育师资培训、职工党团日活动等于一体的综合性研学基地，在此可近距离接触战斗机、坦克等重型武器，从而增强国防意识，了解国防对国家安全的重要性。

每年6月，和林格尔南山旅游景区共计550亩芍药花，随着气温的逐渐升高而次第开放，一年一度的芍药文化旅游节就此拉开帷幕。芍药是中国十大名花之一，是我国古代的爱情之花，也是各个时期艺术创作不可或缺的题材，光绪皇帝曾御笔《芍药图》，《红楼梦》中亦有“憨湘云醉眠芍药裀”的生动描写。

徜徉于南山芍药花海，雍容华贵的红莲现金，沉稳端庄的老来红，情浓色艳的紫绒球，秀丽淡雅的冰青，如诗若梦的紫檀生烟，100多个品种此起彼伏，姹紫嫣红，争奇斗艳。人们或扶老携幼，或邀朋约友，在这天然大氧吧的万花丛中晾晒着各自的幸福生活和美好心情。

作为新型文化主题公园，东山书法艺术园堪称中国传统文化之缩影。印章园，十二生肖园，百家姓石刻，九曲芍药，真可谓移步换景、意浓情浓。在印章园中心地带，选用重达106吨巨石篆刻出东山书法艺术园题记。园里荟萃了古今内蒙古名人、各盟市名称、著名风景名胜的60枚精美印章篆刻，充分反映了内蒙古悠久的历史和文化。

十二生肖园采用具有和林格尔地方特色的剪纸艺术造型，运用圆雕和平雕两种艺术表现形式，通过12个属相，生动有趣地展现了和林格尔作为“中国民间剪纸艺术之乡”的深远历史和民俗文化内涵。

海拔1187米的南山旅游景区因势筑园、就势造景，春可听松涛阵阵响，夏可赏蜂蝶戏百花，秋风起层林尽染，冬雪至素裹银装，是一处不可多得的特色休闲旅游之地。

大召

藏传佛教最早传入蒙古地区，是在成吉思汗建大蒙古国之后。元世祖忽必烈时，八思巴喇嘛被封为国师，后因创制八思巴文又被封为帝师，藏传佛教从此进入繁荣时代。再后来，随着元朝的灭亡，藏传佛教同蒙古地区的联系就基本中断了。

时间过去200多年后，阿拉坦汗出征青海，曾多次与黄教接触，并心存好感。1571年，一位特殊的客人来到大板升求见阿拉坦汗。来者是阿兴喇嘛，受索南嘉措委派到蒙古草原传教，并建议阿拉坦汗派使者前往西藏。

明隆庆六年（1572年），阿拉坦汗向明朝请求允许有名望的喇嘛来蒙古说法。万历二年（1574年）和万历四年（1576年），阿拉坦汗两次派使团去往拉萨，并于1575年在他儿子丙兔台吉所占据的青海地方始建仰华寺，1577年建成。

万历六年（1578年），阿拉坦汗与索南嘉措在仰华寺相会。阿拉坦汗以蒙古土默特部可汗、敕封顺义王的身份，敬赠藏传佛教格鲁派圣僧索南嘉措活佛“圣识一切瓦齐尔达喇达赖喇嘛”尊号，意为“超凡入圣、学问渊博犹如大海一般的大师”；索南嘉措敬赠阿拉坦汗“转千金轮咱克喇瓦尔第彻辰汗”尊号，意为“能转千金法轮的聪明智慧的汗王”，此号与过去西藏僧界对忽必烈的尊称相同。

这次相会时，阿拉坦汗邀请索南嘉措到蒙古地区讲经传教，并许愿将在今天的呼和浩特建寺迎佛。1580 年，寺庙建成，万历皇帝赐名“弘慈寺”。因寺中供奉有银制释迦牟尼像，亦称“银佛寺”。两年后的 1582 年，阿拉坦汗去世，其子僧格杜棱汗继承汗位。

明万历十四年（1586 年），达赖三世索南嘉措来到归化城，亲临弘慈寺主持银佛“开光法会”，弘慈寺从此成为蒙古地区有名的寺院，地位十分显赫。当年皇太极打败林丹汗占领归化城后放火烧城，独独留下弘慈寺，并于 1640 年下令重修和扩建，完工后赐予满、蒙古、汉三种文字的寺额，改汉名“弘慈寺”为“无量寺”，蒙古语称“伊克召”，汉译“大庙”，俗称“大召”。

索南嘉措得到尊号后，追赠前两代黄教领袖根敦朱巴和根敦嘉措，分别称他们为一世达赖喇嘛和二世达赖喇嘛，索南嘉措为三世达赖喇嘛。三世达赖喇嘛圆寂后，阿拉坦汗曾孙被认定为呼毕勒罕转世灵童，即四世达赖喇嘛云丹嘉措。虽然后来云丹嘉措被接回西藏坐床，但其铜像仍供奉于大召。

康熙初年，清廷在大召设置喇嘛印务处，统领归化城众召庙。后因掌印札萨克达喇嘛伊克古克三世呼图克图（活佛）背叛朝廷，并与噶尔丹势力有染，与清政府产生隔阂，大召一度萧条。后来，康熙皇帝改任小召内齐托音呼图克图二世为掌印札萨克达喇嘛。托音二世掌印后，见大召年久失修，便呈请康熙帝用小召的钱财修葺大召，将屋顶换成黄色琉璃瓦。从此大召改作家庙，设“皇帝万岁”神牌，特设“皇帝宝座”，象征康熙帝日日如在归化城。此后大召不再请活佛。

大召是呼和浩特最早兴建的喇嘛庙，也是呼和浩特现存最大、最完整的木结构建筑。其平面布置采用汉庙形式，建筑风格为藏汉结合，从南到北依次为山门、天王殿、菩提过殿、经堂、佛堂、九间楼及东西配殿，其中经堂和佛殿紧紧相连在一起，通称为大殿。五世达赖喇嘛赴北京途经归化城时，就住在大召九间楼。

大召有三绝，全在大雄宝殿内。一是高达 3 米的由纯银铸成的释迦牟尼塑像，二是两条高约 10 米的造型生动、工艺精湛的金色蟠龙，三是题材丰富、画面生动、场面宏大的壁画。此三绝都与大召同龄，至今已有 400 多年历史。

大召院外西侧有释迦八塔，分别为莲聚塔、菩提塔、吉祥塔、神变塔、天降塔、和解塔、尊胜塔和涅槃塔，据说每座塔都与释迦牟尼一生中的一个重要事件相关。东侧一门额上悬挂着写有“九边第一泉”的横匾，这是专指大召门前的玉泉井，还有“御马刨泉”的故事。

大召有丰富的佛事活动，如晾大佛、跳恰木、祭灶、点佛灯、送巴令等。送巴令就是“送鬼”之意，是藏传佛教特有的一项佛事活动。大召每年举行两次送巴令活动，一次在农历正月，一次在农历六月。巴令是用油面捏成的三棱状身躯、头顶骷髅的魔鬼形象。送巴令时，僧众要在经堂诵经祈愿；随后将巴令从佛殿抬到广场上，信众纷纷从巴令下钻过，再进行打鬼形式的跳恰木活动；之后将巴令抬出寺院山门用火焚烧，表示晦气、灾病和一切不好的东西统统被送走。

如今，大召山门正对的牌坊金碧辉煌，蓝色匾额上有“佛照青城”四个镀金大字，与不远处的塞上老街、通顺大巷及广场上面朝东方的阿拉坦汗坐像交相辉映，显现出呼和浩特这座历史文化名城过去与现在的双重魅力。

五塔寺

有着400多年建城史的呼和浩特，因城内及周边召庙云集而素有“召城”之称。只要谈及召庙，当地老百姓随口就说“七大召，八小召，七十二个免名召”，由此可见这座城市召庙文化历史积淀之深厚。

呼和浩特市五塔寺召庙文化博物馆的前身是慈灯寺，为藏传佛教格鲁派寺院，清雍正五年（1727年）奉旨而建，历时五年建成，清廷赐名“慈灯寺”。

慈灯寺坐落在今呼和浩特玉泉区五塔寺后街南侧，寺内三重殿宇之后，有金刚座舍利宝塔一座。金刚座舍利宝塔是一个在金刚宝座上建有五个玲珑舍利小塔的建筑，蒙古语称“塔本·索布日嘎”，汉语俗称五塔，后连同寺院被称为五塔寺。清光绪十二年（1886年），最后一位住持阳察尔济格根三世圆寂，没有寻访呼毕勒罕，此后慈灯寺再无活佛，喇嘛全部回到小召，五塔寺从此日渐衰落，殿宇坍塌，草木荒芜。到20世纪60年代末，除金刚座舍利宝塔和山门，其他建筑已荡然无存。如今五塔寺内的其他建筑及围墙都是依据历史文献、历史照片、相关研究资料并结合遗址发掘，在原址复建而成。

五塔为砖石结构，通高16.5米，建在一个凸形台基上。金刚宝座下部为仰复式莲花瓣束腰须弥座，腰部四周以代表金刚五界宝座的狮、象、马、孔雀、迦楼罗五种动物及法轮、宝瓶、金刚杵结图案为装饰浮雕。须弥座与金刚座之间的汉白玉上刻有蒙古文、藏文吉祥语。

金刚座共7层，每层都以绿色琉璃瓦做挑檐，第一层用蒙古文、藏文、梵文三种文字刻出《金刚般若波罗蜜多经》，以上各层均镶砖雕佛龛，龛内鎏金佛像神态各异、栩栩如生。

金刚座南面开券门，门楣浮雕左右对称，上方嵌有雕刻着蒙古文、藏文、汉文三种文字的“金刚座舍利宝塔”汉白玉匾额一块，券门两侧饰有形象生动的四大天王、伎乐和佛经故事砖雕。

入券门，拾级而上，出罩亭，象征金刚五界的五座小塔呈现在金刚宝座上。中塔高7层，四隅之四塔略低，均5层。五塔各层浮雕图像与金刚座浮雕相差无几，每层也有砖雕佛龛，整座五塔合计有鎏金佛像1563尊，尊尊庄严肃穆，宁静慈祥。

岁月更迭，星移斗转，朔风凛冽，如今的佛像，鎏金只有在五塔东南角的角落里还隐约可见。

五塔是根据佛教经典《金刚经》教义设计，其造型比例适中，线条柔和舒缓，采用了圆塑、浮雕、半立雕和线雕的装饰手法，既细致优美，又富丽堂皇；既有古印度佛陀伽耶式佛塔的风格，又具有中国古典建筑的特色，是我国古代建筑和雕刻艺术吸收外来文化的一个范例。我国较有名气的同类型五塔还有四座，分别建在北京真觉寺、碧云寺、黄山寺和云南昆明妙堪寺。

呼和浩特五塔寺宝塔北面照壁上，从东往西依次嵌有三幅线雕石刻图，分别是蒙古文天文图、须弥山分布图、六道轮回图，其中署有“钦天监绘制”的蒙古文天文图最为珍贵。此图刻于乾隆初年，正是蒙古族科学家明安图在钦天监担任重要职务的时候。

明安图生于1692年，今内蒙古锡林郭勒盟正镶白旗人，1712年被选入钦天监，为官学生。由于学习勤奋、钻研刻苦、成绩突出，深得康熙皇帝赏识，学习期满后被留在钦天监任职，历时51年，经康、雍、乾三朝，将毕生精力全部贡献给他热爱的科学事业。

钦天监的职能为观察天象、推算节气、制定历法，这在五塔寺的蒙古文天文图上一览无余。1705年呼和浩特公主府建成，恪靖公主准备从京城搬来，康熙皇帝同意后，钦天监随即择得这一年的十一月初三日辰刻宜于公主起程。

蒙古文天文图是一幅以北极为中心的俯视图，所有标注都用蒙古文，度数用藏码，准确而详细地刻出传统的星辰坐标28星宿1500余颗可见星，并以偏心圆黄道圈的移动，十分合理地表示了24节气、12生肖及12宫等。蒙古文天文图是世界上现存唯一用蒙古文标注的天文图，也是明安图留给家乡内蒙古的永久财富，五塔寺因此成为全国重点文物保护单位。

去长滩

已是9月末，虽然沿途秋草微黄，夹道的八瓣梅却仍开得红白紫粉、妖娆缤纷，又有远近高低绿树连绵，就让人觉着汽车在和花朵、绿浪交错而驰。

汽车在奔驰，在风景如画的百里长川中奔驰。

百里长川真是名不虚传。全川长达56公里，北起白大路村，南至长滩村，是薛家湾镇正在倾力打造的一条集休闲文化和西口古道文化于一川的观光旅游线路。我们此行的目的地，就是长川的最南端——长滩村。

由北而南一路走来，花草树木，农舍田园，川里的景色可以说是起起伏伏、弯弯转转。最让人叫绝的却是山上那些树，虽然也成片，却彼此错落，保持着一种天然没被人为安排过的恰到好处的距离。因为离得远，我无法断定是什么树种，但那独特又少见的树形却让我兴奋地惊呼了一路，一会儿说那树像立在山上的一个又一个鸡毛掸子，一会儿说像歌里唱的“大红公鸡毛腿腿”，一会儿又说像胖墩墩的芦花鸡腿。同行的人也随声附和，说就是就是，真像。俗话说一方水土养一方人，是不是也可以说一方水土养一方树呢。

川里的文化味道也极浓，白大路村文学创作基地，海子塔村农耕文化博物馆，沿途遍插的小彩旗告诉我们这里前不久刚刚举办过准格尔旗首届乡村文化旅游节。等汽车拐过最后一个弯，爬上最陡一个坡，我们眼前一亮，长滩的核心地带，也就是原来的长滩古镇，到了。

长滩又名十里长滩，地处准格尔旗东南部晋、陕、蒙三省区交界处，是个有些历史的村子。清朝初期，这里归山西省管辖，现在归内蒙古自治区。网上信息显示，如今的长滩村仍保留有很多过去的大宅院，如赵家大院、韩家大院、康家大院、乔家大院、庆合院等，这可都是古镇的资本。

关于长滩村村名的由来，相传有两种说法：一是当年河曲人向蒙古人买了地块儿，也划分了地界，但河曲人当天夜里神不知鬼不觉地偷偷把界碑向北挪了十里地，所以十里长滩一度也叫“十里长探”。而我更倾向于第二种说法，就是早先的川道中，因洪水年复一年澄出无数大大小小的滩台，这些滩台上又渐渐形成大大小小的村落，长滩村就是其中之一。

历史上的长滩村命运多舛，因经济繁荣和地理位置的重要，从清朝同治七年（1871 年）一直到 1948 年初解放，不断遭遇匪患，并多次被焚烧劫掠，次次都毁损到惨不忍睹。但长滩很固执，每一次灾难过后，总是慢慢自我疗伤，一点点恢复元气，默默坚守并坚持着。我们到达长滩村时，沿街房屋店铺的仿古修缮进行得紧锣密鼓，站在当街的某一高处放眼南北，那起起伏伏的青砖青瓦和串串红灯笼不仅唤醒了古镇的记忆，也让曾经的老街散发出原有的老味道。

作为走西口的重要入口或重要通道，长滩村的地理位置非常重要。想当年，这街上定是商贾络绎不绝，终日人欢马叫，有打尖儿的，有住店的，有南来的，有北往的，有喜迎的，有相送的，该是多么热闹。不由得想到《走西口》里玉莲对太春的嘱咐：走路你要走大路，千万不要走小路，大路上人儿多，说说笑笑能给哥哥解忧愁……从长滩村一直向北延伸到白大路村的百里长川，无疑就是通往口外的大路一条。

我们在老街上溜达，两边一些正在施工改造的院子里不时会出现一个油渍斑斑的纸筋油葫芦、一盏老油灯、一盘旧石磨、一口大铁锅。边走边看这些过去年代的生活物证，哪件都会让人想起从前的日子。

傍晚的长滩要比城市安静很多，街上没几个人。天气忽晴忽阴，长滩老街便忽明忽暗，我们走在这偶有闪电的明暗里，似乎想在长滩的时间和空间上有所穿越。

在一间中药铺里，听年长者讲述长滩的历史，讲述长滩的老红军和五烈士。他告诉我们，要想了解长滩，得找村里 88 岁的倪黄安，他什么都知道，任何事情都能讲出个来龙去脉。可惜因计划有变，我和张设计师不得不连夜乘车返回呼和浩特，不光没见上倪黄安老人，也错过了那几处老宅子。

下次吧，等老街改造工程彻底结束，我一定要二访长滩，在老街上住几天，好好体验体验西口古道上的乡风民俗。

满都海看荷

满都海公园的荷花开了，不是想象的美，是比想象的更美。看那荷叶，远望碧绿一片，近观田田复田田，更走近仔细观察，平展展的，多像一个个碧玉雕成的盘子。荷花呢，一朵挨一朵，深深浅浅，粉粉艳艳，有清风掠过时，婀娜摇曳，是高高低低的错落之美。再仔细看，湖里的荷花形态各异，有微开的，有全开的，有半开的，有花瓣儿已散落而露出小小莲蓬的。哪一朵最好看呢？答案是都好看。难怪苏轼能写出“一朵芙蕖，开过尚盈盈”的传世佳句。

荷叶间的花骨朵也多，也好看。刚钻出水面不久的，亭亭而立，小巧又秀气；再大一点儿的，有了淑女的样子；到将开未开，或者稍微开了一点儿，便是大家闺秀的文静娴雅了。

我喜欢在下着小雨的时候去看荷花荷叶被濯洗的样子。喜欢听雨点儿落在荷叶上发出的唰唰声，喜欢那半开的荷花躲在一片荷叶下小鸟依人般的感觉，即便一阵急风急雨吹落了红粉的花瓣，掀翻了盛满大珠小珠的碧玉盘，那简直又是一种有声有色的美。

荷花盛开的7月，满都海公园就成了美的发源地。有天早上我去看荷花，沿湖拍照的专业摄影师就有几十个。他们背着成套的摄影器材，除了跑来跑去找最佳角度，还得不停地更换镜头，于是我又发现，看摄影师们给湖里的荷花荷叶拍照，原来也是一种美的享受。还有写生的，画架就支在湖边树荫里，抬头看看，低头画画，结果他们也成了摄影师和赏花人眼里的风景。

荷花是中国十大名花之一，被誉为花中君子，具有出淤泥而不染的高尚品质，代表圣洁、清廉与吉祥，所以自古与佛教有着深厚的渊源。中华传统文化中，因“荷”与“和”“合”谐音，又常常被用来象征和平、和谐、合作等。

在满都海公园赏荷的时候，一定记得去拜谒一下园内的满都海彻辰夫人雕像。这位了不起的女子戎马一生，为蒙古立下汗马功劳。公园命名为“满都海”，就是为了纪念这位与呼和浩特息息相关的蒙古族女政治家。

荷若盛开，清风自来。在热得让人无处躲藏的夏天，来满都海公园纳凉赏荷是最好的选择。别管大太阳曝晒下三十几度的高温，只要往湖边树荫下一站，那清幽幽的湖水，那亭亭玉立在湖面上的荷花荷叶，那流苏般垂挂在你眼前的丝丝柳条，那轻盈飞过的一只蝴蝶或一只蜻蜓，很快就使人安静下来，来时的热很快就没影儿了。

“接天莲叶无穷碧，映日荷花别样红。”没错，南宋诗人杨万里笔下的荷花荷叶，无论你来与不来，整个夏天，都在满都海公园等着你。

过青龙山自驾车露营地

随着生活水平的逐渐提高和精神需求的与日俱增，越来越多的人开始选择自驾出游，因为可以说走就走、说停就停，达到边走边看的目的。由此，自驾车露营地诞生了。

以 304 国道为主轴的通辽市科尔沁 500 公里风景大道，南起科尔沁左翼后旗，北达霍林郭勒市，沿途的草原、森林、沙漠、湖泊、湿地、山峰等自然资源与科尔沁历史文化特色和民族风情景点景区相呼应，沿途的自驾车露营地更像一粒粒珍珠，很有规则地镶嵌在风景如画的科尔沁大地上。我们最先前往的是位于奈曼旗最南部的青龙山自驾车露营地。

通辽市奈曼旗青龙镇四一村的青龙山自驾车露营地与辽宁省阜新市相邻，总占地 20 万平方米，是一座集餐饮、住宿、休闲、娱乐、运动、科普教育于一体的综合性营地，无疑也是一个亲近自然、放松身心的好去处。因为在山里，我们一度选错路线原路退出，最终在导航的帮助下，看到了掩映在绿树丛中的营地。

正是 6 月，营地内树荫下的舞台上，来自阜新的老年合唱团正在激情演唱，旁边的桌子上已摆好碗筷。大热天能在这露天的餐厅里吃喝一顿，是物质的享受，更是精神的享受。如果想更清凉些，还可以选择水上餐厅，一边吃饭，一边看景，微风带着湖水的味道穿窗而过，欢声笑语荡漾在杯盏间。

作为吃手，每到一处，只要有厨房，我就得进去参观参观。

自驾营地的厨房很大，可谓明厨亮灶。窗口正在往出传菜，鸡蛋炒韭菜，炖豆腐，蘸酱菜，反正都是农家风味。问厨师菜的来源，说其中一部分就来自营地，自产自用，方便不说，还保证了菜的品质。一个出出进进的大老爷们儿忽然对我说那豆腐也是他们自己做的。

做豆腐？你们有豆腐坊？

当然有，我领你去参观参观。

跟着那个大老爷们儿走了不多远，一溜平房内果然有全套工具。那碾豆的石磨极大，看着就有年代，一问，果然是个老物件儿。试着推推，很吃力，知道了手工豆腐的来之不易。可惜没能亲眼看见做豆腐的全过程。

营地的民俗文化展示也挺有意思。满墙糊着报纸，屋里摆着过去年代的半导体、收音机和盘盘碗碗、瓶瓶罐罐。炕上铺着席子，席上摆着炕桌，桌上展示着纳好的鞋底儿、剪好的窗花和一些绣品。管理人员告诉我们，这屋里冬天还现场展示做东北黏豆包的技艺，无奈现在是夏天，无缘相见了。有间屋里地上堆着些柳条和编好的小筐小篮儿，正好营地里会这个手艺的一位老大爷在，就让他现场编给我们看，一上手才知道那柳条割回已有些时候，太干了，一折就断，根本编不成。虽然民俗展示的环境看上去有些简陋，也缺乏打理，但还是能给人些过去年代的样子和气息。

青龙山自驾车露营地是科尔沁 500 公里风景大道上的重要节点，内部分为综合服务区、娱乐区、营位区、餐饮区、垂钓区等，凭借完善的基础设施和热情的服务态度，被评为 2018 年度全国汽车自驾运动营地 4 星级营地。营区内的树屋很是新颖，小巧而精致地端坐在树木间，要不是急着赶往下一站，我一定顺着木梯上去住一晚体验体验。尤其炎炎夏日，把小窗打开，听着音乐，吃着水果，斑斓的树叶间偶尔有星星闪烁，此情此景，想着都惬意。至于水屋、房车，就更有想象空间了。

无人机在空中览胜，我们在地上寻景，发现林间不光花草遍地，还有骆驼。那骆驼应该是供游客骑乘的，一点也不怕人，还喜欢上镜，给它拍照也泰然自若。我们在草原上看见的马群和羊群就不一样了，那戒备心，没等汽车停稳就都绝尘而去，根本不给我们拍照的机会。

与很多北方旅游景点相比，青龙山自驾车露营地没有淡旺季之分，春有漫山遍野的杏花，夏有山林湖光之美景，秋有各色野果供采摘，冬有山地冰雪项目可体验。此次我们是来也匆匆，去也匆匆，如果有机会再光临，定要住上一两天，采摘，戏水，垂钓，享受药膳美食，观看手工制作……如果是冬天，还可住住热炕，滑滑雪，尝尝刚出笼的东北黏豆包。

固日班花怪柳

科尔沁沙漠腹地的奈曼旗固日班花苏木境内，长着一片一片样子非常奇特的树，名曰怪柳。

怪柳的样子实在古怪。是柳不像柳，既不婀娜，又不飘逸，也谈不上高大，且少有枝杈，几乎就是一根独苗，葱茏柔嫩的绿叶从头长到脚，披散堆裹在整个树干上。树形呢，七扭八歪，横躺竖卧，毫无章法，简直就是想怎么长就怎么长，长成人的样子、动物的样子、各种奇奇怪怪的样子，总归是长得随意又任性。怪到极致，也就美到极致。

当地人说，怪柳原本是北方最常见的旱柳，20 世纪 50 年代末到 60 年代初时，教来河曾发过两次大水，不仅给当地冲来肥田沃土，也带来无数柳枝、柳絮。后来，柳枝生根，柳絮发芽，渐渐长成大片柳林，成为奈曼旗境内主要的森林资源。因生活所需，当地人开始不停地砍伐旱柳，编筐编篮，喂牛喂马，生火做饭，偶有幸存，也是被割了又割、砍了又砍。为了让其多发枝杈，甚至还把树头给砍掉，真是旧伤未好又添新伤。再加干旱与风沙的日夜摧残，顽强活下来的旱柳最终满身疤瘤，为生存而彻底改变了原有的形态，演变成今天这独具魅力的怪柳。人们也叫它疤瘌柳、王八柳。

怪柳耐寒、耐旱、耐盐碱、耐风沙，随意而生，随性而长。根深10米，被当柴薪砍伐后还能继续生长，饱经岁月沧桑，早已习惯在严酷的环境里再现生命的价值和存在的必然。天不下雨旱死，一旦有水便继续生发，虽无平常概念中的飘逸婀娜，却也不失妩媚动人，给予整个奈曼大地勃勃生机和别样风情。

很难说怪柳是直还是弯，每一棵都长得个性十足，不是像这就是像那。那像人的，大多躬身向前、颔首而立，令观者肃然起敬。

怪柳春来绿，秋至黄，即使干枯而死，也要站成风景，如额济纳千年不倒的胡杨。作为树，怪柳也拥有人世间的爱。那天我看到两棵长在一起的怪柳，似深情拥吻，你侬我侬，如舒婷笔端的橡树，根在地下紧握，叶在云里相牵，真乃海枯石可烂，天崩心不移。也有看似一言不合、大打出手的，那威武的“汉子”左右开弓，丝毫不给对方还手的机会。

在固日班花，每一棵怪柳都被风雕雨琢，被日修月饰。一块玉米地里卧着一只羊驼，一片沙地上盘着一条蛇，几根倒伏的树干旁蹲坐着一只熊宝宝，那枯死的一棵又像一只头戴王冠的火烈鸟……我在不太密集的怪柳林里东跑西跑，总想找到最美的一棵，却发现根本无法选择，就像这山看见那山高，一不小心就走出好几里地。

沙地怪柳属稀缺资源，是科尔沁 500 公里文化旅游大道上一处非常独特的美景，全国各地的旅游者和摄影爱好者趋之若鹜，不分春夏秋冬地远道而来，发现美，欣赏美，传播美。

人在旅途，到固日班花看怪柳，不分四季。

奈曼王府

在内大文研班上学期间，听蒙古族同学讲过奈曼旗历史和他所生活的大沁他拉镇，当时就想，等有机会一定要到此一游。这次东来，愿望得以实现。

离开青龙山自驾车露营地时正好是中午，为便于下午在奈曼王府的拍摄，我们驱车直奔奈曼旗政府所在地大沁他拉镇。在快餐店吃过午饭，直接把车开到王府大门对面的树荫底下，边休息边等待景区开门迎客。无意间抬头，看见一家门脸房窗玻璃上贴着出售松塔的字条，瞬间就不困了，也不热了，跳下车径直而去，嘴里已经有了口水，眼前浮动着用盐水煮好的新鲜松塔。可惜店内无人，隔着玻璃左顾右盼，也没看见半个松塔。正好有当地人经过，指着字条相问，告之不是吃的松塔，是做烧火柴用的松塔。好大的失望，但嘴里仍有新鲜松子那咸津津的诱人味道，忍不住咽起口水。

回转身，看朱门紧闭的王府，两只石狮，雄踩绣球在左，雌踏幼狮居右，高大威猛，霸气威严，衬托出王府的古朴与神秘。

13世纪初，乃蛮（亦称乃曼或奈曼）部在今蒙古国杭爱山一带被成吉思汗击败后，隶属成吉思汗大蒙古国察哈尔部。15世纪明朝时期，奈曼部作为察哈尔部八鄂托克之一，随蒙古达延汗逐水草移居至今奈曼旗之地。后金天聪元年（1627年），成吉思汗第十九世孙额森伟征诺颜之子衮楚克率奈曼部归顺后金皇太极。清崇德元年（1636年），奈曼正式建旗，后金皇帝赐授衮楚克为奈曼札萨克多罗达尔罕郡王爵位，世袭罔替。至民国初期，奈曼旗历经十二世16任郡王，共300年。作为一旗之政治中心的王府曾几经搬迁重建，今天我们所看到的这座王府由道光皇帝的驸马、奈曼旗第十一任亲王德穆楚克扎布于清同治二年（1863年）兴建。这是王府的最后一次移地重建，迄今已有150余年历史。

德穆楚克扎布是成吉思汗第二十八代孙，是身份最高的固伦额驸，在道光、咸丰、同治三朝任职，身份非常尊贵。寿安固伦公主则是清朝最后一位下嫁蒙古的公主。

作为奈曼部首领札萨克多罗达尔汉郡王府邸的奈曼王府，是清代奈曼旗最高统治机关，现占地面积31000多平方米，遗存主体建筑有回廊、四合院、佛堂及串堂门，有房屋210余间。王府建筑全部使用青砖青瓦，丹青彩绘，画栋雕梁，整体为台榭回廊式四合院布局，鲜明地反映出封建王公的等级与尊严。

奈曼王府是全国重点文物保护单位，也是如今内蒙古地区保存较好、规模较大的清代蒙古王府古建筑群之一。依托古老的建筑和灿烂的蒙古族历史文化，清净幽雅、古色古香的奈曼旗郡王府同时也是一座综合性的博物馆，现有固定展厅 46 个，馆藏文物 4800 多件，不收门票，免费对公众开放。

奈曼王府呈方形，前后五进院落，内含 12 组套院，中轴区为王府主殿堂和寝宫区，西跨院是王府政务区、家庙、后花园，东跨院是王府内务府区和亲眷寝居区。沿着中轴线穿门、过院、入殿、出厅，过去与现在，历史与未来，时空转换间，很多有价值的东西风吹不散，雨打不消，大浪淘沙，积淀留存，成为后来人学习和借鉴的历史。

一座博物馆就是一所大学、一本历史教科书。

走进闹市中独守宁静的奈曼王府，不仅可以全面了解王府的历史、王爷的世袭罔替，整个奈曼旗的发展脉络也清晰可见。奈曼地域史、草原药王占布拉·道尔吉蒙医药馆、北方少数民族文字馆、泥塑收租院、正殿院、寝宫院、馆驿、马厩……蟒袍、清代提梁壶、有铭文的巨型铜锅……一路参观，一路思考，对过去年代王爷的生活、蒙古族习俗及奈曼历史文化等都有了一定的了解。

已故工艺美术家宝石柱先生从 1965 年开始依据图片和报刊上的相关文字而复制的大型泥塑《收租院》非常了不起，甚至可以说有些震撼人心。一个人，一双手，前后耗时三年多，108 个人物栩栩如生，一段血泪史历历在目。触景生情，把过去和现在做对比，观者无不感叹我们今天生活的美好与幸福。

不知不觉，天已近晚，曾历经沧桑的奈曼王府被霞光笼罩出一派曚昽。

工匠精神

那日，在背靠大青山的莫尼山非遗小镇聆听关于工匠精神及创新人才培养的演讲。演讲人是连辑，我在内蒙古大学上文学研究班时的校长，现任中国艺术研究院院长、非遗中心主任。

关于工匠精神，之前也听过类似讲座，但似乎都是理论，非常笼统，也让人费解，甚至无法和现实生活相联系，所以总感觉很枯燥，甚至有些云里雾里。连辑院长的演讲却别开生面，不讲套话，不喊口号，更不生硬，语言朴实易懂，举例生动有趣，始终像拉家常一样娓娓道来。

为能把工匠精神阐述得更为清楚，连辑院长首先从大的方面将其概括为五点，即职业平等精神、崇尚劳动精神、由技而艺精神、以道驭术精神及精致文化精神。他举了石传祥的例子。虽然淘粪工的职业看似与工匠的匠字风马牛不相及，但他兢兢业业，一辈子只干淘粪这一件事的选择，从广义来说，他身上有的同样是工匠精神。

关于书法，连辑院长在演讲中毫不客气地指出当今一些人不尊重传统，不礼敬先人，不练基本功，不因循章法，拿起笔想怎么写就怎么写，这种行为一来无技无艺可言，二来是不遵守应有的道德规范。的确如此。纵观当今书坛，另类书家可谓风起云涌，你把毛笔插在鼻孔里写，我就可以声嘶力竭上蹿下跳地写；你把毛笔含在嘴里，那我直接上脚或者倒栽葱抱个裹尸布裹着的大活人胡乱涂鸦。我虽不精通书法，却希望那些以恶俗图一时之名气的所谓书法家们赶紧收敛，不要再亵渎我们的书法艺术了。要想在书法之路上走远，走得更远，必须步入正道，要勤奋而精进，要努力而持久，最终成为真正的书法家，并以道驭术。

并不遥远的农耕时期，我们的生活与各种工匠紧密相关，木匠，铁匠，铜匠，银匠，鞋匠，毡匠，皮匠，石匠，画匠，泥瓦匠，毛毛匠，补锅匠，劁猪匠，杀猪匠……随着现代生活的不断发展，这些老手艺、老工匠已有很大一部分逐渐淡出日常生活，有些被以非物质文化遗产的形式加以保护和传承，乃至培养出传承和创新人才。莫尼山非遗小镇就是这样的典范。很多就要失传的手艺，很多老工匠留下的传世之作，很多可以演示传习的手工技艺，很多发展中的非物质文化遗产项目，如剪纸、面塑、毡绣、皮画、根雕等，在莫尼山非遗小镇都有一席之地。

三百六十行，行行出状元。最典型的莫过于解牛的庖丁。一头牛，一把刀，娴熟的技法，音乐般的节奏，刀在骨缝中行云流水、游刃有余，所到之处，骨肉轰然分离，简直看呆了梁惠王。

天下厨师千千万，庖丁却只有一个，这应该就是连辑院长演讲中所说的由技而艺精神。

我爷爷是个文盲，14 岁就背起工具箱，跟着老木匠走村串户去学手艺，到 78 岁去世，一直没离开过他手里的斧子、尺子、刨子、锯子。我保存有爷爷 1953 年加入中华全国总工会的会员证，证上职务一栏写着“木匠”二字。

过去物资匮乏，农村人盖新房，即使积攒多年也凑不出什么好材料。有的人家把木匠请来，人家一看那七长八短、鼓肚弯腰的材地就有些发怵。我爷爷呢，好料会用，赖料想方设法也要用，而且还用得巧妙、用得有美感。爷爷总是审视那些歪才劣木，或者推一推、刨一刨，或者砍一砍、凿一凿，或者用熬好的胶粘一粘，即便只是做个小板凳，也一定要用砂纸打磨得光溜溜没有一根毛刺儿才会满意。我感觉我爷爷也拥有工匠精神。

连辑院长说，过去是物质消费年代，要解决的问题是所需物品的有没有、够不够，而现在，随着生活水平的不断提高，品质消费和精神消费取代了物质消费，人们不再关心东西够不够，而是关心东西好不好，这个好不好由生产商决定，这就需要发扬工匠精神。

中华民族的工匠精神源远流长，否则不会有丝绸之路，不会有茶叶之路，也不会有现在广彩大盆等精美绝伦的海外回流文物。中国瓷器自古就享誉世界，它们以实用性和审美性很好地诠释了工匠精神中的精致文化精神。

如今，文化多元，消费多元，审美多元，这就对工匠精神有了更高的要求。

当工匠精神成为普遍追求，我们国家的前景会更加美好灿烂。

草原上的勒勒车

看见马，看见蒙古包，看见勒勒车，似乎就看见了草原的全部。

勒勒车是一种蒙古式牛车，据说得名于牧人吆喝牲口的声音。勒勒车因车轮巨大又被称为大轱辘车或辘辘车，因为牛拉，还可以叫牛牛车。

草原上的勒勒车是游牧文化的典型标志，也是牧民生活当中不可或缺的交通运输工具。倒场搬运蒙古包，迁徙拉水拉柴拉生活用品，男子娶亲送聘礼，女儿出嫁载嫁妆，参加那达慕，都离不了勒勒车。久远的部落征战中，勒勒车同样功不可没。

勒勒车由车架子、车轮和轴鞍三部分构成，多选用桦木、榆木等质地坚硬又不易变形的木料制作，因行驶轻便而获得“草上飞”“草原之舟”的美誉。

在西乌珠穆沁旗，我亲眼见证了木头变成勒勒车的全过程。

4 月末的锡林郭勒草原依然冷风阵阵。希日莫和他的徒弟朝格斯琴相互配合，轻轻摇出墨盒里饱吸墨汁的细绳，在选定好的桦木上，先画出中心线，找准垂直度，然后用传统的锛子一下一下锛出平面，又用得心应手的推刨一下一下推光，不一会儿，两根4.2米长的车辕就基本完工了。在两根车辕前面靠近顶端的地方还要钻孔穿系皮绳，并与牛鞅子（軛）相连，拉车时套在牛脖子上。

制作与车辕一起组成车架的八根“也落”（横撑）要费些功夫。现在，虽然电锯替代了传统的手工锯，但完全靠榫卯结构组装而成的勒勒车，任何一处尺寸都要求绝对精准，稍有误差便会导致卯榫不合，影响车架及其他部件的正常组装。

勒勒车的车轮直径1.5米左右，外部由6个弧形车辋衔接而成，与里边的车毂和18根车辐条完美结合，看上去沉稳又朴实。两个车毂的正中间要打通轴孔，用来插车轴。当两只车轮被车轴连接在一起，两个轴鞍将车架子和车轮连接在一起，我脑海里便出现了一列列勒勒车在草原上行走的场面。

据考证发现，卯榫结构诞生于没有铁钉和任何黏合剂的古代，历史比汉字还要久远，距今约7000年前的河姆渡遗址就出土了迄今为止我国最早的榫卯结构木质实物。遥远的游牧时光里，草原上的牧民智慧地运用这种古老而巧妙的技术就地取材，制作出车轮高大、车体轻便、承重力强、耐磕碰、好修理、着水受潮不易变形，且适合在草原、沙地、泥淖里行驶的勒勒车，不能不说是一种智慧的结晶。

希日莫指着一列五辆微缩版勒勒车对我说：其实，勒勒车只是一个统称，如果按用途细分，这打头的第一辆有毡篷的称为篷车，转场时老人和小孩子坐在上面，途中可以在里面睡觉；第二辆有箱柜的拉食物或衣物，称箱子车；第三辆有水箱的称为水车；第四辆有篱栅的用于拉运柴火，称为柴薪车；第五辆什么也没有的，用于拉运拆卸开的蒙古包。有时也会出现空车，以备不时之用。

草原上天高地阔，没有任何干扰，一列勒勒车往往只有一个人驾驭。为了不使车队走散，人们把每头牛的犄角都用绳子相连，最后一辆车上还会拴一只大铃铛。车走铃摇，美妙而清脆的声音在空中飘荡，时时提醒赶车人它的存在。勒勒车队有时也会是十几辆或几十辆首尾相连，据说最多能走百里之遥。

蒙古族逐水草而居，根据实际情况而搬迁频繁。到了新的牧场，除搭建蒙古包外，其他物资都不卸车，每一辆车都是一个存放物品的流动仓库，所以现代人说，草原上的勒勒车既是车又是家，就像现在的房车一样。

追溯历史，勒勒车始于何时已无法考证，但它在蒙古族的发展史上曾发挥过十分重要的作用。《马可·波罗游记》中也有过对勒勒车的描述：除了四轮车子外，他们还有一种两轮的优质车子，也同样用黑毡子盖着，并且制作得也十分精巧，即使整天下雨，车中的人也不会感到潮湿。

如今，虽然勒勒车已被现代化的交通运输工具所取代，在草原上失去了用武之地，但它们的身影仍出现在众多的旅游景区，这既是一种情结，也是一种文化符号。

“草原上的车变了很多，阿妈还是喜欢那辆勒勒车，勒勒车转着日月，把阿妈的日子洒向长长的车辙。”一首《勒勒车转着日月》，唱出了蒙古族同胞内心的那份怀念和眷恋。

2006 年，蒙古族勒勒车制作技艺被列入第一批国家级非物质文化遗产名录。

蒙古族马鞍

汽车离开霍林郭勒，过阿力得尔收费站后，由 207 国道切入 302 国道，继续朝阿尔山方向行驶。

驶离归流河大桥没多远，我惊喜地发现路基下正有牧人骑马放牛。又走出十几公里，再次看到骑马放牧的牧民。虽然 4 月末的草原还没有返青，冰雪也没有完全融化，但那种天高地阔的苍凉静美，加上游动其间的牧人与马、牛、羊，景色极为赏心悦目。在交通工具快速发展的今天，骑马放牧大都已由骑摩托车放牧取代，但马在牧民心中的地位丝毫没有动摇。一位年长的牧民就曾对我说：现在牧区很少有人骑马放牧或出门远行，基本都有汽车、摩托车，但我们离不了马和马鞍，有些人家都搬到镇里住楼房了，也要有一副好看的马鞍摆在家里，这样心里才踏实。

在游牧文明发展史中，马不仅代表着激情与速度，也代表着坚韧、追求与梦想。把马和骑乘者紧密联系在一起的，无疑是一副副经久耐用又不失华美的马鞍。如果说马是蒙古族的精神象征，那马鞍就是他们的精神摇篮。一路走来，从生产、生活到征战、讨伐，草原上的一切都与马息息相关，一匹良马，一副好鞍，便可一马当先，马到成功，战无不胜。

千百年来，生活在内蒙古草原上的蒙古人世世代代与马相伴，不仅形成了丰富多彩的马鞍制作技艺，还通过口传心授，很好地使独具魅力的马鞍文化一代代传承下来。马鞍是蒙古族在放牧、狩猎、竞技等生产生活当中不可或缺的重要工具，也是众多马具中的核心器物，与之相配套的还有马笼头、马嚼子、马鞭、马绊、马印、套马杆、刮汗板、缰绳等。

蒙古族马鞍制作集力学、美学、结构学于一体，是木工、皮毛、制毡、刺绣、金属、编绳、镶嵌等多种技艺的综合体现，这其中，木料的选择和加工至关重要，人和马的舒适度完全取决于裸鞍尺寸的大小和精准。

制作马鞍一般选用干透的桦木或柳木，按尺寸和经验加工出两块鞍板和两块鞍桥，再用胶或胶水将其黏合成鞍座。鞍座漆好晾干后，就可以上剪好的毡垫，并用皮包起来。接着要钻孔，要上大、小鞍鞽，要穿马镫、捎绳、肚带，再钉上鞍条、鞍花，备好鞍屉，一副称心如意的马鞍就基本完工了。

对于蒙古族来说，拥有一副装饰上乘的马鞍和拥有一匹好马同等重要，这就是所谓的好马要由好鞍配。而在过去，一副好鞍也是一个人或一个家庭身份和地位的象征。过去年代，蒙古族家庭在女儿出嫁时，一副新马鞍是必不可少的嫁妆，马鞍的优劣便是这个家庭经济实力的直接体现。

家住锡林郭勒盟苏尼特左旗巴音诺尔镇乌兰诺尔嘎查的巴特尔苏和，就拥有制作马鞍的好手艺。他出生在牧区，与马和马背上的马鞍朝夕相处，在父亲和姐夫制作马鞍的时光里一天天长大，并迷恋上这种集多种技艺于一体的手工制作。如今，除了自己做，他还手把手教儿子和几个徒弟做，不想让这种传统技艺在他手里失传。

巴特尔苏和家在锡林郭勒草原南端的浑善达克沙地内，由于生态好转，不时有野兔在畜圈周围出没。下午3点多，几匹出去吃草的马儿似乎感知到了我们的来意，竟然风尘仆仆地从西南方向奔跑回来。巴特尔苏和的儿子和徒弟们高兴地把马牵到我们身边，并开始备鞍。蒙古族与马感情深厚，这从他们轻抚马背的手指上，从凝视马的亲昵眼神里，从整理马鞍的动作中，旁观的我都能体会到。

作为游牧文化的缩影，蒙古族马鞍如果加以细分，28个部落又有各自的特点。巴特尔苏和制作的苏尼特马鞍，鞍桥为四方形，鞍座前高后低，如果和其他地区的马鞍放在一起，一眼就能认出来。

在游牧基本上发展为定牧的今天，蒙古族马鞍仍有很高的实用价值，同时也具有历史价值、文化价值、收藏价值。2008年，包括马鞍在内的蒙古族马具制作技艺入选第二批国家级非物质文化遗产名录。